湛庐CHEERS

与最聪明的人共同进化

HERE COMES EVERYBODY

好好告别

[英] 凯瑟琳 · 曼尼克斯 著　　彭小华 译
Kathryn Mannix

With the End in Mind

河南科学技术出版社
· 郑州 ·

推荐序

生命末期的“养尊处优”

这是一本出自安宁疗护医生的临床陪伴手记，时髦的说法是“叙事医学的生命书写”。作者凯瑟琳·曼尼克斯是一位资深的全科大夫、安宁疗护专家，也是一位认知心理学家，还是一位讲故事的高手。该书的基调很特别，聚焦于生命末期的“养尊处优”话题。

在中国人的词语之林里，“养尊处优”不是一个讨人喜欢的词，但是，安宁疗护（安宁缓和医疗）赋予了它新的意义。无论是在受慢病煎熬的生命末期，还是在深度衰老的弥留期，患者都不再需要生命救助。虽然当今时代的生命支持设备、急救技术足够先进，能够让他们继续苟延残喘，但是这样的生活品质十分低下。于是，这就派生出两大世纪难题，一是**生命尽头的人能不能安详离去？**他们难以割舍对生命支持系统的眷恋，于是去忍受心脏按压、气管插管等急救措施。但急救成功后，他们很可能就要通过依赖生命支持系统维持毫无质量的植物状态。二是**生命和死亡的权利属于谁？**尤其对临终或患有不可治愈的疾病并忍受巨大痛苦的人来说，他们有没有权利放弃自己的生命，或者选择在何时放弃自己的生命？此时，医生如同攻防战中的将军与士兵，是与疾病血战到底，还是停止无谓的抗争？是永不言弃，还是与死神言和？家属也很纠结，救本天经地义，岂能撒手不救？若不救，将于心何忍，于情何堪？

在凯瑟琳看来，人们应该跳出积极与消极的纠结，开辟出第三条道路，那就是“养尊处优”。在医疗技术上，它算不上积极，在人文医疗上，它却积极到家，其核心是着眼于将逝者的尊严与关怀，对往生之途的认知与接纳。“安宁疗护”是一个全新的理念，它追求安宁（安详、安顿），而非安全、安康，工作重心是疗护（照护、介护），而非疗愈、疗效。正是因为工作目的的迁移，它带来了医患双方，乃至整个社会的死亡意识的转变、调整。安宁疗护的干预对象不只是单纯的躯体，而是全人或全身心灵；干预手段不只有喂药、打针、做手术，还有故事和叙事、音乐和戏剧、生命的回顾、人生意义的重建；临床思维也不再胶着于急救技术的介入，而是拓展到生命关怀、个体尊严、生活品质。通俗地讲，安宁疗护就是让那些在慢病末期与深度衰老的人能够“养尊处优”。

经过一段不短的观念纷争和实践探索时期，人们逐渐接纳了安宁疗护的一连串新任务。它不仅包括使用医药、器械控制各种症状，还包括通过沟通缓解患者的心理焦虑、纾解其精神困惑，来调适其社会关系。人们也认同了它的一系列新原则（人文特性凸显）：以患者为中心，关注患者的舒适与尊严，不再以治疗疾病为焦点，接受不可避免的死亡，不加速也不延缓死亡。

该书的故事很揪心，也很温馨；很扎心，也很温暖。它在教人们如何直面痛苦，尤其是那份衰弱、衰竭、衰亡之苦，还有在生命的尽头，如何豁达地看待生死。人类面对痛苦有三个办法，或解决、或直面（关注、关切、关爱、关怀）、或解构（失意、失落），但不可以漠视、忘却。医生针对患者的躯体痛苦，有一套症状学解决方法：止痛、止咳、止吐、止痒、解痉、平喘、退烧、消肿、消胀、缓解皮肤褥疮、对口腔溃烂进行护理、用营养学改善虚弱的状况等。但这显然不够，还需要针对患者身体上的痛苦进行生命关怀，针对苦别离进行精神抚慰。此时，虽然医生无法疗愈生命，但可以敬佑生命、叩问生命、关爱生命，赋予生命以新的意义。

要真正在慢病末期与深度衰老的时刻落实“养尊处优”，实现从症状解决的 1.0 模式转变为关怀生命的 2.0 模式，有七道长坡要翻过去：

其一，坚信衰竭、向死进程不可逆，干预只能缓解，无法疗愈，与可逆的疾病、通过干预可重现活力、康复心理期许之间存在认知鸿沟。老龄及终末期病理特征为器官、组织、细胞的退化，而不是异化、歧化，主要表现为功能退化、行为退缩、智力蜕变，躯体失序失能、失忆失智，情感意志上失意失落、人格缺失、尊严丢失。现代医学引以为傲的控制病因的“战争模型”、改善功能的替代模型失灵，姑息、安宁缓和医疗模式登场。

其二，知晓疼痛与痛苦之间存在巨大落差，疼痛不是痛苦。1.0 的干预是充分止痛，2.0 的干预从疼痛控制转到痛苦抚慰、痛苦意义的阐释。

其三，疗愈与尊严的目的交映，疗愈不是尊严。1.0 的诉求是追求病因学改善（疗愈），2.0 的诉求是维护患者的生命尊严，帮助患者及其家属重新发现生命的意义。

其四，把握终末期技术–人文双轨范式与单纯技术干预范式的差别，治疗不是矫正修复，而是关怀照护。1.0 的认知是着眼于矫正与修复的治疗（病因学、发病学、症状学治疗），可以部分矫正、修复失能，但无法矫正与修复失智、失意、失格、失尊严，2.0 的认知是着眼于全人境遇与生活品质的改善，实施全人的关怀、照顾。

其五，熟知终末期身心干预的认知偏倚，心理干预不是心灵抚慰。1.0 的行为是心理症状的缓解、负性心理动因的稀释，2.0 的行为是精神性的抚慰、终极关怀的达成。

其六，洞悉死亡过程与意义的认知偏差，肉身死亡不是全人死亡。1.0 的行动是直面死亡危局的预警与解读，2.0 的行动是死亡意义的认知，在拒绝死亡与接纳死亡、控制死亡与过度干预之间保持张力，帮助患者及其家属豁达地看待生死，缔结爱的遗产。

其七，明了沟通不是交往。1.0 的层级是通过改善语言，增加医患、护患之间沟通的亲和度，2.0 的层级是通过共情训练，拓展医患、护患之间的交往深度与丰富度，融入患者的生活和生命体验，提升生活品质。

凯瑟琳是一位智者，一切慧根都流淌在她的故事里，唯有细读，才能汲取其中的深味。

王一方
北京大学医学部教授
2020 年 11 月

死属于生命，
就如生也属于生命

我的大半辈子都在陪着人死去，现在竟然还愿意花额外的时间讲述他们的故事，这听起来似乎有些不可思议。我希望读者通过阅读书中的这些故事，能够陪伴这一个个行将死去的陌生人。这样的愿望可能看起来多少有些冒昧，然而，这正是本书的创作初衷。

作为一名医生，我很清楚，在遇到生死攸关的大问题时，每个人都有自己的想法和期望。无论面对的是生死、爱、失去，还是重大变故，人们都会以既有的认知框架构建自己的体验。问题是，虽然人们对出生、爱甚至丧亲之类的话题已经有过广泛的讨论，但是对死亡这一话题越来越讳莫如深。由于未来的死亡不可预测，很多人便从电视、电影、小说、社交媒体和新闻等媒介中获得相关线索。这些关于临终和死亡的资讯虽然耸人听闻，却对人们的认知产生了重要影

响：他们旁观周围人的死亡，见得多了，便概括出种种模式，知道如何在生命活力逐渐衰退的情况下过好生活，甚至了解了死亡的进程。

20 世纪下半叶，人们对死亡的上述看法逐渐消失。逐步改善的医疗条件，如出现了抗生素、肾透析和早期化疗之类的新疗法，以及更好的营养、免疫方案和其他科研成果，从根本上改变了人们的患病及治病过程，为患者带来了治愈的希望或者至少延缓了疾病的发展过程，而这在以前是不可能的。这些进步改变了人们的行为方式，病入膏肓的人能够被迅速送往医院治疗，而不是在家等死。人们的预期寿命得以增加，许多生命也因此得到延长。

然而，对于生命的救助，这些备受欢迎的医疗技术的进步也有其局限性，除了能让人们活得“够好”之外，其他一切都没有任何改变。新的临终仪式中加入了技术因素，意味着人们对死亡的抗拒战胜了以往的死亡经验。然而，人终有一死，生命最后几天的样子和实际死亡的方式都与往昔无异。与过去那个死亡被认为是不可避免之事的时代相比，今天的人们丧失了对这个过程曾经有过的熟悉感，也丧失了在临终前对亲人说说心里话和保持良好礼节的机会。很多人无法在所爱之人的环绕下、在亲切而熟悉的屋子里死去，而是在救护车、急诊室、重症监护室里死去，维持生命的机器把将死之人和至爱亲朋隔绝开来。

本书记录的都是真实事件。我讲述的都是过去 40 年里发生在某个人身上的故事。为了保护故事主人公的隐私，我修改了几乎所有人的姓名和职业，还修改了一些人的性别或种族。因为我的目的是讲故事而不是报告病史，所以我有时候会把几个人的经历改编成一个人的故事，以便描述死亡过程的某些特定方面。很多故事可能让人觉得似曾相识，那是因为，尽管我们闭目塞听，死亡还是不可避免。因此，我的故事与许多人的经历有相似之处。

我主要从事姑息治疗，因此大多数故事将描绘一些有机会接触姑息治疗专家的人。一般来说，接受姑息治疗意味着患者那些令人痛苦的身体症状都得到了良好而合理的控制，情绪问题也得到了关照。姑息治疗并不只是关注死亡过程：在病程的任何阶段，只要患者有需求，他们的身体症状都可以得到良好的控制。然而，我接触的患者大多处于生命的最后几个月，因此，我们有机会在患者知道自己即将死亡的时候，了解他们特别的生活方式。我希望这些故事传递的正是这部分信息：行将死去的人是如何生活的。

总的来说，我分享给读者的是我的见闻、我在病床边的观感、我在谈话中的角色以及我对某些事情的看法。本书所有可资借鉴之处都出自故事主人公的馈赠；任何错谬都是我的原因，由我来承担。

人们是时候直面死亡这一话题了，而本书正是我对推进这件事情所做的一点贡献。

如何阅读本书

药品包装上通常贴有“请按说明书服用”的标签，帮助我们从处方中获得预期的疗效，避免用药不足或者服用过量。处方医生应该解释药品的用途，并与患者商定用药时间，患者则可以选择是否遵医嘱。标签上往往还标有注意事项，确保患者知晓药品潜在的不良反应。

现在，我要说一下本书的用途以及我心目中的“用药计划”，以帮助读者更好地使用本书。当然，我也会告知注意事项。

本书讲述了多个基于真实事件改编的故事，旨在让读者“体会”人在生命终点临近时会发生什么：这些人如何面对疾病、如何生活；哪些事情至关重要；如何一步步走向死亡；临终是什么样子的；家人如何反应；等等。它揭示了一个我们身边每天都在发生的现象——走向死亡。在接触过数千人次的死亡案例后，我得出这样一个结论：死亡通常没什么好害怕的，但人们需要做很多准备。可悲的是，我遇到的患者和家属往往持相反的观点，他们认为死亡很可怕，谈论死亡或者为之做准备会让人感到极度悲伤和恐惧。

本书旨在帮助人们熟悉死亡的过程。我把故事按主题分类，从描述死亡过程的发展和人们对死亡的不同反应开始。

这些故事可以满足喜欢随意翻阅的读者的阅读习惯，但全书遵循从具体到抽象的原则，从身体变化、行为模式或症状处理讲起，再到理解生命的无常，以及最终对于人类而言什么是最重要的。

书中还穿插了我的个人经历，讲述我如何从一个天真而胆小的医学生，成长为一名富有经验且相对冷静的医生。不过，我的叙述没有遵循时间顺序。与一群经验丰富的临床医务人员并肩工作，极大地丰富了我的生活。他们许多人都是故事的主角，并在我的整个职业生涯中一直支持我，他们是我的导师、榜样和引路人。我深知我们的力量来自团队的合作，这种力量远比个体力量的总和还要大。

这些故事不仅会让你了解故事中的人，还会让你联想到自己的人生，以及你所爱的和失去的人。读过以后你可能会感到难过，不过我的初衷是为你提供思考的素材。

在每一节的末尾，我都设置了参考建议事项，你可以与信任的人讨论这些事情。我的建议以当前临床研究提供的知识为依据，内容是我所看到的患者及其家属应对绝症和死亡的方式，以及我所目睹的不足——这些不足本来是可以弥补的，生命的最后一段时光和临终告别原本可以轻松许多。

如果书中的故事让你感到悲伤，那么我很抱歉，但我希望你还可以从中获得安慰和鼓舞。我希望你不再那么害怕死亡，而是更愿意为之做计划，并与他人讨论。我撰写本书的目的是希望人们把生命到达终点这回事放在心上，并因此活得更好，也离开得更体面。

测一测　你对死亡了解多少？

1. 你认为人在死亡时大多是什么状态的？

A. 身体患病处异常疼痛

B. 呼吸困难

C. 处于深度无意识状态

D. 一点点地感到生命消逝

2. 如果临终者想与你谈论死亡，你该怎么做？（多选题）

A. 帮助其展现生命最后的样子，说明死亡并不是一件可怕的事情

B. 尽量不使用“死”等字眼，表示一切都还有希望

C. 提前计划，帮助其实现最后的心愿

D. 把想说的话都表达出来，不要等到最后一刻

3. 如何向孩子传递“死亡”这个概念？（多选题）

A. 孩子长大后会自己慢慢理解，不需要家长刻意说明

B. 编故事，已逝者去了别的城市不回来了

C. 通过宠物离世等事情在日常生活中潜移默化地传递

D. 委婉且温和地谈论死亡，让孩子明白这是一种正常现象

4. 你知道临终安养院可以为患者做什么吗？（多选题）

A. 控制患者的身体症状

B. 关照患者的情绪问题

C. 根治患者的所有疾病

D. 关注患者的死亡过程

下载“湛庐阅读”App，
搜索“好好告别”，
获取答案。

WITH THE
END IN MIND

目录

W I T H   T H E

01

了解临终的模式

E N D   I N   M I N D

医学领域充满了“模式识别”：扁桃体炎与其他类型的喉咙疼痛有不同的症状模式；哮喘与其他类型的呼吸困难有不同的症状模式；满心焦虑的普通人与不露声色的焦虑症患者有着不同的行为模式；还有可以让人意识到情况紧急、并因此能挽救生命的皮疹症状模式。

病情的变化也有多种模式。人们现在最熟悉的模式可能是妊娠和分娩。我们都熟悉历时 9 个多月的妊娠模式：孕妇的症状从晨吐变为胃灼热，孕妇腹部越来越大，身体活动受限，胎动的速度从早期的较快变为后来的减慢，以及正常分娩的模式和阶段。观察临终就像观察出生一样：两者在朝着预期结果发展的变化中都有明显的变化阶段。很多医生都知道，无须干预，这两个过程都可以安全地进行下去。事实情况是，正常分娩可能比正常死亡更难受，然而，人们习惯把死亡和痛苦、屈辱联系在一起，而实际上这两种情况都很少发生。

为分娩做准备时，孕妇及助产士会了解阵痛和分娩的阶段与进展的相关信息，这些信息有助于孕妇为分娩做好心理准备，在分娩时保持冷静。同样，讨论死亡过程中会发生什么情况，了解到死亡过程可以预测，并且通常并不难受，这种信息对临终之人和爱他们的人而言，都是一种安慰和支持。令人遗憾的是，在死亡过程中，很少有经验丰富的“接生婆”同患者及其家属交谈：现代医疗保健行业中的医生和护士受困于临终护理技术，很少有机会目睹正常而并不繁杂的死亡。

这一节的故事将描述处理临终过程的模式，而识别这些模式能够帮助我们更好地请求帮助或提供支持。

传达坏消息的人

在医学领域工作的人自然免不了目睹死亡。我对死亡的熟悉始于一位患者余温尚存的身体，但接着，我就必须与他的至亲商讨他的后事。直接与临终之人谈论死亡是很困难的，在我接受培训的年代，医学界不提倡这种交谈，但这算得上是一种实习，让我学会了倾听。在倾听过程中，我开始理解死亡的模式，注意到它们的共性，慢慢了解其他人对生死的看法。我发觉自己为之好奇和着迷，并找到了方向感。

第一次看见死人时，我 18 岁。那是我在医学院的第一个学期。那个人心脏病发作，在前往医院的途中死在了救护车上。在尸体被送往医院停尸房之前，我随急诊科医生来出具死亡证明。那是 12 月的一个晚上，天气阴郁，医院的前院湿漉漉的，地面在灯光照耀下泛着橙色的光芒。相比之下，救护车内的灯光要明亮得多。死者 40 多岁，胸部宽阔，双目紧闭，眉毛扬起，神情好像有些惊奇。急诊科医生用手电筒照他的眼睛，把耳朵贴在他胸口上，听听有没有心跳声或者呼吸声，检查他心脏停搏之前的心电记录，然后朝医疗组成员点头示意，将检查时间作为患者的死亡时间。

大家挨个下了车，我走在最后。死者仰面躺着，衬衫敞开，胸口上贴着心电电极，右臂上还挂着点滴，看起来好像睡着了一样。他可能随时会醒来吧？也许我们应该对着他的耳朵大声呼喊，或者用力摇他，他一定会醒过来的。“走吧！”那位急诊科医生扭头叫我，“要为活人做的事还多着呢，把他留给医疗组吧。”

我有些迟疑，也许医生搞错了。如果我站在这儿的时间够久，也许会看到这个人再次呼吸呢。他不像死了的样子，他不可能就这样死了。

医生注意到了我的犹豫，回到救护车上，说：“第一次见到死人？好吧，你把听诊器放到他心脏上。”我哆哆嗦嗦地从白大褂口袋里摸出我的听诊器，它闪闪发亮，管子缠绕在两个听筒上。我把听诊器探头放在患者心脏应该跳动的地方。我听见远处一位医疗组成员让人给他的咖啡加糖的声音，却没有听到心脏跳动的声音。观察力敏锐的急诊科医生拿起听诊器，转了转探头，让它“播报”患者身体里的声音，而不是周围的噪声，这时我才发现自己拿反了。医生把听诊器探头放回患者心脏的位置上，此时周围万籁俱寂。我从来没有感受过如此彻底的寂静，也从来不曾如此专注地聆听过这种寂静。这时，我注意到那人的脸色有点苍白，他的嘴唇呈深紫色，舌头色泽晦暗。是的，他已经死了，刚死不久。他符合死人的所有特征。我对那个脸色苍白的人说了声“谢谢”后，转身离开救护车，顶着雨回到了急诊室。

那位医生和蔼地说：“你会习惯的。”然后，他拿起一张新的病历表，继续上他的夜班。整个过程如此利落、简单，没有任何仪式感，我深感困惑。不过很快，下一个患者就来了：一个鼻孔被糖果堵住的小孩儿。

在学生时代，我还经历过一些记得没那么清晰的死亡病例，但在我取得行医资格后的第一个月，我签发的死亡证明数量就创下了医院的纪录。说明一下，这完全是因为我那个病房住的大多是患有不治之症的人。我很快就与丧亲官[①]熟络到了直呼其名的程度。那是一位和蔼可亲的女士，她的工作之一就是请宣布患者死亡的医生签署死亡证明。上班的头几天，我就目睹了 10 多个人的死亡，这些人的死亡方式与 5 年前我在救护车上看到的那个人一模一样。丧亲官调侃说，也许医院应该颁个奖给我。

丧亲官不知道的是，我的知识在迅速增长。每一张死亡证明都涉及一个生命，每个生命都有家属，我负责把死亡消息告诉他们，他们则会问我亲人的死因。进入临床工作的第一个月，我与 20 个丧亲家庭谈过话。我和他们坐在一起，他们哀哀哭泣，对几乎无法想象的未来感到茫然。按照护士长的要求，一位经验丰富的助理护士会泡好茶，把它放在托盘上，并端进护士长办公室，由我陪这些家属喝几杯暖心茶。事实上，只有得到护士长本人的许可，医生才能进入她的办公室，但丧亲探视是一个例外：不用另获批准，直接进去就是了。

有时候，我也会扮演配角，聆听经验比我丰富的医生给家属介绍患者的病情和死亡过程，说明药物不再起作用的原因，或者解释为什么患者的白血病刚开始对治疗有反应，后来却被感染夺走了生命。家属们神情凄婉地点头、喝茶、掉眼泪。有时候，其他同事在忙其他事或者已经过了下班时间，而我作为唯一在岗的医生会亲手给家属泡制暖心茶。我发现，精心的安排能给人带来安慰。护士长为这些特殊访客准备了镀金镶花的陶瓷茶

---

① 国外的一种针对丧亲者的职业人士，负责的事项包括协助办理葬礼、为丧亲者提供护理服务、为已故患者开具死亡证明等。——编者注

杯和托盘，我通常会凝视它们一番，再深吸一口气，才进入房间，向家属们传达“世界上最坏的消息”。

令我惊讶的是，这些对话莫名其妙地令人振奋。

很少有家属完全没有思想准备，因为这里是收治重症患者的病房。在这些谈话中，我会了解到死者生前的很多信息，如果他们还活着的时候我就知道这些，那该多好啊！家属会介绍死者的天赋与才华、善良的心地和兴趣爱好，甚至怪癖。我们在交谈时用的几乎都是现在时态，这可以让家属感觉他们所爱的人仍然活着，好像患者的遗体当时还放在生前所睡的床上，或者躺在医院的其他地方接受治疗。然后，家属会意识到自己的错误，纠正时态，开始慢慢地适应这个残酷的真相。而这个真相虽然令人恐惧，但在这样的操作下会一点点地展现开来，让家属接受。

在我上班前几个月的某一天，我不得不向一位老者告知他妻子艾琳去世的消息。艾琳死得很突然，心脏骤停小组来到现场，有人给她丈夫打电话，要他尽快赶来。按照惯例，我没有告诉他更多的细节。我发现他站在艾琳那间病房外，看着门口陌生的屏风和写着“闲人勿进，有事请找护理人员”字样的标志。那时，心脏骤停小组已经走了，护士在忙着整理药品。我问老者是否需要帮忙，然后看到了他眼里的困惑和惊惧。

我问道：“您是艾琳的丈夫吗？”他转过头来，想说“是”，但嘴里发不出声音。

我跟这位老者说：“来，我跟您解释一下。”我把他带到护士长办公室，进行了一番谈话。我不记得谈话的细节了，但我清楚地感知到这个男人对自己孤零零地留在世上的无助和悲伤。他看上去很虚弱、迷茫，我担心如果没有人在背后支持他，他可能很难从丧妻之痛中走出来。如果当时我对家庭医生和初级保健服务的巨大作用有更多了解，可能会直接请求他允许我把他爱妻去世的消息告诉他的家庭医生。但我缺乏经验，当时的情况又出人意料：那是正午时分，我正要给患者注射抗生素，发现他站在妻子的病房外面。我那时其实还没有做好与他讨论丧亲之痛的准备。

与往常结束这类悲伤的谈话一样，我向老者保证，如果以后他还有其他问题，我会很高兴再次同他交谈。虽然我总是这么说，并且发自内心地这么想，但从来没有家属回来找我了解更多信息。想到这儿，我做了一个冲动的举动：把自己的名字和电话号码写在一张纸上，递给这位面容憔悴的丈夫。我以前从来没有这样做过。他把那张纸片揉成一团揣进口袋，一副无动于衷的样子，似乎表明我的做法无济于事。

三个月后，我来到另一家医院的外科病房担任住院医师。有一天，我接到之前病房的护士打来的电话，就是那位端茶盘和镀金陶瓷茶杯的护士。她问我是否还记得那位叫艾琳的患者，说艾琳的丈夫打来电话，坚持要联系我。护士给了我一个号码，我打通了他的电话。

“噢，医生，谢谢你给我回电话。听到你的声音真好……”艾琳的丈夫一时语塞。我等着他往下说，心想他是不是想起了什么问题，希望我有足够的知识可以给他解答。

“事情是……”这位老者又停顿了一下，“呃，你很善良，说我可以给你打电话……我不知道还能告诉谁……但是，呃……事情是这样的，我昨天终于把艾琳的牙刷扔了。今天她的牙刷已经不在浴室里了，我真的觉得她再也不会回来了……”听得出来，他情绪激动，声音有些刺耳。我还记得，艾琳去世的那天上午，他站在病房里，脸上满是困惑。

这件事让我对自己的工作逐渐有了深入的理解。丧亲对话只是一个开始，是一个过程的开端，而这个过程人们要用一生的时间，以一种新的方式去接受。我在想，如果我把自己的名字和电话号码告诉了其他人，会有多少人打来电话。这个时候我对处理这种情况的方式已经有了更多的了解，我请求艾琳的丈夫允许我联系他的家庭医生。我告诉他，我对接到他的电话感到非常荣幸，并对艾琳的逝世表示惋惜。

取得行医资格后第一年年末，我回想起那一年接手过的多起死亡案例：年龄最小的是一个16岁男孩，他患了一种罕见的恶性骨髓癌；最令人伤心的是一位年轻的母亲，不孕症的治疗可能是导致她死于乳腺癌的罪魁祸首，她还没来得及给宝贝儿子过5岁生日便撒手人寰了；最有艺术才华的是一位年长的女士，她请护士和我一起为她唱赞歌，结果我们还没唱完，她就停止了呼吸；还有一个无家可归的人，他回家与父母团聚，乘着救护车驰骋两天，纵贯整个英国，最后死在父母家附近的临终安养院里；唯一逃脱死亡的人是我第一次接到的报告心脏骤停电话里的中年男人，他在手术后停止了呼吸，但幸好我们反应及时，一周后他健健康康地出院了。

这个时候，我注意到了人们面对死亡的方式。我对死亡之谜非常着迷：从活着到死去那种不可言喻的转变；重病患者垂危时如何保持尊严；在讨论疾病再也不会好转时如何做到既诚实，又不那么戳人痛处；为那些肉身行将解体的人服务是一种怎样的殊荣；在临死之人的床边感受人性的时时刻刻。

我发现自己并不害怕死亡，而是对它及其对我们生活的影响心存敬畏。如果有一天我们找到了“治愈”死亡的方法，情况会怎样呢？很多时候，永生似乎并不那么诱人。每过一天，剩下的日子就少一天，这让我们认识到每一天都是一份礼物。一生当中，生、死之日都不足24小时，它们就像书签一样标注着我们的人生：一天是我们出生那天，每年都要庆祝；另一天则让我们感受活着本身是多么宝贵。

生命尽头的样子

有时候，事情就在我们眼前，直到有人提醒我们注意，我们才会真正注意到它们。有时候，勇气不仅仅意味着采取勇敢的行动。它可能还包括在生命如潮水般退却时勇敢地活着，或者进行一段让你感到浑身不自在的对话。但这种对话会让你觉得有人在暗中陪伴，就像有人给这个艰难的世界带来了一丝光亮。

患者叫萨比娜，年近八十。她那银白色的卷发梳成发髻，上面系着一条丝巾。她在临终安养院的床上忙活个不停，打牌、化妆、给布满雀斑的双手涂护手霜。她平日里喝纯茶，不加牛奶，有时服务员推着饮料车过来问她要不要咖啡，她会调侃说：“你那也叫咖啡？”她浓重的法国口音像一团带声音的迷雾，淹没了她的话。在这座新建的临终安养院里，她是我遇到的最神秘、最独立的人。

1946年，萨比娜与一位名叫彼得的英国年轻军官结婚，此后便一直生活在英国。她所在的抵抗组织曾把彼得藏在一个小房间里长达18个月，以免被纳粹军队发现。她心中的英国英雄彼得曾以跳伞的方式到敌后去，以支援法国的抵抗组织。彼得是通信专家，据说他用几个鸡蛋盒子和一团线圈帮抵抗组织建立了一个电台。我想他的背包里当时可能带了一些无线电部件吧，但我没敢吱声。40 年后，萨比娜听起来好像还是那个刚刚在多佛下船、满怀希冀的新娘。“彼得可真聪明，”她喃喃地说，“他什么都会。”

在萨比娜看来，彼得十分勇敢，他的照片和勋章一直被摆在萨比娜的床头柜上。多年前，他因病去世。面对疾病，他表现出极强的勇气和忍耐精神。“他从不害怕，”萨比娜回忆道，“他要我永远记住他。当然，我一直都在怀念他，每天都和他说话。”她指了指照片上英俊的丈夫：他穿着漂亮的制服，黑白照片将他的容貌定格在 40 岁左右。“我们唯一的遗憾是没有孩子，”她回忆道，“但我们把时间花在了精彩的旅行和冒险活动上，我们过得非常开心。”

萨比娜把自己的勇气勋章别在胸前一条红黑相间的丝带上。她告诉护士们，她是在意识到自己快死了之后才开始戴它的。“它提醒我，我也可以很勇敢。”

姑息治疗是一个新兴的专业，我是其中一名年轻的见习医生。我的培训老师是这座新开办的临终安养院的顾问，也是我的领导，负责整个安养院的工作。萨比娜喜欢和他聊天。通过他们的交谈，大家才知道领导会说两种语言，他父亲是法国人，并且也是一名抵抗组织的战士。他偶尔和萨比娜说法语时，她总是兴高采烈，手舞足蹈。两个高卢人相对耸肩的样子把我们逗得开怀大笑。

然而，萨比娜保守着自己的秘密。她经历了恐怖的战争，尽管戴着勇气勋章，内心却很害怕。她知道自己的肠癌已经扩散到肝脏，吞噬着她的生命。在允许护士为自己清理结肠造瘘袋时，她保持着一贯的泰然自若。她们用轮椅推她去洗手间，帮她淋浴、泡澡时，她优雅如常。但她害怕有一天身体会发生难以承受的疼痛，自己会因此而失去勇气。如果发生这种情况，萨比娜认为自己会失去尊严：自己将在痛苦中死去。更糟糕的是，如果自己在最后关头失去勇气，她将永远无法与心爱的丈夫重逢。“我不配与他重逢，”她叹了口气说，“我可能没有自己所需要的勇气。”

在一次洗浴后，护士帮萨比娜吹干银色的发辫时，她说出了内心深处的这份恐惧。护士和萨比娜都看着镜子，没有相互注视。她们的眼神互不接触，各自做着手上的事情，由此有了一番亲密的对话。那位护士很睿智，知道安慰的言辞帮不到萨比娜，此刻能做的只有倾听、鼓励，让她充分表达内心深处的绝望和恐惧，这是对她最重要的馈赠。在为萨比娜梳好头发、系上丝巾，并倾听完她的心声之后，护士建议她与我们的领导谈谈她内心的担忧。萨比娜当然同意了：在她眼中，临终安养院的顾问就是个法国人，他会理解自己的。

接下来发生的事情就像电影一样，在此后的职业生涯中一直浮现在我眼前。它对我之后的做法影响深远，也是我写这本书的原因。在这件事情的帮助下，我看待死亡时处于知晓情况、准备充分的状态；在别人经历着暴风骤雨般的恐惧时，我的内心波澜不惊。我相信，对死亡的进程了解得越深入，就越可以更好地应对这个过程。我没有经历过死亡的来临，但它改变了我的人生。

领导要求了解萨比娜恐惧情绪的那位护士陪他一同前来，并说我可能会对他们的谈话感兴趣。我很好奇他会说些什么，估计他会解释有哪些管理疼痛的方法，让萨比娜别那么担心疼痛会变得无法控制。不知道他为什么希望我一起去，因为我觉得自己已经非常擅长有关疼痛管理的谈话了。

一见到我们的领导，萨比娜顿时一脸阳光灿烂。领导用法语问候了她，询问她自己可不可以坐下。萨比娜容光焕发，拍了拍床，示意他该坐在哪里。护士坐在床边的椅子上，我抓起一个小矮凳坐下，正对着萨比娜。一番法式打趣之后，我们的领导切入正题："你的护士告诉我，你有一些担忧，我很高兴你说给她听，那你愿意和我谈谈吗？"

萨比娜表示愿意。我们的领导问她喜欢用英语还是法语。"英语吧——为了其他人。"她边说边善意地指了指我们这些"小人物"。于是，领导开始言归正传。

"你一直在担心自己死的时候会不会很痛，是吗？"

萨比娜说："是的。"领导的提问如此单刀直入让我大吃一惊，但萨比娜似乎一点儿都不感到奇怪。

"你担心自己会丧失勇气，对吗？"

萨比娜抓住他的手，咽了一口口水，说："对的。"她的声音低沉而喑哑。

"我在想，如果我描述一下死亡是怎么回事，会不会对你有所帮助，"领导直视着萨比娜的眼睛说，"不知道你有没有见过患你这种病的人是怎样死去的？"

领导要描述什么？我在心里惊叫了一声。

萨比娜看起来正在聚精会神地思考。她想起战争期间，一位年轻的妇女身中数枪，死在她家的农舍里。她所在的抵抗组织给这位妇女吃了镇痛药，但已经回天乏术。多年以后，萨比娜亲爱的丈夫死于心脏病。他在家里摔倒了，到医院时还活着，第二天就去世了。当时，他很清楚死亡即将来临。

“牧师到医院探望彼得，他们一起做完了祷告。彼得从来没有表现出丝毫的害怕。他对我说，‘道别’的说法不对，应该说‘再会’——直到我们再次见面……”萨比娜的眼中涌起了泪水，她一眨眼，泪水就流淌到脸颊上，她不管不顾，任由泪水肆意流下。

“那我们谈谈你的病吧，”我们的领导说，“首先，我们谈谈疼痛。到目前为止，这个病有没有让你感到很痛？”

萨比娜摇摇头。领导拿起她的药单，指出她没有服用常规止痛药，只是偶尔服用针对腹部绞痛的药。

“如果到现在你都不痛，我们估计这个病以后也不会让你感到很痛。但是，如果你真的感到疼痛，请相信，我们肯定会帮助你把疼痛控制在可以忍受的范围内。你相信我们吗？”

“是的，我相信你们。”

领导继续说：“很多病会让患者变得越来越虚弱，他们接近生命终点的经历非常相似。这种情况我见得很多，我可以把我看到的情况告诉你吗？如果你不想听了，跟我说一声，我马上住嘴。”

萨比娜看着他的眼睛，点了点头。

“好的……我首先注意到，患者会越来越疲惫，因为疾病消耗了他们的能量。我想，你已经有这种感觉了，对吗？”

萨比娜点了点头，再次抓住他的手。

“时间一长，患者会渐渐感觉更加疲惫，更加困倦，他们需要睡更多的觉才能保持精气神儿。你有没有发现，如果白天睡一觉，醒来以后，自己会感觉精神更好些？”

萨比娜改变了坐姿，身体坐直，眼睛牢牢地盯着他的脸，频频点头。

“这说明你的情况符合惯常的模式。接下来你可能会感到越来越疲惫，你需要更多的睡眠，清醒的时间也更短。”

我心想，任务完成了。萨比娜可能想睡觉了，我们可以走了。但是，我们的领导还有话说。

“随着时间的推移，”领导说，“患者睡觉的时间越来越长，有些时候甚至睡得很深，陷入昏迷状态。我的意思是说，患者会失去意识。你明白吗？要我用法语说吗？”

“不用，我明白。失去意识，昏迷，我知道了。”萨比娜摇了摇手，以此确认她懂了。

“因此，如果患者处于深度无意识状态，一天中有一段时间不能服药，我们会用另外的方法给药，以确保他们身体舒适。你现在可以放心了吧？”

我想，这下肯定说完了吧。领导跟萨比娜讲了这么多，让我惊讶不已。但他还没说完。

“我发现患者睡着的时间更长，醒着的时间更短。有时候，你以为他们在睡觉，但其实他们正处于无意识状态。醒来以后，他们会说睡了一个好觉。也就是说，人们意识不到自己失去了意识。因此，生命终结时，不过就是一直处于无意识状态，呼吸开始改变，时而深沉缓慢，时而轻浅急促，然后轻轻地慢下来，并轻轻地停止。临终时不会发生突然的剧痛，不会有生命消逝的感觉，没有惊慌，非常安宁……”

萨比娜向领导靠去，拿起他的手，放到嘴边，怀着极大的敬意，献上了温柔的一吻。

“不过，重点在于，这跟入睡不一样，”领导说，“事实上，如果你身体足够健康，感觉想睡觉，你在睡后还会再次醒来。失去意识与睡一觉不一样，你甚至不会意识到它的发生。”他停下来，看着萨比娜。萨比娜也看着他。我看着他们俩。我想自己当时可能正张着嘴，甚至可能在流泪。好长一段时间内，大家都陷入了沉默。萨比娜的双肩松弛了下来，身体靠在枕头上。她闭上眼睛，深深地叹了口气，然后双手握着领导的手，像摇骰子一样摇着，睁开眼注视着他，说了声“谢谢”。之后她又闭上了眼睛，似乎示意我们可以走了。

回到办公室后，领导对我说："这可能是我们可以给患者的最实用的礼物了。很少有人目睹过死亡。大多数人都以为死亡过程中充满痛苦，会让人颜面尽失。我们可以让患者们知道，我们并没有看到过那样的情景，他们也不必担心家人会看到这样的情景。尽管今天这样的谈话会让患者了解到更多情况、减少他们的恐惧情绪，但我并不习惯做这样的谈话。"

然后，领导善意地有意无视我手中皱巴巴的纸巾，提议道："我们喝杯茶好吗？"

我快步跑去泡茶，擦掉眼泪，开始咀嚼刚才的所见所闻。我明白，领导刚才以高超的技巧，准确地描述了临终的情形，但我以前从来没有考虑过死亡的模式。我不禁惊叹，我们竟然可以跟患者分享这么多信息。我回顾了自己对人的承受力怀有的种种错谬的想法，就在刚才的谈话过程中，这些想法还席卷过我越来越难以置信、惊诧不已的内心。这些想法妨碍了我，因此我没有勇气把全部真相告诉萨比娜。我顿时兴奋起来，我真的有能力在患者生命的尽头带给他们心灵的平静吗？

我们的领导给萨比娜介绍死亡过程这件事发生在多年以前，本书讲述的正是我学会观察那一过程的具体细节。在之后 30 多年的临床实践中，我发现这个模式非常真实。就像它给萨比娜带来巨大的安慰一样，我用自己的语言安慰了数以千计的患者。现在，我把它诉诸笔墨，通过一个个故事，阐明那段视野不断缩小、生命进入最后时刻的旅程。我希望这些对死者家属而言十分真切熟悉的经验，能为担心死之将至的人们带来指导和安慰。毕竟说到底，这是关于我们每个人的故事。

虚假的能量

生命走向死亡的模式有着不同的轨迹，但对个体而言，这种速度相对平稳。最初，人的精力只是逐年下滑，以后则是逐月下滑，最后是一周不如一周。到了生命的最后阶段，患者的精力一天不及一天，这种情况通常表明，患者剩下的时间不多了，到了与家人团聚的时候。有什么还没说的要紧事，该交代了。

但有时候，在临终之前，患者的状况会出现意想不到的反转，这就像最后的绝唱。发生这种情况往往难以解释，偶尔也有明确的原因，不过有时候，患者出现这种好转的情形可谓喜忧参半。

霍莉已经去世30年了。然而今天早上，她一路从我的记忆深处走出来，来到我的笔端。她早早地把我弄醒，或者说，在这个薄雾弥漫的秋日清晨，我想起了霍莉生命最后一天的情形。她扭扭晃晃地进入我的意识，占据了我思绪的焦点：最初只是一些图像，它们好像老旧的无声电影胶片，断断续续地展示着她那几抹苍白的微笑。霍莉皱着鼻子，双手挥舞，我仿佛还能听到声音。然后，和着窗外乌鸦的鸣叫，我听见了她的笑声，笑声因河岸的狂风呼啸而变得喧闹刺耳，霍莉从十几岁就开始抽烟，小小年纪就患上了肺病，声音因此变得粗糙。最后，她把我从温暖的床上拽了起来，让我坐下来，听她的故事。这时，秋日拂晓，薄雾仍在花园中弥漫。

30年前，我在从事第一份临终关怀的工作时，大概觉得自己很了不起。那时，我已经有了几年不同医学专业的经验，接受过癌症医学方面的训练，刚刚拿到研究生毕业证。在我发现姑息治疗符合我对医疗事业的所有希望时，我感到非常受鼓舞，因为它融合了多项内容：团队合作和临床探查工作相结合，找出患者出现症状的根源，以便提供最好的缓解方法；关注患者及家属的心理需求和情绪恢复情况；面对病情的发展，诚实、实事求是；认识到每个患者都是一个独特而完整的人，是其看顾团队的核心成员。这是一种彻底的范式转变，即与患者一起工作，而不仅是对他们施加医学措施。从那时起，我认为自己找到了归属。

就这样，我于 8 月初来到这所新建的临终安养院，此前，这里的负责人一直处于随时待命的状态。尽管如此，他仍然热情、温和、耐心地回答我的问题，接受我在姑息治疗方面经验的不足，还有我作为年轻人的那种自以为是。当我看到在癌症中心时认识的患者时，我感到很惊奇，因为与不久前我在那里照顾他们时相比，他们的情况好多了：疼痛情况得到了很好的控制，大脑完全处于正常运转的状态。

我虽然自恃清高，但我意识到，这些人在临终安养院得到的服务比他们在主流癌症服务机构得到的服务好得多。也许我以前的经验只能作为新工作的基础，也许我到这里不是来展示技术的，而是来学习的。年轻人得慢慢才能变得谦逊。

入职第一个月，我对患者进行日常询查，调整用药，优化控制症状的方法，尽量降低不良反应，观察医院负责人与患者讨论情绪、焦虑、睡眠和排便习惯，与小组成员一起审查每个患者的身体、情感、社会和精神健康状况。一个月后，负责人认为我可以开始承担第一次周末值班任务了。他会成为我的后盾，每天早晨都来医院回答问题，回顾所有特别棘手的挑战，而我则主要负责接听临终关怀护士、家庭医生和医院病房打来的电话，并努力解决出现的问题。这让我感到很激动。

星期六下午，霍莉的家庭医生早早打来了电话。社区的姑息护理护士都认识霍莉，他们的办公室就设在临终安养院内，所以那名医生以为我也认识霍莉。她三十七八岁，有两个十几岁的孩子，宫颈癌晚期。她的骨盆已经长满了癌细胞，挤压着膀胱、肠胃和神经。专业护士协助家庭医生为霍莉缓解疼痛，她现在可以下床，坐在自己公寓的露台上抽烟，和邻居聊天。

前一周，霍莉出现了麻痹性恶心，在使用了合适的药物缓解肾衰竭引起的恶心后，症状有了很明显的缓解，可大量癌细胞把细细的、负责把尿液从肾脏输入膀胱的输尿管堵住了。

今天，霍莉遇到了一个新问题，整个晚上家里谁都没睡成觉，因为霍莉四处走动，找人聊天。她已经有几个星期没怎么走路了，一夜之间，她突然变得活跃起来，毫无睡意，把音乐声开得震天响，试图跟着音乐跳舞，把孩子们和她母亲都吵醒了，吵得邻居一直敲打墙壁。天一亮，她母亲就给家庭医生打了电话。医生发现霍莉有点儿兴奋，脸色泛红，略显疲惫，但她仍然在房间里四处跳舞。

“霍莉好像没有感到疼痛，”家庭医生向我解释，“尽管她过于兴奋，但思维一切正常。我不认为她的精神有问题，但我不明白是怎么回事，她的家人都筋疲力尽了。你们有床位吗？”

我们的床位虽然满了，但我对霍莉的病情感到很好奇。我提出上门探望她，家庭医生接受了我的提议，于是我从社区团队的办公室拿到她的病历，穿过逐渐消退的秋雾，前往霍莉家所在的区域，那里长排的房屋呈阶梯式分布，一直延伸到河边的煤场、钢铁厂和造船厂。在一些地方，排屋不见了，取而代之的是低矮的砖砌公寓，房顶上挂着带刺的铁丝网，黑暗的门道上挂着冷光霓虹灯。

这些房子有着与实际模样不相称的名称，什么“木兰之家”“百慕大庭院”，以及我的目的地“夜莺花园”。我把车停在街边，在车里坐了一会儿，打量了一下周边环境。旁边黑乎乎的门脸就是“夜莺花园”。一条光秃秃的石头路从街边通向公寓区，这些花园里连一棵树、一片草坪都没有，住在这里的人肯定也从来没有见过夜莺的身影或听过夜莺的歌声。马路对面是政府所有的一排房子，最近才粉刷过的白色的门和窗整齐划一，仿佛正朝我“露齿一笑”。有些小小的前院展现出夏末残余的色彩，有些院子里摆放着生锈的床架或者坏掉的自行车。

有几个孩子在街上玩儿，一边玩接网球游戏，一边避开骑着自行车冲向他们的大男孩。孩子们和一群热情高涨的狗一起，发出兴奋的尖叫。这些狗大小各异，试图加入孩子们的游戏。

我拿起手包，向要找的“夜莺花园”55 号走去。一道标着“单数”的拱门通向潮湿、阴冷的混凝土隧道。在灯光昏暗的楼梯间，我都看得见自己的哈气。在一楼，所有门牌号都在 30 以内。又上了两层楼，我才发现了“5”打头的门牌。我沿着阳台走廊走到半道，找到了 55 号。在阳台走廊上可以俯瞰河流，而高耸入云的塔吊像纸折的巨人一样，俯视着阳台走廊。我敲了敲门，等着主人回应。透过窗户，我听到了马克·博兰（Marc Bolan）对我说：“不要愚弄革命之子。”①

① 马克·博兰是一名英国歌手，此处是指“我”听到了屋里传来的歌曲《革命之子》（*Children of the Revolution*），该句为原歌歌词。——编者注

一个大块头的女人开了门。她 50 多岁，穿着厚厚的矿工夹克。她身后的楼梯通向二层，她的旁边是客厅，客厅门开着，一个身材瘦小、面色苍白的女人伏在桌子上，双脚随着摇滚乐节拍晃动着。

“关上门，好吗？”伏在桌子上的女人尖声对我们说，“外面很冷！”

给我开门的年长女士问我：“你是麦克米伦护士[①]吗？”我解释说我和麦克米伦护士一起工作，但我是值班医生。她扭了一下下巴，让我进门，同时用眉毛生动地示意，那个年轻的女士让她担心。然后她直起腰，大声说：“我再去买点儿烟，霍莉！”然后就走了。

霍莉看着我说：“我们昨晚把烟都抽完了，现在非常需要！”然后她请我进去，问我：“要不要来杯咖啡？”

霍莉身材娇小，深色的头发在脑后梳了一个高高的马尾辫，显得有些孩子气。她的皮肤闪烁着雪花石膏般的光芒，紧紧覆盖着肿胀的腿和紧绷的脸颊。她好像散发出一种微弱的黄光，像一只行将熄灭的灯泡。她不停地走动，仿佛有一股看不见的力量在驱使着她。她把双手靠在桌子上，双脚不停舞动，突然在一把直背椅子上坐下来，手在胳膊、大腿、小腿上搓来搓去，抖动着屁股，随着音乐节拍摇头晃脑。接下来，霍莉扮演起摇滚歌手爱丽丝·库珀（Alice Cooper）：敲打着手指，做出弹吉他的动作，甩动马尾辫，好像在庆祝学校被砸了个稀巴烂。从头到尾，她一直以微弱的低音唱歌，歌声不时因为打嗝而中断。

① 即癌症专科护士。——编者注

突然，音乐“咔嗒”一声停了，我这才注意到窗台上的卡带播放机。这些混合着不同歌曲的磁带一定是霍莉在青少年时期录制的。没有规范的舞蹈动作，她就在椅子上摇来晃去，纤细的双手揉搓着四肢，像一个愤怒的精灵甩动着发辫。她抬头看着我，好像才注意到我，问我：“有烟吗？”我摇摇头，她哈哈大笑，说：“啊呀，你是医生，不是吗？你不会赞——成——抽——烟的！”她说话的声音像唱歌一样，却带有嘲讽意味。

“你说怎么回事，医生，我今天感觉好极了！我想唱歌跳舞，我想离开这该死的屋子！”霍莉凝视着房间，重重地叹了口气，“这里像个猪圈，需要好好打扫一下了。艾米！艾米!！”她把目光转向被烟雾熏成了棕色的天花板，可能是在看艾米，而我想艾米也许在楼上。

不久，一个穿着睡衣的少女出现在客厅门口。

“妈妈？”她问,“妈妈，怎么这么吵？”然后她看到了我，小声说:“这是谁？楠到哪儿去了？”

“楠买烟去了。这是医生。这儿需要打扫一下。把灰尘吸一下，好吗？”

处于青春期的艾米翻了个白眼，说:“好，马上。”然后掉头跑上楼梯，不见了人影，这时，她的外祖母回来了。楠一次点燃两支香烟，给霍莉递了一支，然后踩着重步朝厨房走去。“我去把水烧上,”她说，“医生，你要茶，还是饼干？”

我坐在沙发上，看着霍莉继续没完没了地跳舞。我大概了解了她的情况，但还需要更多的信息。

我问道："霍莉，你感到坐立不安吗？"

霍莉表情严肃地看着我，吐出烟雾，说："你要问一大堆问题吗？我不想显得无礼，因为我已经和第一个医生谈过了。所以是这样的，是的，我没法静静地躺着，不能入睡，没法把音乐从脑子里赶走。好了吗？明白了吗？"

楠进来了，她用茶盘端着几个盛满茶水的杯子、一碟饼干和切得厚厚的水果蛋糕。我知道热情好客是沿河一带人家的习俗。

"霍莉通常不那么暴躁，"楠说，"我想她是太累了。我们昨天整晚都没合眼。"

我问道："你认为这种不安是什么时候开始的？"这两个女人你看看我，我看看你，思考着我的问题。

楠说："真正开始是在你不觉得恶心以后。"

霍莉表示同意，并说："呕吐把我弄得头昏脑涨。我什么东西都吃不下。但现在我不觉得恶心，反而觉得精力充沛。"

眼前的这个人瘦弱不堪，脸上泛着肾衰竭造成的蜡黄色，她命不久矣，可她却说自己精力充沛，这听上去很怪诞。我让她闭上眼睛，把胳膊从胸前伸出去。她照做了，垫着脚尖，双腿扭动。我握住她的手，慢慢从肘部弯曲她的手臂，我感觉到她肌肉的一张一屈，关节里面好像有齿轮传动似的。她洋娃娃般的脸上，两眼目不转睛。

我问霍莉："恶心感是什么时候停止的？"尽管我已经知道答案：护士给她注射针对肾衰竭的抗呕吐药之后。但这种抗呕吐的药物驱动她产生了焦躁不安感，使她坐立不安，也可以说没有能力静坐下来，即静坐不能（akathisia）。她会把这种驱动感误当作精力充沛，这会突然导致她想下床四处走动。

因此，霍莉陷入了一种两难境地。这位年轻的母亲已经接近生命的终点。她的肾功能衰竭得很厉害，到了这个阶段，和她一样的很多人会失去知觉，但是她服下的抗呕吐药引起了她的躁动，导致她产生出去走走的想法，可她的腿无力支撑身体。她住在 5 楼。我不想让她停止服用抗呕吐药，因为恶心感很快又会卷土重来。然而，如果她继续这样手舞足蹈，不睡会儿觉，残存的微薄体能很快就会耗尽。

有一种针剂可以逆转这种烦躁和不停活动的冲动，而且可以控制呕吐。临终安养院备有这个药，我可以回去拿，但霍莉此时却像笼中的鸟儿一样躁动不安。怎样才能缓和她不停活动的欲望呢？

我问她有没有轮椅。没有。两周以前霍莉都还可以上下楼梯，之后，疼痛让她无法出门；等到疼痛好不容易好些了，结果呕吐又把她搞得疲惫不堪。

这时，门口传来一个声音："楼下的萨莉有一把轮椅。"艾米一直在听着动静。她早早就打扮好了，头戴陆军贝雷帽，上身穿了一件霓虹黄 T

恤，下身是黑色紧身裤，套上了黄黑相间的条纹暖腿袜。她说："我们可以借。你要带她去哪儿？"

"我哪儿都不带她去。我要回临终安养院，去拿另一种对付她这种焦躁情绪的药。但是她这么焦躁，拼命想出门，所以我在想你愿不愿意带她出去，到街上的购物中心转转。这样可以换个环境。"

楠一脸惊诧。艾米大声说："我去问萨莉借！"说罢就去了。霍莉感激地看着我，说："哦，我没想到可以出门！谢谢你，医生。他们一直照顾我，能出门太好了……"

几分钟后，艾米敲了敲窗户。她站在阳台走廊上，带回了一把轮椅和两个穿黑色皮夹克的高个男子。

艾米兴高采烈地说："托尼和巴里能抬她下去，我们要去逛商店喽！"

我问道："等等，没有电梯吗？"我的问题毫无意义——话已说出口，轮椅也借来了，楠已经在打电话通知霍莉的姐姐去商场跟她们会面。我也不能再拒绝托尼和巴里的好意，他们是楼下萨莉的儿子，身材高大，看着很友善。他们已经准备好执行任务了。

我回到院里，拨通了领导的电话。我向他介绍了这位娇小的患者的情况：伴有晚期肾衰竭；一天比一天虚弱，直到出现这种由抗呕吐药突然引爆的"虚假能量"，以及我给出的静坐不能的诊断意见和治疗计划。他问了几个问题，似乎对我的检查和结论感到满意。他问是否需要和我一起去送药并制订下一步计划。尽管我希望可以独自处理，但想到那个烟雾弥漫的屋子、不停舞蹈的小个子患者，以及那些穿着皮衣的邻居，我还是欣然接受了这个提议。在护士帮我准备需要的药物和仪器期间，领导开车来到了临终安养院。

第二次去河边的感觉大不一样。云消雾散，过了一个长长的下午之后，时间快到黄昏时分了。我们把车停好，发现“夜莺花园”沐浴在阳光之中，一楼有一家人好像在室外举办聚会。我仔细一看，发现了巴里和托尼，还有艾米穿着霓虹黄 T 恤的身影，以及坐在轮椅上、穿着蓬松的亮粉色晨衣、戴了一顶毛线帽的霍莉。穿着厚夹克的楠背对着我们，一个老人坐在路边的扶手椅上——我猜她是楼下的萨莉。大家在喝罐装啤酒，欢声笑语，在屋子里进进出出。我和领导朝人群走去。人们招手让我们过去，给我们以家人般的欢迎。

霍莉大声说：“这就是让我们去商场逛逛的那位姑娘！”她还给我炫耀她刚做的指甲——是她姐姐请她做的。

楠笑着说：“让她那双手老实待会儿可真费功夫啊！”

她们在外面玩得很好：霍莉开心地同朋友和邻居互致问候，她已经几个星期没见到他们了；她敢于出门，大家都对她的毅力表示钦佩。霍莉买了一大罐香烟、一箱啤酒鸭和很多炸薯片，供大家在这个即兴的路边聚会上尽情享用。

我解释说我们需要检查一下霍莉的便携式注射泵，然后给她少许解毒剂，在给她可以持续一整夜的剂量之前，要确保这个药不会让她感到不适。我们得上楼去她家。巴里和托尼轻而易举地就把轮椅抬了起来，好像提一个购物袋一样。他们把霍莉抬到5楼。楠让我们进了门，然后把水烧上，霍莉的姐姐和艾米也跟了进来。我给大家介绍我的领导，他检查了霍莉的手臂动作，看看是否符合我的诊断。茶是给我们这些来办正事的人喝的，其他人则继续喝啤酒。霍莉知道她只能喝少量的液体，所以她用一个精致的茶杯喝啤酒。

我去厨房洗过手后，准备注射解毒剂。早些时候有人打扫了屋子，台面光可鉴人。我在霍莉前臂松弛的皮肤下插入小小的针头，注射了第一份少量的药剂。此时，房间里的人还在继续谈话；巴里和托尼带走了他们母亲的轮椅；楠和艾米坐在扶手椅上，霍莉的姐姐波比坐在我旁边的沙发上。从我们坐的地方可以看见霍莉焦躁地走来走去，我的领导跟在她旁边，以防她摔倒。她嘴里还念叨着自己下午有多么开心。

终于，霍莉在她姐姐旁边的沙发上坐了下来。虽然烦躁不安，但她还是乖乖坐着。渐渐地，她不说话了，只听周围的人絮叨。我发现领导密切注意着她。

领导轻声问道："你想睡觉吗，霍莉？"她点点头。波比和我腾出地方，让她在沙发上躺下，但她不停地翻来覆去。她太虚弱了，没法上楼睡觉，所以艾米去楼上拿了一张可以卷起来的睡垫。这是朋友过来睡觉时用的。楠和波比铺好床，霍莉在上面躺了下来，闭上了双眼。

领导问道："你现在感觉怎么样，霍莉？"没有回音。霍莉发出轻轻的鼾声，艾米笑了，但楠俯下身子，有些害怕地叫道："霍莉？霍莉？！"

领导坐在床垫旁边的地板上，伸手摸霍莉的脉搏。这时候，她静静地躺着，呼吸轻柔，偶尔发出鼾声。领导抬头看着我们，说："你们发现她的情况在变化吗？"是的，情况在变化。她的身体变得更加瘦小了。她的精力已经消耗殆尽了，过去几周一点点蔓延身体的疲惫感现在彻底把她压垮了。楠伸手抓住霍莉的手，对艾米说："把你姐姐叫回来。"

艾米满脸困惑。她姐姐到朋友家过周末去了，不希望有人打扰。艾米还不明白发生了什么状况。

"艾米，"我说，"我想你妈妈太累，可能不会再醒来了。"

艾米张大了嘴巴。她把她母亲、摸脉搏的领导、她外婆和我挨个看了一圈。"并不是今天的事让她筋疲力尽，"我说，"你今天帮她做的事好极了！昨晚她折腾了一夜，那之前她已经筋疲力尽了，对不对？"

艾米睁大眼睛看人时，样子跟她妈妈像极了。她点头表示同意我的看法。"这种疲劳是由她的病引起的，与她今天的忙碌无关，"我解释说，"但是，如果你姐姐想在身边陪着妈妈，那么现在就需要来了。"

艾米的喉头动了一下，站起身来，拿起笔记本找电话号码。

"给我吧，"楠说，"我来打。"

艾米默默地指出要找的那个电话号码，楠走到窗台处。那里放着电话机和录音机。她在拨号。我们听到嗡嗡的电话铃声，然后有人接起了电话，楠传达了信息。这时，霍莉睁开眼睛，问道："我为什么躺在这儿？"

“喝得太多，没法再上床睡觉了。”波比试图开玩笑，泪水却流了下来。

“不要哭，波比，”霍莉说，“我没事，我只是太累了。但我们今天过得很快乐，不是吗？”她扭动着身体，钻进羽绒被，问道：“我的姑娘们呢？”

“我在这儿，妈妈，”艾米说，“塔尼娅在回来的路上。”

霍莉微笑着说：“过来抱抱。”艾米抬头看着我们。领导朝她点点头，后退几步，给她让出了空间。艾米在妈妈身边躺下，把胳膊搭在她的肩上。

前门“砰”的一声打开了，一个女孩“嗖”地冲了进来。

“妈妈？妈妈！她在这儿吗？在哪儿？楠？楠！发生什么事了？”

楠过去拥抱她，然后拉着她来到床前，说：“她在这儿，塔尼娅，她在这儿。她太累了，我们临时给她搭了一张床。这两位是医生。妈妈没事，但她很累，她想让你抱抱她。”

塔尼娅在霍莉头旁的地板上跪了下来，艾米伸手握住她的手，拉它去摸妈妈的脸颊。

塔尼娅说：“妈妈，我回来了。”霍莉把手放在女孩子们的手上，叹了口气。

在接下来的半小时里，室外的光线逐渐消退，房间暗了下来。大家都一动不动地坐着。屋子里半明半暗，街灯橘黄色的光洒进房间。领导时不时平静地说着话。

“看她睡得多么安详。”

“你们听到她呼吸的变化吗？现在不是很深了，对吧？”

“有没有注意到她时不时没有呼吸？这说明她处于无意识状态，非常非常放松……这就是生命走到尽头的样子，非常安静、平和。现在我不指望她会再醒过来了。她很舒服，很安详。”

霍莉的呼吸变得非常轻柔，几乎听不见，然后停止了。一家人都沉浸在宁静之中，似乎谁都没有注意到她停止了呼吸。楠小声问道：“她还在呼吸吗？”

女孩们坐起身，看着霍莉的脸。

“我想她几分钟前已经停止了呼吸，”波比说，“但我希望这不是真的。”

领导问姑娘们：“你们觉得她有动静吗？”她们摇摇头，眼泪夺眶而出。

“你们做得很好！你们给了她最美好的白天和最宁静的夜晚。她已经离开了，”女孩们在抽泣、喘气，领导等她们平静下来后继续说，“她走得很安详，因为你们在这儿，她很宁静。你们让她心满意足。”

女孩们从床垫上爬起来。领导鼓励她们抚摸妈妈，对她说话，保持房间的平静气氛。看到她们再次躺到霍莉身边，轻声哭泣，低声诉说对她的爱，我感到此情此景无比美妙。这是一种几乎难以忍受的悲伤，但终归不是我的家人，我觉得流泪不合适。我竭力把注意力放在领导布置的下一步工作上。

我的领导对楠说："我们需要打电话给值班的家庭医生，证明霍莉已经去世，然后你可以打电话给殡仪馆主任。不用着急，慢慢来。我这就给医生打电话。如果对你和姑娘们有帮助的话，霍莉今晚可以留在这儿。"

楠知道该怎么做。她之前送走过两任丈夫和一个儿子。

她问要不要给我们续茶，但领导已经把死讯通报给了值班的家庭医生，他表示我们必须走了。于是，我们离开了烟雾弥漫的屋子，来到灯光照耀下的阳台，默默地走下阴暗的楼梯，来到人行道上。

领导问我："你还好吧？"当然不好了，我觉得自己刚刚杀死了一个人。但我嘴上说的是"我很好"。

"你知道针药并不是导致她死亡的原因，对吧？"

"嗯……"我吸了吸鼻子。

"她太累了，如果不是静坐不能给了她虚假的能量，她可能昨晚就死了。如果不是你控制住它，她会痛苦不堪，心烦意乱，把自己整死。是你控制了她的焦躁感，在她享受了最后一天的辉煌后，让她的内心获得了安宁，能躺下来抱着两个女儿。”

又一阵雾气从河面涌起，黄昏过去了，夜幕降临时分，我们往回朝汽车走去。这是我第一次值班负责临终关怀。我永远不会忘记这一天。

在霍莉身体放松、抗呕吐药带给她的焦躁感逐渐消退直至离世这一过程中，我目睹了领导如何一直与霍莉的家人交谈，从中我学到了非常重要的一课。他指出她们观察到的情况；引领她们度过整个过程；让她们确信一切都在预料之中，一切都是安全的。领导所扮演的正是经验丰富的助产士的角色：在整个过程中与有关各方交谈，将他们安全送到预期的地方。这是一份赠予，它让女儿们参与整个过程，将来当她们回忆起离别时刻，就会明白，她们平静地待在心爱的妈妈旁边就是送给她的最后礼物。这是一个多么难得的机会，我目睹了一位大师履行职责的过程，得以向一位温和、观察力敏锐的榜样学习。

不宣而至的再见

对于家人和朋友而言，看着亲近的人逐步走向预期的死亡是一种安慰。因为他们一边安排优先事项，一边等待着死亡的来临。然而，死亡有时候不宣而至，出人意料。在某些情况下，这种等待被认为是一种幸事，因为与有机会跟逝去的亲人说再见相比，瞬间猝死、不辞而别往往更难让人接受。

最残酷的一种情况也许是，患者病情持续好转，似乎已经脱离了危险，却突然离世。发生这种情况时，亲人必须做出巨大的调整，专业人士也是如此。

亚历山大和哥哥罗兰、亚瑟都以英雄的名字命名，他们的母亲希望以此激励他们，但为了避免像两个哥哥那样，每天在学校遭人讥讽，亚历山大把名字缩略为亚历克斯。亚历克斯生性安静，喜欢艺术和攀岩；宁愿独处；热爱色彩和质感，热衷于创作巨幅油画；喜欢独自攀登孤峰绝顶，从中获得乐趣。家人鼓励他学习会计专业，他没有听从，而是选择了绘画。他既没有事业有成，也没有稳定的感情，母亲对他未来的担忧他都看在眼里。

但亚历克斯有值得称赞的一面。他对自己的艺术顽强而执着，忍受着身体的不适，从无怨言。他忍受背痛长达数月，以为是爬梯子的时候拉伤了肌肉，直到痛得无法帮老板刷天花板了，才去看家庭医生，之后，在健康专业人士之间兜兜转转 6 个月之后，才有人建议他拍胸片。胸片显示亚历克斯的双肺布满了高尔夫球大小的癌细胞肿块，事情这才真相大白。

要求他拍胸片的医生问道："亚历克斯，背痛和疲惫感出现之前，你的阴囊痛不痛，或者有没有感到睾丸里头有肿块？"亚历克斯没料到医生会问这样一个奇怪的问题，但他清楚地记得，几个月前，他感到阴囊火辣辣的，有酸痛感，这个情况持续了几个星期。他原本以为是踢足球时弄伤的，因为感觉太尴尬了，没去看医生，所以他就那样等着肿胀感消失，尽管仍然感觉睾丸疼痛、变形，但出于害羞，他始终没有向别人提及。之后，背痛转移了注意力，他没再注意睾丸的问题。长久以来，从睾丸开始的癌症慢慢扩散到腹部深处、靠近脊柱的淋巴结链，导致淋巴结肿大、受损，最终任由癌细胞进入血液，侵入肺部。

就这样，亚历克斯成了"孤独舞厅"的新人，他入住的病区有 6 张床，几个同患睾丸畸胎瘤的小伙子一起在这里接受为期 5 天的常规化疗。当然，他很焦虑。像所有来到“孤独舞厅”的患者一样，亚历克斯切除了睾丸的癌细胞，为了检测癌细胞的扩散程度，他还做了一系列的检查。结果发现，癌细胞不仅进入了肺部，也殃及肝脏和肾脏，肿瘤就像断了线的珍珠一样，散落在腹腔周围，亟须治疗。好消息是，睾丸畸胎瘤可以彻底治愈，即使已经广泛扩散，治愈率依然很高。20 世纪 80 年代，在我们医院，这种治疗在被患者们戏称为“孤独舞厅”的房间里进行。

第一天等着打点滴时，亚历克斯烦躁地在病房里踱来踱去，从高高的玻璃楼梯上下楼时，周围环境一览无余：临近市中心的大公园绿意盎然，还有当地阶梯式排屋的屋顶和烟囱，以及医院后面维多利亚风格的公墓。

畸胎瘤常发病于年轻男性。亚历克斯来到病房，发现有 5 个同伴在分享过去三周各自的经历、争论当地足球队是否可以离开积分排行榜的垫底位置。他们还会讨论秃头是否性感，因为化疗导致这些年轻人的脑袋变得像鸡蛋壳一样光滑，对于他们而言，保持性感尤为重要。每个人都有一只胳膊在打着点滴，他们都穿着短裤和 T 恤，或者躺在床上，或者拖着输液架走来走去分享杂志和口香糖。他们在等着吃第一组抗呕吐药，之后，输液管上面挂的盐水就将被化疗药取代。他们给予亚历克斯兄弟般的欢迎。

“你患病的部位是哪边呢，伙计？”

“扩散得厉害吗？”

“运气不好，伙计，但这儿的人会把你治好的。”

“你是把头发剃掉，还是等它自己掉？”

我是癌症中心资历最浅的医生，被安排到了这个有 32 张病床的病区。为了保护隐私，我拉上了亚历克斯床周的帘子，然后向他解释化疗方式。病房里另外的 5 个年轻人聚在远处的角落，继续讨论昨晚的电视节目和在墨西哥举行的世界杯足球赛，他们讲话的声音很大，足以证明他们没在偷听：每个人先后都在这里经历过第一次化疗，都曾感到害怕、尴尬，但每个人都学会了适应癌症病房的生活。

“孤独舞厅”的所有成员都参加了临床试验。为了实现最高的治愈率，试验数据由欧洲各地的数据中心收集（现在仍在收集）。这种持续的跨欧洲合作使得 95% 以上的畸胎瘤患者有望治愈；即使是亚历克斯这样的晚期癌症患者，治愈率也超过了 80%。化疗毒性很大，不仅杀死癌细胞，也损伤骨髓、肾脏和其他器官。

在这种艰苦的治疗过程中，这些小伙子最难忍受的恶果是反胃。他们整整 5 天都感到非常恶心，有呕叶感、干呕。针对治疗引起的恶心，现在已经有了更好的药，但在当时，我们执行了一个巧妙的计划，以缓解他们的恶心：在那 5 天里，他们服用几种组合很奇怪的药物，包括高剂量的类固醇、镇静剂和一种含大麻的药，这会令他们昏昏欲睡、心情愉快。

一旦药物开始发挥抑制作用，不时地大笑和讲下流的笑话就成了小伙子们的常态。“孤独舞厅”虽说是一个癌症病房，但它总洋溢着欢快的气氛，而且，由于药效在 5 天以后消失，除了彼此之间的友伴关系，小伙子们对于这段经历都没留下什么记忆。

我向亚历克斯解释了他在诊所的时候已经了解到的各种情况，但正如大部分患者一样，他只记住了一点点内容：癌症、繁多的癌细胞、化疗、验血、精子计数、头发掉光、恶心、不能上班。一些有用的细节，如可治愈、保持乐观、能重返岗位，都成了耳旁风。他被吓坏了，进而为自己受到惊吓而感到羞耻。像所有的登山者一样，他可以面对摔倒和突然死亡的恐惧，但是想到要眼看着死亡一点点走近，他就像被绑在木桩上等待龙王到来的献祭女孩一样无助，浑身瘫软。他应该努力成为与他同名的亚历山大大帝，而不是无助地等待牺牲。他感觉到了自己的恐惧，并自称懦夫。他的羞耻感甚至比恐惧感更强烈。

帘子外传来笑声：英格兰队的前卫雷·威尔金斯（Ray Wilkins）正在接受电视采访，他刚刚被问到，其他球队后卫对他的无情铲球是否要了他的蛋蛋。那些手术后只剩一只睾丸的男人爆发出震耳欲聋的笑声，这刺激到了亚历克斯。在帘子后面，亚历克斯用悲伤的眼神看着我，他躺在床上，把被子往下巴处提，小声说："我永远不可能像他们那样勇敢。"同时，眼泪顺着面颊慢慢流下来。我刚说完"你只需要一天一天地熬过去"，他的身体就前后摇晃起来，大口大口地喘着粗气，拼命想抑制难以遏止的抽泣。外边的男孩们知趣地开大了电视机的声音。他们比我明白，在所有情况中，最糟糕的莫过于对恐惧的恐惧。

我感到如此无助。当着我的面哭泣对他的伤害是不是更大？如果我现在离开，会不会等同于抛下他？我感到双颊热辣辣的，面对亚历克斯巨大的绝望，我的双眼也渐渐酸涩起来。

我不能哭，不能哭，不能哭……

“我无法想象这里的每个人是多么艰难，”我说，“我只知道，每个人在第一天都和你一样。他们当时都是这个样子，但你看看他们现在。”

亚历克斯小声说：“我真是个懦夫。”他的身体继续摇晃着，慢慢才止住了啜泣。

我不知道如何安慰他，如何说些给他希望的话。我伸手取来器具托盘，准备给亚历克斯打点滴，他伸出双臂，好像让我给他戴上手铐一样。

我问亚历克斯：“你习惯用右手还是左手？”像很多艺术家一样，他是左撇子。我在做好准备、收紧止血带、寻找合适的静脉血管时，问起他的艺术创作，他告诉我他是多么热爱创作：他想象着正在创作的作品，感觉它几乎已经摆在了眼前；创作每一幅画作，一层一层地涂上颜色；在纹理、表面、图片和色彩中幻想，以及在行走和攀爬时，他在自然界中看到的表面和空间、颜色组合如何令他深深地陶醉。

说话的时候，亚历克斯完全脱离了现实，几分钟后，液体输上了，他的表情很平静。征得他的允许后，我掀开了帘子，只见他的 5 个室友在电视机旁打牌，输液架间是一圈光亮亮的脑袋，看起来好像金属做的树丛中围着一圈奇特的伞菌。

他们中有人问道：“想加入吗，伙计？”亚历克斯点点头，抓起了输液架。趁着这个间隙，我在想，勇敢到底意味着无所畏惧，还是能忍受恐惧。为什么离开病床后，我才想到了有用的话？

到了下午晚些时候，所有的小伙子都烂醉如泥，为英格兰队大肆呕吐。他们躺在床上，试图将头对准医院提供的洗脸盆：他们太困，动作太慢，突然想要呕吐时，根本吐不到摆在病区其他地方的塑料小碗里。他们嘲笑着彼此，相互打气，到了我回家的时候，他们都在不成调地唱着那年世界杯的主题曲。

三周过去了，又到了“孤独舞厅”的星期一。我们要做的是收集 6 份血液做测试，给 6 个人打点滴，开 6 组改善精神状况的药，回顾 6 个人最近三周的情况。此时的亚历克斯不再是新人，他已经知道规矩了，现在，他和室友们一样都是光头。对于马拉多纳以“上帝之手”针对英格兰队的行径，大家感到非常愤怒。胸片显示，亚历克斯的许多癌细胞正在迅速萎缩。我拿给亚历克斯看片子上的明暗对比，即黑暗的肺组织背景上那些大大的白色台球状阴影，并告诉他，才进行了第一轮化疗，癌细胞就已经大大缩小……这一切都令他惊奇不已。

我解释说，肝脏、肾脏和腹部的其他继发性肿瘤也因为化疗而萎缩和消失。这会进一步增加治愈机会。亚历克斯神情严肃，若有所思地点了点头。我本想问问他的感觉如何，恐惧感是否仍然那么强烈，但我担心触及他的痛处，他可能还没有完全镇定下来。

那周星期三晚上轮到我值班，回家前，我先检查了“孤独舞厅”成员们的输液情况——否则晚上液体不走动的话，我就得开车回来，帮他们重新调整。小伙子们都很安静。病房的窗户朝南，房间热得像暖炉一样，夜幕降临以后，房间里才有了一丝凉意。大部分人的液体都走得很好，但亚历克斯针头周围的皮肤微微发红，他发现移动手臂时，液体不走，输液器发出警报声。我拿起一个小盒子，拉上帘子，重新设置输液管。

帘子拉好以后，亚历克斯轻声对我说：“我还是不知道怎么忍受这一切。我的意思是说，我知道情况好像在好转，但即使癌细胞全部都消失了，我们也不知道它们是不是永远不再卷土重来，对吗？”

我正集中注意力试图把针管穿进他前臂的静脉，所以没有回应他。面对静默，亚历克斯叹了口气，说：“我忍受不了等待的感觉。等待死亡的人该如何忍受这一过程？我不想知道。”

我把管子绑好，按下按钮，重新开始输液。显示“开”的灯闪烁起来，这回我放心了。我坐起身来，看着亚历克斯。他靠在枕头上，虽然没有睫毛和眉毛，眼睛倒是很明亮。他看上去很放松，但眉头紧锁。

亚历克斯无精打采地问道：“人要死的时候，自己能意识到吗？”因为药物作用的原因，无论我们的谈话多么有意义，他都不可能记住。然而，此时此刻，得益于药物带来的深度放松，亚历克斯由衷地问了他最害怕的事情。对我来说，这个机会可能只有一次。

我静静地等待着，看着亚历克斯的表情发生变化。他停顿了一下，抬头看着帘子的横杆，眯起眼睛，好像是在努力集中注意力。然后他从容不迫地说：“我不确定该不该把这件事告诉你……”

我提醒自己：不要插话，让他保持思绪。“你从这个窗户往外看过吗？”亚历克斯终于问道。哦，不要啊，他指的是墓地吗？“看过。”我小心谨慎地回答。我们这是要谈什么呀？他拉长声调说：“你知道它有多高，对吧？”我知道，我一天要爬很多次楼梯。“你知道我是个登山者，对吗？”“对……”“我一直在琢磨。我不需要等待死亡。爬到窗台上很容易。如果从那儿跳下去，会直接掉到混凝土上。砰！一秒钟就结束了。”他伸出手臂，拍了一下床。

我跳了起来。天哪，亚历克斯已经制订了一个自杀计划，不想再继续等待死亡降临。

“你一直在想这件事吗？”我尽量保持声音的平稳。

“我一到这儿就注意到了，也查看了楼梯井，但它太窄了，坠落途中会碰到太多东西。外面要好些。”

“想这事的时候，你感觉怎么样？”我一边问，一边害怕听到他给出的回答。

“我感觉又有力量了，因为我有了选择，我可以跳出去——砰！”亚历克斯又敲了敲床，但这次我已经有心理准备了，“我可以任意选择一个美好时刻……”他懒洋洋地躺在枕头上，咧嘴笑着，眼睛死死地盯着我，观察着我的反应。

我问道：“你觉得你……呃……很快就需要这样做吗？”我绝望地想，如果他现在从床上跳下来，想从窗户那儿挤出去，我该怎么寻求帮助。

“不会，”亚历克斯微笑着说，“现在不要——我们知道‘那家伙’正在落荒而逃。但是如果它卷土重来，我就不会再等它来烦我了。”我问道：“那我需要担心你这周做这件事吗？”但他又睡着了。过了几分钟，他打起鼾来。明天我要征求精神科联络小组的意见，至于今晚，看得出亚历克斯太困了，不可能离开病床。我可以回家了。

凌晨时分，床头的电话响了。我瞌睡未醒，昏头昏脑地握着梳子说话，过了一会儿才发现了电话听筒。我刚刚说了声“你好……”，值班护士就打断了我。

“亚历山大·莱斯特！”她声嘶力竭地说，“两头出血。已经打电话给重症监护室了。就这事儿！”然后电话就挂断了。

什么？发生了什么事？亚历克斯为什么出血？他的血细胞计数正常。他一定做了什么。他跳楼了吗？见鬼！如果他跳楼了怎么办？我的鞋子在哪儿？汽车钥匙呢？这都是怎么回事？

开车去医院需要 5 分钟。这时还不到凌晨 2 点，交通很顺畅。我把车停在救护车的车位上，为了避免电梯发生故障，我“噔噔噔”跑上楼梯。我气喘吁吁，大汗淋漓，到了病区，在走廊里碰见了值班护士，她大步流星地朝我走来。

“啊，曼尼克斯医生！我打完电话后，患者已经转到重症监护室了。血压测不到，且吐血、拉血。另外已经开始静脉输液，进行液体复苏。已经通知家属。还有别的事吗，女士？”

“发生了什么事？”我感到大惑不解，“他跳楼了吗？他哪里流血？”

值班护士大声说：“跳楼？跳楼？”我自己也跳了起来，好像得到某种指令似的。“你什么意思，跳楼？”

我深吸一口气，尽可能平静地说："请把情况如实告诉我。"

护士解释说，午夜前后，亚历克斯开始焦躁不安，他要了一个便桶，拉了一通血便之后，血压顿时就垮了，开始吐血，但没有跳楼。如果我明知道他有这个考虑，却没有采取任何行动，那就是我的错。虽然听到护士的话后，我的内心交织着放松和震惊，但最终它们都被波涛汹涌般的愧疚感淹没：亚历克斯躺在重症监护室，我却在担心着自己。

"看起来他的胃肠道出了大量的血，"护士继续说，"要我说的话，我觉得这些血液来自大血管。"

情况听起来不妙。确定了癌症中心的其他患者暂时不需要我的帮助后，在担心和羞愧的双重驱使下，我沿着明亮的走廊朝重症监护室走去。他们已经电话通知了亚历克斯的肿瘤顾问，他在来的路上。

亚历克斯侧卧着，不省人事；房间里有股血腥的大便味道，辨出这种甜腻的气息后，我感到心惊肉跳。他插着两根输液管，其中一根通进颈静脉；监护仪显示脉搏很快，血压很低。情况很糟糕。一位护士不停地按"低压"警示按钮，想让监护仪持续的尖叫声停下来。亚历克斯的母亲坐在床边，脸色苍白，旁边的年轻人（他简单地介绍自己叫"罗利"）看上去简直就是亚历克斯的翻版。重症监护室的顾问也在场，她解释说，亚历克斯失血过多，他们在等待血库的交叉配型，因为他在化疗期间肯定接受了经过病毒筛选的血液，他们在给他输凝血因子和血浆，但他的病情非常严重，不能接受止血手术。情况真的很不妙。他的癌症就快治好了，怎么可能发生这种事？

突然，亚历克斯的头几乎被自动推回到了枕头上。深红色血液像一条巨蟒，从他嘴里急速窜出，把他的头猛地朝后一推，盘卷在他旁边的枕头上；巨蟒湿漉漉的，闪耀着光芒，它那红色的液体弄污了枕套和床单，亚历克斯呼噜一声倒吸一口气，停止了呼吸。他母亲意识到巨蟒是亚历克斯的血液之后，发出一声尖叫。也许那是亚历克斯体内全部的血。罗利站起来，抱着她，在护士的陪同下，把她带去某个安静的房间，她的哭声响彻楼道。

我吓得目瞪口呆，全身瘫软。这是真的吗？我是在做梦吗？可惜不是。盘绕的巨蟒像一只巨大的褐红色果味奶冻似的，坍塌成一团。我们不该做点什么吗？但做什么呢？

重症监护室顾问在检查亚历克斯的脉搏，她说："以这种方式告别真可惜……"她似乎离我很远很远，好像是在电影幕布上一样。复苏措施徒劳无益。她摇摇头，问我要不要一杯咖啡。咖啡在这时好像有奇异的作用，能平静人心。我接受了。

亚历克斯的肿瘤顾问来了以后，我们把他带到护士办公室，喝着咖啡，听他介绍情况。这位肿瘤顾问以前见过这样的情况：肿瘤把肠道粘连在大血管上，虽然化疗缩小了肿瘤，但在肠道上留下一个洞，体内的血液从这个洞倾泻而出。这种情况很罕见，但可以识别，如果出血量大，情况就无法控制。

我一直在想，亚历克斯不想看到死亡来临。他如愿以偿。

然而，我知道，清除掉血液凝块，更换完床单被罩，把亚历克斯的身体洗干净之后，家人会获许进去看他最后一眼。亚历克斯再也无须为了逃避死亡将至的恐惧而跳下高楼，但这个想法并不能带给家人安慰。亚历克斯就这样离开了人世，没有任何仪式，也没有道别。

第二天早上，我们需要告诉“孤独舞厅”的病友，亚历克斯已经结束了治疗。

这段故事讲起来很困难，读起来可能令人惊骇。死亡以预期的方式来临时，大多是可控、温和的，但确实也会突如其来、令人意想不到。并不是所有的死亡都“井然有序”。死亡突然来临时，由于丧失了意识，死者通常没有充分的感知，但周围人会留下刻骨铭心的记忆。

即使眼看亲人平静地死去，丧亲之人往往也需要反复讲述他们的故事，这是将痛苦经历转化为记忆的重要环节，而不用每次一想起这事，就好像它仍然是当下的现实，又要把它重新体验一遍。

有时候，我们这些照顾重症患者的人也需要互相交流情况，这样才能保持良好的状态，重返工作岗位，继续承受心理创伤。

最后的守夜

在姑息治疗领域，患者临终前，守夜是常见现象。有些家庭进行得很平静；有些家庭采取轮班制，既要照顾将逝之人，还要照顾刚替换下来的照顾者；有些家庭会发生地位争夺战，看谁最悲痛，逝者最钟爱谁、最需要谁、对谁最满意；许多家庭欢声笑语，还会一起闲聊、回忆；另一些家庭更安静，更悲戚；有些家庭只有一个人独守；有时候要由我们这些工作人员守夜，因为患者无亲无故。

所以，当我有机会第一次坐在深爱的人床边时，我对之前已经无数次目睹这个场景的感受有了新的认知。

唉，这事完全出乎意料。房间的光线很暗。门头上方的夜灯在四张病床和床上睡觉的人身上投下微弱的光芒。其他三位病友偶尔发出轻微的咕哝声或者吵闹的鼾声，越发凸显了眼前这个白发女人的安静。我坐在椅子上，凝视枕头上那张苍白的脸。她闭着双眼，每次吸气、呼气时，鼻孔微微张开，嘴唇随之轻微开合。

我在她的脸上搜寻线索。一侧眉毛微微动了一下——她醒了吗？她痛吗？她想说话吗？但吸气和呼气的节奏仍在不间断地继续着。这说明她无意识、没知觉。

这是我的外祖母。她快 100 岁了。她的一生见证了 20 世纪的种种奇迹：小时候，她看见灯夫点燃家门外的煤气灯，怀着羡慕的心情，看着身穿礼服和夜间斗篷的邻居登上马车，去镇上过夜；十几岁时，她目睹哥哥为了去法国参战，伪造身份文件，最终迎回的是他残余的躯体；作为一个年轻的妻子，她目睹了 20 世纪 30 年代的经济大萧条，其间一个儿子夭折了，而现在，国民保健服务体系提供婴儿常规免疫，可以预防夺去她儿子生命的那种病；后来，她丈夫死于感染，而现在，今天的抗生素就可以治愈这种感染；第二次世界大战期间，她带着余下的孩子撤到乡下，在一家军火工厂上班，生产线上的妇女们不时偷偷地把炸弹的雷管弄坏，希望挽救德国平民的性命；之后，她回到自己在城内的家，德国人往她家房子上投了一颗燃烧弹，所幸燃烧弹的引爆装置失效了。此外，她亲眼看到英国国民保健制度的诞生；她的孩子们接受了高等教育；她看到了人类在月球上行走。现在，她是一个四世同堂的女家长，但她快支撑不下去了。

她急促地吸了一口气，然后咕哝着呼了出来。

“姥姥？没事儿的，姥姥。我们明天就带你回家。现在你可以睡觉了。大家都在这儿呢。”

我在听她的反应。我是说，我真的在认认真真地聆听。咕哝声里有话语吗？她在做梦吗？她是醒着的吗？她害怕吗？

但她马上又恢复了单调的无意识呼吸。我坐在那儿，凝视着她，在这张亲切而熟悉的脸上寻找着线索。

我见过很多家庭都像我一样，无眠地守候、探望。这时，我已经从事姑息治疗工作 11 年了，每天都看见有人临终。我怎么完全没有意识到，坐在那儿等候的家属其实在一边深切关注，一边分析情况？

这不是一种被动行为。我处于异常警觉的积极状态，在她的脸上寻找线索，从她的每一次呼吸中寻找证据：怎么回事？不舒服？疼痛？满意？平静？这就是守夜，突然间，我从一个意想不到的全新视角，重新认识了熟悉的守夜模式：家人聚集，轮班值守，从患者脸上详细分析几乎没有什么内容的信息。

事情的来龙去脉是这样的，我正好获邀回家乡做一个演讲，所以我很开心地接受了邀请，因为这样我就有机会看看父母，见见其他家人。几天之前，在来的路上，家人从医院打来电话，要我改变行程。我也没有在父母家吃饭，而是在市医院急诊室的小隔间与他们会合，围绕在无所抱怨、笑意盈盈的外祖母身边。

医生评估了她的背部疼痛情况，最终确定她患有结肠癌。肿瘤已经很大了，之前没想到她得的是癌症。医院安排她住进这个隔间。病房的医生刚取得行医资格，经我说服，他同意使用镇痛剂。不久后，医院的姑息治疗小组来了，他们会提供更专业的建议，这样，我只需扮演外孙女的角色就够了。

第二天，姑息治疗的专业人士再次聚首开会，我应邀在会上发言。我走出“家属焦虑症”状态，进入“会议发言者”模式。两个小时的会议非常顺利、愉快，我脱离了悲伤，其他几位家庭成员则在医院陪着外祖母。我后面的演讲者是一位社会工作者，他的发言有关丧亲的家属，感人肺腑，一下就戳中了我的泪点。会议结束后，我去衣帽间擦掉脸上的睫毛膏，匆匆赶回医院。

留守的家人说外祖母做了检查，显示癌细胞扩散范围广泛。外祖母想回疗养院，因为疗养院有一个礼拜堂。对她而言，最重要的事莫过于靠近上帝。她对自己的病并不感到恐慌，因为她已经为死亡做了几十年的准备了，她惊讶自己竟然这么长寿。她是同代人中唯一的幸存者，多年见不到心爱的人，她备感孤独，渴望与他们重逢。

患癌的消息对外祖母产生了一个有趣的影响：她好像一直想知道自己最终会如何死去，她似乎很放松，以至于家人怀疑，她是否真的理解这个消息意味着什么。但这就是长寿带来的智慧：没有人会永远不死，每过一天，我们距离生命的最后一天就近一天。80 多岁时，外祖母发作了一次中风，语言能力受到影响。她说不出话，所以有时候代之以令人难以理解的其他表达方式，另一些时候，她会无意间变得非常滑稽。

外祖母的活动能力也很有限，但她坚定地承受了所有困难。回想起来，我觉得她盼望再发作一次致命的中风，好让她从这种被束缚的生活中解脱出来。十多年过去了，她还在和我们谈论各种香肠：“你知道，那个……管它叫什么……”说不下去的时候，她就转转眼睛，意思是说“嗯，你完全明白我的意思”，而我们则百般不解：“香肠和其他东西”与我们的谈话有什么关系？与她的新羽绒被套，或者与她想送侄孙女的礼物有什么关系？

所以，现在她知道了。这次不是再度中风，而是癌症。盆腔神经承受过大的压力，导致“下面”（她不愿意提及，只是转了转眼珠）疼痛。她的体重一直在下降，饭量也开始减少，但还不足以引起任何恐慌。

姑息治疗小组针对神经压痛的治疗很有效，外祖母平静地表达了自己的开心之情。她解释说：“就像是……”她又转起了眼珠，“是……”眼神示意“下面”。我的姨妈一脸困惑，但妹妹勇敢直言：“是的，像痔疮一样。”

因为我正好在这儿，而且可能再也没有另外的机会了，所以我负责守夜。前一晚我住父母家，睡在我小时候的卧室里。没人守夜，因为外祖母看起来很舒服，休息得很好。今天却风云突变。她时睡时醒，看上去很疲倦，不想吃东西，偶尔喝几口流汁，还要求见教皇。牧师来看她，她很兴奋。她觉得教皇来的速度真快！天知道他们聊了些什么，反正之后她显得很平静。

到了晚上，外祖母明显已经放下了心头的负担，准备迎接死亡。疗养院一位身材矮小、经验丰富的修女来访后，发现了这些迹象，直接问外祖母最后几天想在哪里度过，没有任何拐弯抹角。外祖母说想“回家”，于是修女说，明天就送她回家。病房的工作人员也同意安排外祖母出院。之后，她微笑着睡去了，陷入了昏迷。这一情景我见过很多次，却从未真正看懂。

就这样，我在黑暗之中，坐在椅子上观察我那虚弱不堪、行将逝去的外祖母的脸。突然，她睁开眼睛说了一句完整的句子：“你不应该……在这儿……睡。”我摸了摸她的脸颊，她的鼻尖凉凉的。

“姥姥，你曾经为我们每个人度过了不眠之夜。现在轮到我们了。睡吧。我在这儿很舒服，和你在一起很愉快。”她笑了，这是个带有祝福意味的微笑，我的眼中顿时涌起了泪水，“妈妈和姨妈喝茶去了。她们很快就回来。我给你点儿东西吃好吗？”

她摇摇头，闭上了眼睛。突然，我的脑海里回响起勃拉姆斯的摇篮曲，断断续续的华尔兹舞曲转换为外祖母那低沉、嘶哑、安抚人心的声音，她给 13 个孙辈都唱过这首睡前摇篮曲。在这个地方，在她即将离世的时候，我思考着我对她漫长人生的浅薄了解，以及她对我的人生的充分了解。这个了不起的女人的一生受过太多苦了，然而，我对她所知甚少。对于我母亲及其兄弟姐妹，以及外祖母的 8 个孙女和 5 个孙子，她是自力更生的典范。

失去交谈能力之前，外祖母是我们的知心人，倾听我们的苦恼和过失，我们焦虑时，她充当我们的顾问；困难时，她给我们安慰。她对我们了如指掌，但极少谈及她自己。我们这些年轻人只关心自己，都没想过问问她的情况。

陪伴逝者时，眼看深爱的人慢慢陷入昏迷，直至死亡，有多少人认识到了曾以为的这些真理和理所当然的未来其实根本不会发生呢？难怪有人对诀别怀有幻想，等着对方的临终遗言、从中获得的深刻启示，以及“一切都会好起来”的宣言。

现在，外祖母的呼吸柔和、有点喘，既轻又浅。我有多少次向家属、医学生和患者本人描述过周期性呼吸？然而，我以前从来没有听见过这样的呼吸。听起来好像跑了很长一段路，呼吸困难，焦虑不安。但她的面部表情平静，眉头舒展，脉搏均匀、规律、稳定。我注意到，她的手和鼻子一样凉。我把她的手塞在今天从家里带来的编织披肩下面，好像我可以用某种方式让它暖和起来似的。她看上去并不痛苦，但我仍保持着警觉，就像一位守卫着危险目标的安全警卫。我所有的感官都准备着，以便随时发现她丝毫的不安。

浅呼吸停顿了。我屏住呼吸——请不要在她们外出喝茶的时候死去。然后她大吸一口气，同时伴着鼾声，另一种周期性呼吸开始了，缓慢、深沉而嘈杂。我想起患者家属多次问我，这种声音是否表示痛苦，我不明白他们为什么把打呼噜误作有意发出的声音。我专心倾听着那熟悉、响亮的呼噜声，观察有没有一丝不安的迹象，在我的孩提时代，每次她来我家，那呼噜声总令我无法入睡。

如我所知道的那样，慢慢地，这种自动呼吸变得越来越快，越来越浅，浅到听不见，同时，我仔细观察她的每一次呼吸，观察她的脸，寻找脚趾活动或者手部细微动作的迹象。这些迹象表明她试图进行最后的沟通。

就这样，又过了 20 分钟后，母亲和姨妈回来了，她们给我带了一杯医院卖的橘子茶。我感觉已经独自在这儿待了一辈子，反复观察和评估我昏昏欲睡的外祖母的状态后，我知道已经不可能再与她沟通了，这让我感觉胸口上好像压着一块沉甸甸的石头。我主动提出晚上守夜，但姨妈不同意，可惜的是，明天我就要坐火车回到我的孩子、繁忙的工作和丈夫身边了。我以为再也见不到外祖母了。

但事实上，回家对外祖母是极大的鼓舞。第二个周末，我们又见到了她，她靠在枕头上，面色苍白，形销骨立，但见到我们大家，她很高兴。打盹儿间隙，她喜欢简短地交谈一番。

又过了一周，她咽气时，我不在她身边。但从那次守夜中，我学到了很多。自那以后，我还守过其他逝者，也是如此密切关注他们的状态，为突如其来的死亡感到悲伤，同时也对我在外祖母膝下学到的最后一课感到欣慰。

现在的我明白了那些在床边守候亲人的人是多么细致地关注细节，他们分析得多么认真，这份责任多么令人精疲力竭。我也要为他们提供更好的服务，回应他们的需求和问题，当他们频繁要求我检查亲人的任何不适或痛苦迹象时，我要更加耐心。这最后的守夜是体现责任感的时候，我们能从中认识到一个即将结束的生命所具有的真正价值；这是一个观察和倾听的场合，是一个思考彼此联系，以及思考即将到来的分离将如何永远改变我们自身的机会。

我们这些守夜者看起来只不过是坐在椅子上静静等待，但殊不知，我们其实服侍得是多么热切、仔细！

停下来思考一下

临终的模式

随着医学的进步，在家离世的人越来越少了，本章选取的故事旨在阐述死亡过程中那些渐次出现、可以预测的事件，对于这些事，过去的人们都习以为常。对于将死之人及其家人而言，了解会发生什么情况可以给他们带来极大的安慰。一旦知道需要了解些什么情况，相处起来就比较轻松自在。令人惊讶的是，如果做好了充分准备，亲人临终时，家人会非常轻松。

你陪伴过死者吗？你所看到的情况与这些故事描述的样子相似吗？当时你希望有人给你介绍死亡过程吗？这类信息以什么方式影响了你对死亡过程的看法？你认为电视剧、肥皂剧和电影对死亡过程和死亡的描绘怎么样？是更好地帮助了我们做准备，还是扭曲了事实？

临死的时候，你想待在哪儿？躺在自家床上（也许搬到更方便进出的房间），住到亲戚或朋友家里，还是入住医院、疗养院、临终安养院？它们各自有什么优缺点？

如果目睹过不舒服或者令人震惊的死亡案例，你如何处理这种记忆？你在本章读到的内容中，哪些信息让你重新定义了自己的体验？

如果你经常回想起一个不太好的画面，无论是死亡还是别的什么事情，并为之困扰，尤其是如果你仍然感觉事情好像在彼时彼地再次发生，那说明这个经历可能导致了创伤后应激障碍（PTSD）。你可以向医生寻求帮助。请不要承受不必要的额外痛苦，而要寻求建议。本书末尾的参考资料可以给你一些有用的建议。

W I T H T H E

02

找到合适的告别方式

E N D I N M I N D

人类有很强的复原力。我们会适应逆境，尽可能找到维持内心安宁的办法。通常，我们从小时候就形成了比较固定的应对方式：如果你总是摆出一副勇敢的架势，那么这就成了你首选的应对方式，你可能难以理解把痛苦说出来的人。无论是你还是另外一个人都不比对方应对得更好，也没有比对方更勇敢，每个人都有各自的应对方式。一个人通过发泄情绪找到内心的宁静，而另一个人的平静来自自我克制。

如果你是一个掌控大局并追求细节的人，而另一个人则听天由命，不考虑未来面临的挑战，那么，和这样一个人讨论重要之事对你们双方来说都很困难：一个人的回避与另一个人做计划的需求之间形成直接冲突，给双方都带来很大的压力。若想找到一个中间地带，以此为合作基础，双方都要敏感、机智、有耐心，甚至可能需要一个值得信赖的第三方帮忙。

接下来的几个故事介绍的是人们面对逆境时使用的不同策略，他们在使用这些策略时往往完全出于自发，并且对自己的行为没有任何见解。你可能会发现他们很像你非常熟悉的几种人，甚至可能从中认出你自己的做事风格。

每个人都喜欢用“我的方式”来处理事情，面对行将终结的生命时，也是如此。

不是对死亡说“不”，而是对生活说“是”

人类的精神力量令人慨叹！人们认为自己有极限，一旦超过极限就不能承受。但我同患有疑难杂症的患者打了几十年的交道，他们适应及重新设定极限的能力堪称奇迹。

埃里克是一位校长，但不是一般的校长，他还是一名组织者，管理着市中心一所大型综合学校，这里的孩子们知道，无论遇到任何挑战，埃里克都会支持他们。

当校长会耗费一个人大量的时间。在埃里克的职业生涯中，他和家人做出了这样的牺牲，他希望退休后有更多的时间，和子女、孙子女在一起。但他没想到自己会得上运动神经元疾病。

埃里克的病情发展得很慢。他在跑步机上跑步时，不时会碰到脚趾头，整个人从跑步机上摔下来后，医生发现他的腿部有一些奇怪的反应，于是让他去检查一下，看看有没有伤到背部。脊柱外科医生说他的背部没问题，但寿命不会超过三年。“奇怪的反应”和偶尔的跌倒是所有肌肉逐渐瘫痪的第一个征兆，它们逐渐接收不到来自神经的指令，而它们与脊柱和大脑的联系全靠这些神经。就这样，埃里克患上了运动神经元疾病。

记住，埃里克是一名校长，是做事情的人。

他自然会去网上了解自己的病情。网上的信息都是以文字形式发布的，看上去冷冰冰的，没有任何感情，也不会给予安慰。埃里克完全被吓着了，所以决定要在成为妻子的负担之前结束自己的生命。他考虑了各种自杀办法：驾车撞上高速公路桥墩，伪装事故？服用安眠药？他在网上了解到更多的信息，想象应该在什么时候采取什么样的行动。

假装发生意外似乎是最佳方案，埃里克决定在孙子们注意到他的病之前自我了结。他讨厌被视为老朽之人。他盘算着如果在夏天之前完成任务，那么每个人都可以缓过劲儿来，尽情享受圣诞假期。就这样，埃里克制订了计划和时间表。一个春光明媚的早晨，他怀着秘密的自杀企图，开车“去邮局取包裹”。几分钟后，妻子发现他回来了。“我无法操作变速杆。”埃里克的手臂瘫痪了，驾驶生涯就此终止，计划 A 因此不了了之。

春去暑来，埃里克的双臂和双腿也渐渐失灵。在家里和附近的街上转悠时，他会使用电动轮椅。他和孙子们一起玩耍，他们对他的轮椅兴致盎然，在上面贴满了蝙蝠战车贴纸。埃里克惊讶地发现，孙子们对自己的瘫痪丝毫不以为意，也一点儿都没被吓着，反而还乐滋滋地帮他扶正眼镜，给他揩鼻涕。每天早晨，护工协助夫人帮他起床、穿衣，晚上再和夫人一起帮他上床就寝。孙子们放学后，住在附近的女儿会带着他们来到父母家，以便母亲有时间出门采购。埃里克发现计划 B 服药自杀根本不可行，因为身边一直有人。

所以，曾经雷厉风行的校长埃里克现在成了一个坐在轮椅上的人，什么事情都需要别人帮助。埃里克原以为他会痛恨这种状态，痛恨自己成为累赘，对丧失行动能力感到屈辱、愤怒。但令埃里克吃惊的是，他发现自己仍然能做成一些事情。妻子和儿子打理他规划的菜园子时，他在一旁充当顾问，全家一起享受户外活动的时光。他在厨房门边还设计了一个菜园，孙子们在他的指导下种了很多菜。除此之外，他还会下象棋、读书，品尝上等的纯麦威士忌。

埃里克的妻子格蕾丝精于厨艺，因此品味一日三餐便成了埃里克每天的乐趣。然而，到了夏天，由于咀嚼和吞咽变得越来越艰难，即使是吃一顿饭，也要花费很长时间。除了吃饭问题，由于嘴唇和舌头日益乏力，说话也越来越成问题。埃里克从网上了解到，一些像他这样的人需要使用喂食管摄入营养。他决定自己宁可死，也不肯以这种违背自然的方式进食，他想到时候是不是可以把自己饿死。尽管埃里克还没想好执行日期，但这是他的计划 C。

到了仲夏，埃里克的身体出现了一个新问题：美味的晚餐引发了肺炎，因为他的气管顶端失去了吞咽肌的保护。妻子满怀爱意地为他准备了软食，他在吞咽时，部分食物悄无声息地滑进了肺部。他想干脆任由肺部感染让自己送命算了，但因为发高烧、呼吸困难让他很不舒服，所以前来就诊，随后被安排住进医院，接受静脉注射抗生素。

那一周，我第一次见到埃里克。他不清楚姑息治疗小组能为他做什么，并表示绝不接受喂食管。他希望早点死去，这样家人就可以恢复过来，过一个快乐的圣诞节。他认为安乐死是个不错的方式，可法律禁止安乐死，为此他感到遗憾。所以埃里克决定出院后立即开始禁食。

很明显，这是一个想到又能做到的人。如果埃里克决定饿死自己，他是办得到的。所以我们讨论了一下临死时他需要什么样的帮助，才能尽可能地保持舒适。他担心皮肤会出现非常疼痛、且可能有异味的褥疮，担心家人陷入悲痛，也害怕窒息——他很确定自己的病最后会导致窒息。对此，我们逐一讨论了他的问题，考虑解决办法。

褥疮是一种导致皮肤开裂的溃疡，往往长在身体里的骨头与外在的家具、衣服之间形成挤压和拉扯的地方。褥疮非常痛（想想脚上的水泡挤在鞋子里有多痛），而且随着患者逐渐久坐不动，皮下脂肪又少，长褥疮的可能性就更大了。所以，埃里克的想法是对的，他只能坐等褥疮找上门来。这是我俩第一次开玩笑。他的眼中闪过一抹光亮，嘴唇抽动了一下，喘息着轻声笑了。

我建议埃里克，想要避免褥疮，他可以坐在一种尚未服务于人类的旋转装置上，不时改变身体姿势，这样还可以避免营养不良。

“但是，”埃里克反驳道，“如果避免营养不良，那我就不是在自杀了，对吧？”眉毛的动作表明，他把我视为“愚蠢而无用”的人。

“不管怎样，”他继续说，“如果吃东西，我就会窒息。”

“那我们想一想窒息是怎么回事吧，”我说，“你说的窒息到底是什么意思？”

埃里克皱着眉头，但还是耐心地给我解释了一番，好像我是一个特别迟钝的学生。他说窒息指的是有什么东西卡在喉咙里，堵住了喉咙，你无法把这个东西弄出来，也无法呼吸，在自己想要毕生保护的人眼前死去……正说着，眼泪突然从他脸上流淌下来。这就是埃里克痛苦的真正原因：事实上，问题不是窒息，而在于不能完成他的保护任务。

在埃里克的整个职业生涯中，他保护了那么多别人家的孩子，现在，他觉得自己无力保护自己的孩子。他甚至无法让自己死，以此维护他们内心的安宁。“这对他们而言很糟糕，这样对他们，你觉得受不了，对吗？”我一边探问，一边轻轻揩去他的泪水，擦掉他鼻尖上的一滴泪珠。他点点头，看着我的眼睛。我问道：“到目前为止，你发生窒息时，他们有什么反应？”他想了想，说：“我还一次都没有发生过。”

“你觉得这是怎么回事呢？”我问道，“只是因为运气好吗？是因为吃的软食吗，还是别的什么原因？”

“哦，我还在等着它开始呢，”埃里克说，“或者更确切地说，我想在它发生之前死掉。”

“如果我告诉你，窒息不是导致运动神经元疾病患者丧命的元凶，”我说，“你怎么看？”

“我要你提供证据。证明给我看！”

我的确有证据：曾有一项针对数百名运动神经元疾病患者的姑息治疗调查，一直随访到这些人去世为止，结果没有一个人死于窒息。“这并不是说，他们在竭力清除喉咙里的痰时，连偶尔发生窒息的情况都没有。如果咳嗽很轻，就很难清除喉咙里的痰，对不对？”埃里克点头，我继续说，“但是没有人死于窒息，也没有家人看着他们窒息而死。死亡实际上比这温和多了。我可以描述一下他们当时的情况吗？”

我描述了看到的临死状态，埃里克听得专心致志。“太神奇了，”他若有所思地说，“太棒了，所以我吞咽食物是安全的对吗？”

“不，不安全，”我提醒他，“因为有些食物会误伤你的肺。但是，如果你不介意肺部损伤，想要重获吃东西的乐趣，那我可以说，你有选择。”

埃里克还在专心听我说话。现在，我们进入了合作模式，不像刚开始的时候，那时我觉得我们是在辩论。

“我得说，你还有更多的选择。如果想避免压疮，你可以让喂食管穿过皮肤直接插进胃里，这样你就不用费心咀嚼和吞咽食物了。如果你以后决定不用它，那是你的权利。”

埃里克说需要琢磨一下，于是我离开了，让他去思考。第二周，我听说他插了喂食管，等格蕾丝学会喂食后，他就打算出院回家。如果不是为了过圣诞节，我的这位朋友可能就此结束了生命。

在家里，埃里克通过喂食管获取所有营养，但为了享受吃东西的乐趣，他会少量进食格蕾丝烹饪的美味菜肴。吞咽后，他常常会咳嗽一阵子，但他认为这个代价是值得的。肺部再次出现感染后，他拒绝去医院，但同意来临终安养院。这一次，他需要就是否进行肺部感染治疗做出决定，他再次选择使用抗生素。

埃里克情绪低落。他对一位护士说，他觉得自己是格蕾丝的负担，希望可以死去。尽管如此，他还是想活到圣诞节。护士同他聊天，发现他的矛盾态度令人惊讶。埃里克认为，即便他过几天就去世，圣诞节之前，家人也没有足够的时间从他的去世阴影里走出来。接受抗生素治疗属于他控制死亡时间的新计划。既然所有缩短寿命的计划都失败了，他决定试图延长寿命。

护士问起了关于圣诞节的事情，埃里克对在家度过圣诞节的期盼之情溢于言表：聚会、礼物、装饰圣诞树的特定仪式、圣诞歌曲、每年都有所不同的家庭故事。这是他们互致谢意、享受家庭生活的时候。埃里克希望自己和所有家人一起最后欢度一次圣诞节。

病房进行情况汇总时，护士复述了这段对话，小组成员也仔细考量了埃里克的难题。埃里克不太可能活到 11 月中旬以后，他的胸部肌肉越来越弱，夜间呼吸开始衰竭，同时拒绝使用呼吸机。他没有其他选择了，如果圣诞节再近一点就好了……

我们提议提前过圣诞节，埃里克咧嘴笑了，他说："一定得有树……"

我们摆了一棵圣诞树，桌上铺着亚麻台布，上面摆着瓷器和眼镜，临终安养院的窗户边挂着长筒袜……这一切真是太有节日气氛了！在一个秋风习习的夜晚，埃里克一家穿着圣诞毛衣和花哨别致的服装，带着礼物和乐器来到临终安养院。埃里克在大楼前门迎接他们。他躺在病床上，两个戴着圣诞帽的护士推着他，连同他的氧气瓶和进食管，来到培训室。餐饮团队把培训室布置成了一个五星级餐厅。不值班的工作人员穿着正式服装恭候埃里克的家人。火鸡和配菜端上来后，埃里克暂时关掉了氧气，这样布丁就可以光荣地、令人激动地进入他的肠胃。晚饭后，我们这些值班的人听见晚会那边传来的吉他声、圣诞颂歌和欢声笑语。

两天后，埃里克请人来叫我。他说想停止服用抗生素。“我已经准备死了，”他说，“这是我的机会。我很高兴没有早早自杀，如果我死得太快了，会错过好多东西。没想到我可以忍受这么不一样的生活。”

说完，埃里克闭上了眼睛。我以为他累了，于是站起身来准备离开，但他要我坐下听他说话。“这很重要，”他说，“人们需要理解这一点，你也需要理解这一点。我想在我无法忍受的事情发生之前死去，但当它发生时，我发现自己可以忍受。我想要安乐死，但没人支持我。如果有人支持我，我该在什么时候提出这一要求呢？很可能我会要求得太早，这样就会错过圣诞节。所以，我很高兴你们都没有同意我的这一想法。我想告诉你，我改变主意了。我曾经对你很生气，因为你是体制里的一部分，这个体制拒绝助人死去。你们不是对死亡说‘不’，而是对生活说‘是’。现在我明白了。我是个老师，你得替我把我的这些想法告诉别人，因为我已经没有机会告诉他们了。”

然后，这位校长打发我走。

事实上，埃里克的肺炎正在好转，但他变得非常虚弱。这次谈话之后的第二天，他困得不能说话。一天后，他不省人事。家人围在他床边，房间角落里依然摆着圣诞树，在那个美好的“圣诞节”之后，他平静地离开了世界，没有任何窒息的迹象。

永远别让我离去

否认是一种有效应对痛苦情境的心理机制。一个人可以选择不相信发生了不好的、可怕的事，从而避免痛苦。一旦事情严重出错的证据越来越难以忽视，情况就变得比较棘手：如果他们根本没有接收到任何坏消息，情绪也就不会出现波动；但如果他们的否认不再能让自己暂时躲避痛苦，一旦意识到情况到底有多糟糕，他们就会彻底变得不知所措。

对于家人而言，和一个坚持否认痛苦事实的人共同生活，可能是一个巨大的挑战。

在没有时间进行调整的情况下，作为专业人士的医护人员该如何应对？跟着否认是意味着说谎，还是意味着对他人选择的尊重？

在临终安养院的一个单人间里，明信片和从家里带来的靠垫、织物摆得到处都是，一位年轻、虚弱的红发女子在房间里走来走去。在母亲的搀扶下，她小心翼翼地在铺着艳丽毯子的椅子上坐下来。她丈夫安迪和父亲小心翼翼地坐在沙发床上望着她。她抚摸着毯子上柔软的羊毛，嘴里冒出一串含糊不清的话语："好柔软啊！这是羊驼毛吧。记得你哥哥把这个毯子从秘鲁带回来的那会儿吗，安迪？等我好点儿以后，我们和他一起去秘鲁，他知道哪些地方最好玩儿。我想看看那些太阳神庙。太阳神有一头浓密的头发，跟我很像！我可以成为太阳神……"

她无法安定下来，她想站起来，可浮肿的右腿不听使唤，差点儿跌倒，但她还是不让担心她的母亲搀她，她一瘸一拐地回到床边，在床沿上坐下。她面对着沙发，她父亲和安迪坐在那儿，一言不发。

“你们两个高兴点儿！”她以一种命令的语气说，“没人死！”她咳嗽起来，然后叹了口气。

这是莎莉，她剩下的时间不多了，但没人敢提起这茬事。

护士妮古拉给莎莉送来止痛、防止恶心和呼吸困难的药，这些症状是毁掉她身体的癌症引起的。

妮古拉给莎莉倒了一杯水，莎莉尖声笑着说：“啊，鸡尾酒！”她拿起杯子，但她的手臂承受不了杯子的重量，水洒在了她的衣服上、床上和护士身上。“见鬼！”她生气地怒吼道：“为什么会这样？我浑身都湿透了！”然后对着那两个男人说：“别那样看着我！去拿条毛巾来！”又对她妈妈说：“不，妈妈，不用再拿毛巾了！天哪，你们这些人为什么都这么没用？！”她突然放声大哭。

莎莉的焦躁不安、虚弱不堪、暴跳如雷、泪雨滂沱……这一切，妮古拉都看在眼里。妮古拉想知道尽管莎莉竭力忽视身体状况快速恶化的事实，但莎莉是否自知自己的情况并不乐观。一个人可以以否认的方式应付无法忍受的悲伤，避免面对痛苦，但是如果他们不再能维持这种防御心理，残酷的真相就会像潮水一样，汹涌地席卷过来，把他们淹没在自身的恐惧之中。妮古拉猜测，经过几年的坚决否认之后，莎莉终于感觉到了即将到来的“滔滔洪流”。妮古拉很明智，她只清理从杯中溅出的水，而没有想办法阻止莎莉心中恐惧的浪潮，然后回到办公室求助。

莎莉最初刚拿到癌症诊断报告时，我就认识她了。那会儿她是个派对女郎，光滑的铜红色秀发像一道华丽的喷泉，流泻到肩头，她整个人光芒四射，活脱脱一个19世纪唯美主义画家笔下的女神。我提到头发是有原因的，因为化疗导致它们都掉光了。

第一次见到莎莉的时候，我还是癌症中心的研究员，作为姑息治疗训练的一部分，我负责肿瘤学教授的一个研究项目。莎莉的右脚大脚趾指甲下面有个黑色素瘤，会导致疼痛，为了阻止黑色素瘤扩散，她切除了大脚趾，因此影响到她去派对跳舞。我给莎莉打点滴的时候，她告诉我，她准备向癌症反击，她忙着享受生活，才不会让癌症妨碍她，她的人生计划多着呢。

我一边擦拭莎莉的手臂，准备插入塑料插管，让她在接下来的几个小时里进行化疗，一边鼓励她："给我讲讲你的计划吧。"

莎莉用另一只手握住那飘逸卷曲的头发，免得它们妨碍我工作，然后吸了口气，微笑着说："噢，我想学冲浪。去个暖和的地方，也许去希腊吧。"她双眼凝视远方，接着说："你可以体验各种水上运动，学习各种各样的事情。我还想去澳大利亚，去看大堡礁，学习潜水。这应该会是一次美好的旅行！"然后，她身体前倾，注视着从胳膊里伸出来的插管，说："弄好了吗？我还以为是多大的事，以为会很疼，流很多血呢！"

我用胶布粘好插管，接上盐水，等待医院药房的化疗药袋时，莎莉继续说着她的计划。她似乎把脑海中的想法全都说出来了。

"我想去旅行，"莎莉说，"我希望有个很棒的假期。我想跟安迪结婚。我们会去一个绝佳的地方，过一个难忘的蜜月。去喜马拉雅山，或者阿尔卑斯山。他喜欢爬山，但他讨厌水。我们俩看着很像，但其实一点都不一样！属于‘异性相吸’的那种类型，你明白吗？我是说，安迪非常安静、体贴、聪明，我却咋咋呼呼的，他是会说‘我想专注地做这件事，你介意吗’的那种人，一头扎进一本书中，或者看一些攀岩、自然之类的电影。我不知道我们是怎么做到相处融洽的。我要学着做饭，做他最喜欢的饭菜，我要学着安静下来。嘘——是的，就这样，”她压低了声音，“他想事情的时候，我会保持安静。”

但莎莉无法保持这种轻声细语的说话方式，接着又滔滔不绝地说起来，她看上去兴高采烈、热情高涨——还是说，她是因为害怕才喋喋不休的？我很难判断。“但是，我显然不能做一个没有头发的新娘，所以我们必须等到我停药以后，头发长回来了才行，只要能治好我的病，就值得等待，等我成了老太太，回顾这一切，我会觉得这些事情就像一个疯狂的梦。我要打败它，我知道我会的。”

莎莉的热情感染了我，所以，直到当天晚些时候，和同事一起参加教学会议期间，抓起一个三明治时，我才想到大脚趾起着重要的平衡作用。如果没有大脚趾，冲浪和攀岩将会非常困难。潜水时需要用大脚趾使脚蹼上下移动吗？我摇晃着伸出的脚，直到演讲者与我四目相对，我才意识到，他的话我一个字都没听进去。我满脑子都是莎莉和她喋喋不休的声音，根本无法集中注意力。

三周后，莎莉回来接受下一轮化疗。我差点儿没认出她，没有了蓬乱头发的她显得那么娇小，活像一个小精灵，也没有了眉毛和睫毛，面部特征一览无余。见到我，她很兴奋，用一番意识流独白和我打招呼：“嗨，医生！我又来了！天啊，上次你离开以后，我恶心不止。可以给我一些药吗？这让我太难受了。希望我永远不会晨吐，你能想象这种症状持续好几个月的感觉吗！难以置信！我想要很多孩子。安迪是金发，所以我们可能会有几个姜黄色头发的孩子。我觉得姜黄色头发的宝宝看起来很可爱，你觉得呢？”

我解释说，我要给她做检查，要在确认她的骨髓和肾脏已经从上一轮化疗中恢复过来之后，才会给她输液；现在我要拿她的血去做化验，化验结果出来后，立刻打电话通知她。莎莉看起来很失望。“输上吧！”她宣布，“我要痊愈，所以把杀癌药给我输上吧！”我在做抽血准备时，问她对未来与安迪在一起的生活还有什么规划。莎莉说她至少想要 4 个孩子，而且已经把孩子的名字都想好了。她话还没说完，血就进了管子，莎莉眨眨眼睛，说：“哎呀！我一点儿感觉都没有！”她圆圆的、光溜溜的脸上，有着一双猫头鹰般的眼睛。

其实，莎莉是被自己的想法和计划搞得心烦意乱，以至于针扎进去的时候，她根本没有注意到，而不是因为我有什么技巧。这是她自己的应对方式，是她的内心想法让她表现得好像和我这个老朋友在一起喝咖啡，了解彼此的近况，随便说着“最近没有发生什么事……”

这一周，另一位护士负责给莎莉输液，所以直到下班回家，我才见到她。莎莉坐在停车场的地上，吊着点滴，指间夹着一支香烟，和一个瘦削的高个子男人在一起，他一头短发，戴着一副圆框眼镜。“嘿，医生！这是安迪。安迪，这是教授的助手。她是毒药组的头儿。”莎莉向我和安迪来回说道。

我穿过停车场，过去向他们问好。我了解到莎莉只需要再输一袋盐水就行了，正如莎莉所说：“它在冲洗我的肾脏。我知道它对我有好处！”

然后安迪要带她回家。他看上去疲惫、焦虑。实际上，安迪看起来更像是患者，如果莎莉不是秃头，没有拖着一个输液架，她看起来完全是个健康的人。

在后来的4个月里，莎莉继续每三周来医院做一次化疗。她吐得很厉害，但每次来的时候都笑嘻嘻的，因为她认为别人的情况一定比她更糟。莎莉服用类固醇减轻恶心感，在药物的作用下，她双颊丰满、红润，看上去容光焕发，而安迪则越来越憔悴，一副失魂落魄的样子。我甚至觉得他也需要输液。

过了一段时间，莎莉的治疗结束了。科研组的护士偶尔在教授的诊所见到她，说她情况很好。我们还曾收到一张从希腊寄来的明信片，上面写着：

嗨，毒药组！

我说过我会来这儿的，我们来了！虽然没法站上冲浪板去冲浪，但划皮划艇的感觉很妙！我们都继续努力吧。

萨莉和安迪

研究项目结束后，我回到临终安养院工作，对莎莉的情况知之甚少。面对不幸，有些患者采取轻描淡写的方式应对，因为他们认为其他人的情况比自己更不妙。每当遇到这样的患者，我就会想起莎莉，她对自身情况的否认帮助她承受住了治疗的折磨。

从那以后，两年的时间过去了。我没料到莎莉会转诊到临终安养院，我也没把她婚后的名字与她联系在一起。骨科病房医疗组曾问我，如何为一位身上广泛分布黑色素瘤的年轻女性提供治疗。他们担心她没有意识到问题的严重性，想知道这是癌细胞扩散到脑所致，还是面对疾病消极否认的心理问题。于是，领导派我去看看。

我来到了骨科病房，医生解释说，这位年轻的患者身上广泛分布着黑色素瘤，预期寿命只有几周。癌细胞布满了她的腹股沟，医生曾经切除过受到癌细胞感染的淋巴结，但癌细胞通过手术创口又向外生长了。

受腹股沟肿瘤的反压，患者的整条腿都肿了。而且她还有多个肺部结节，X 光片显示，结节一周比一周大，肝转移癌几乎肯定也以同样的速度在发展。“可是，”医生叹了口气，“我们告诉她情况时，她似乎听不进去任何坏消息。她认为只是伤口感染了，化疗会把她治好。我从来没有遇到过这样的情况，我们不知道拿她怎么办。”这位医生请我和他一起去病房，把我介绍给这位患者。

我看见那头令人难忘的头发在病房里闪闪发亮，莎莉还没认出我，我就认出了她。因为头痛，她大剂量服用类固醇，结果脸肿了；她右腿上套着紧身长袜，脚上余下的 4 个脚趾从弹力袜口露出来，一个个肿得发亮，紫得触目惊心。安迪坐在她旁边，面色苍白，一副憔悴不堪、几近崩溃的样子，活像奥斯卡·王尔德笔下的多里安·格雷，而莎莉尽管已病入膏肓，见到我却依然散发着一种由衷的喜悦，冲我微笑致意。

“嗨，医生！好久不见！见到你好意外呀！”

我忧心忡忡地想：我也这么觉得。

莎莉大声地说："啊，上次见过你之后，我一直很忙。"

"看！安迪和我结婚了！"她举起左手，让我看她的订婚戒指和结婚戒指，戒指上的珠宝非常漂亮，显然是为她特制的。莎莉及时实现了一些梦想，我感到很欣慰。

"不过，黑色素瘤有点儿小问题，"莎莉继续轻描淡写地说，"腹股沟这儿有几个淋巴结，里面有些黑色素瘤，所以我可能需要做点儿化疗。但伤口感染了，你知道。"她神情诡秘地咧嘴笑笑，又对我说："有异常情况的话，他们绝不给我化疗，所以我现在先等感染处理好了再说。因为感染，我的腿有点儿肿，但我会战胜它的。你知道我总是战无不胜。你是要跟我说化疗的事吗？"

莎莉停下来喘口气。安迪瞪大眼睛看着我，眼里满是焦虑，病房医生也看着我，显然想知道我打算怎么处理这种情况。

其实，这与莎莉以前的应对方式一模一样：淡化消极因素，强调最微小的积极因素，假装一切都会好起来，并制订未来的计划。她似乎对自己的真实处境毫无觉察，但一看安迪的表情，我就意识到，对即将到来的毁灭和他妻子没有认清情况的现实，他感到非常紧张。

我心想，如果我提到"临终安养"，莎莉会怎么样？她还会找借口吗？她会被吓着吗？她会赶我走吗？她的所有否认会令她轰然崩溃吗？面对这种情况，我该怎么办？

我首先祝贺她举办了婚礼，然后说："上次见面之后，我们俩似乎都发生了很多变化。你结婚了，我换了工作……”

莎莉惊讶地问道：“你不当医生了吗？”

“我现在是另一种类型的医生了。刘易斯这位优秀的老教授仍然在努力寻找治疗癌症的方法，我希望他能成功。同时，我也在努力治疗头痛、恶心和呼吸困难之类的棘手症状，就是那些让人感觉不舒服的病症。”

“啊，这些症状我全部都有！”她几乎是尖叫着说话。也许是类固醇令她不再拘谨，或者是我提及她的症状，所以她感到紧张。

我说：“那也许我现在正是你需要的医生。”安迪在她身后轻轻点头，病房医生跑出去用寻呼机传达消息。

我问莎莉目前有什么问题，她自信满满、毫不犹豫地说：“都是因为感染。”

我轻轻地问她：“你有没有担心过，哪怕一秒钟，事情可能比这更严重？”那一刻，我如履薄冰……

“当然没有，我有很多计划！”莎莉立即坚定地答道，“我会好起来的。我会打败它的。我是说，我并不糊涂，我知道我患有癌症。只要感染好了，我就做化疗，战胜癌症，就这么简单。因为我们该生红头发的小宝宝了，毕竟我老大不小了！安迪也是。”她伸手握住安迪的手，又捏了捏，像是在鼓励，“化疗后我就没事了。”安迪咬住他颤抖的嘴唇。

确实，这是完全的否认。我了解这种情形，也曾与协作的精神科医生讨论过，但这样坚决的否认，我还从来没有遇到过。面对接踵而至的病症和每况愈下的健康状况，莎莉找到了另一种解释，让自己完美地保持平静，甚至乐观。

我字斟句酌地告诉莎莉，我在一个专门进行症状管理的地方工作，有些患者到我们那儿住一段时间，等病情好转以后，再接受进一步的治疗。我正要说另一些人病得很重、即将死去时，她打断了我。

“这就是我需要的！”她断言，“我要把身体恢复到可以回来做化疗。你在哪儿工作？”

我倒抽了一口气，只好说：“你听说过临终安养院吗？”

莎莉笑着说：“知道啊！去年他们照料过安迪的奶奶，他们很棒。你喜欢那儿吗？”

“非常喜欢，那是一个优秀的团队。他们会很乐意帮助你减轻头痛、让呼吸不那么困难。你觉得这个星期过去怎么样？”

没想到莎莉听到这话如此平静。

“听起来很好，”她说，“那里停车容易多了。安迪可以陪我更长时间，我父母也更方便探望我。等你们让我感觉好点儿以后，我可以回来做化疗。”

因此，两周前，莎莉来临终安养院做症状处理。她每天都盼着病情好转，好接受进一步的化疗。可是，她一天比一天虚弱，动作越来越缓慢，呼吸越来越困难。虽然我们能够减少她的生理痛苦，但她把情绪痛苦藏在“否认”这一幕墙后面，尽管现实如此糟糕，莎莉却仍然坚持自己的看法。

我和护士妮古拉进了莎莉的房间，发现她动弹不得。她母亲帮她换好了上衣，她丈夫和父亲在落地窗外的露台上，安迪在那儿抽烟。莎莉搓搓双手，舔舔嘴唇，揉揉眉毛，把头发拢起来，放下，又拢起来。她一边做着这些动作，一边不停地说话：“我只是需要一点儿新鲜空气。不要关灯。妈？妈，别走开！安迪去哪儿了？感染什么时候能好些？我想回家，但医院的台阶太多了我走不了。”然后转头对我们说：“姑娘们好！你们知道我有一回差点儿把妮古拉‘淹死’吗？对不起，发生这种事！妮古拉你的衣服干了吗？”

妮古拉端着一杯水，协助莎莉把晚上的药吃了，我和另一个护士换下了湿床单，然后两位护士熟练地把这位疲惫的患者弄到干净、干爽的床上，抖抖枕头，又把头靠调整好。莎莉坐在床上，那只让她感到疼痛的腿放在靠垫上，赤褐色的头发披散在枕头上。

“莎莉，怎么了？”我坐在她床边椅子的扶手上，这样我们的眼睛就处在同一个水平线上。

“和以前一样，”她说，“等情况好转以后做化疗。”

我发现她有点儿上气不接下气，便问她：“你的呼吸怎么样？”

“正常。我感觉烦的时候，就有点儿喘不过气来。但这是正常的，对吧？”

不，这不正常，但她不想听这样的话。所以情况比较棘手。莎莉看上去烦躁、焦虑，但她甚至不肯承认自己感到焦虑。除了莎莉本人，我们都注意到，这几天她比过去嗜睡得多，白天多次小睡，醒着的时候，精力越来越不济。

临终安养院的工作人员意识到莎莉已经进入弥留之际，但除了好转以后做化疗、生孩子、从此与安迪一起幸福生活之外，她绝对不愿意讨论任何结局。今天，她几乎连一杯水都端不住。焦虑令莎莉坐立不安，耗费着她仅剩的一点儿能量，她正在慢慢地失去意识，对此，她用恐惧进行对抗。虽然我们有抗焦虑药，但我知道，逆转她的痛苦，就意味着让她走向死亡。

我也知道莎莉疲惫不堪、烦躁不安，无法放松下来。小剂量的镇静剂可以缓解这种令人精疲力竭的躁动，但我不能要求莎莉知情同意，因为她既不能，也不会接受现实。我决定给她小剂量的抗焦虑药，看看能否缓解她的烦躁情绪，然后安排下一步的行动。

我们一边等着那半片药在她舌下溶解，一边闲聊。

“莎莉，你今天的精力如何？”我这样问是想了解她是否观察到自己的变化。

“哦，不太好。疼痛让我睡不着，我需要补觉。我一直在打瞌睡，你觉得是因为吗啡吗？”莎莉改变了姿势，不安地把头发拢起来，又放下去。

“嗯，有时候，在头几天，吗啡会让人有些头昏眼花，但这个药你已经服用两个星期了，而且你也昏昏欲睡过，所以我认为不是因为吗啡。我觉得更大的可能是，你的情况更差了……”说到这儿，我停顿一下，试探一下她的反应，然后接着说，“而且需要更多的睡眠。”莎莉能领会我的暗示吗？

“那你觉得我什么时候可以开始化疗呢？疼痛好多了，恶心感也消失了，所以情况肯定已经好些了。你知道的，我要战胜癌症。”不，她不接受我的暗示，仍然坚决地否认。多么惊人的自我保护！

我不准备摧毁她的防御，让她充分认识到，死亡现在离她已经非常非常近了。我们的团队需要以某种方式与莎莉的家人合作，准备一下她的后事，同时让她继续保持她的这种心态。当然，这意味着没有机会说再见。

我问莎莉可否让我和她的家人离开一下，去走廊尽头的一个安静房间谈谈。

她说：“他们可以在这里谈！”

“当然可以，”我表示同意，“但根据我的经验，如果可以私下和医生交谈，很多家属的感觉会更好一些，压力不会那么大。拜托，我可以带他们离开吗？我们谈话的时候，妮古拉会陪着你。”

“好吧，等你们回来，我要知道你们都谈了什么！”莎莉说道。但我知道，她会找到避免了解谈话内容的办法。

我把莎莉的家人带到拐角处一个安静的房间，他们都认为莎莉快死了，我也证实了他们的想法。

“你认为她意识到了吗？”莎莉的妈妈流着眼泪问我。

我问她：“你们觉得呢？”她把手帕绕在手指上，以探寻的眼光看着莎莉爸爸。他摇摇头，看着安迪，安迪低头看着地板。屋子里一片静寂。然后莎莉的妈妈说话了：“她知道，但她不想谈这件事。”

两位男士盯着这位女士，我鼓励她继续说下去。

“莎莉受不了。她忍受不了悲伤，她承受不住这种恐惧，她更受不了看着我们难过。所以她假装不在乎，我们必须协助她假装下去，”莎莉妈妈的眼睛直勾勾地望着丈夫，“她爸爸认为我们应该把实情告诉她。但我认为这样一来，她会崩溃的。”

安迪抬起头来，目光落在屋子中间的某个地方，说：“我也这么想。这跟我做极限攀登是一样的。我多少会意识到，如果掉下去，我会摔死。但是琢磨危险只会让人更害怕、更危险。我需要专注于岩石、手、双脚、风、绳子……除了危险以外的各种因素。这就是莎莉现在的做法，把注意力集中在其他事情上……”

我如释重负：“安迪，你真是个天才！”他明白，他的这一比喻可以帮助家人渡过这个难关。“这就等于我们都在支持她，让她专注于最能帮助她的事情，那就是保持冷静。所以我们可以说实话，”她妈妈恍然大悟般地说，“但不告诉她全部真相。”

为了进一步解释，我建议他们如实地告诉莎莉，他们多么爱她，多么为她感到骄傲，他们珍视哪些她迄今为止留给他们的记忆，欣赏她哪些善良的举动。我们知道，这些都是许多临终者最后留下的信息，然而，这并不是道别。

“如果她想谈论一个我们看不到的未来，”我继续说，“那么我们只要鼓励她就够了。她给未出世的孩子取了名字、安排了以后的假期。如果这些事情能让她忘掉现实，那我们就让她选择她的关注吧。大家都同意这样做吗？”莎莉妈妈大声抽泣，而莎莉爸爸唯一能做的，就是轻轻拍她的肩膀。

每个人都点头同意，于是我们回到莎莉的房间。这时候，莎莉坐在椅子上，虽然看起来更加困倦，但显然没那么烦躁了。她也没问我们谈了些什么。安迪完全能理解莎莉问也不是、不问也不是的这种窘境，每个家庭成员都按照刚定好的剧本扮演自己的角色。妮古拉和我朝门外走去，莎莉说：“明天见，医生！”

第二天早晨，我在走廊上碰见妮古拉，她告诉我，莎莉那“光辉灿烂的太阳终于落山了”，昏迷时，莎莉仍在打算击败病痛。

重启复原力

给人造成局限的，与其说是疾病，不如说是对待疾病的态度。虽然疾病可能会给身体带来挑战，但更重要的往往是对情绪的挑战。当人感觉前路令人望而生畏时，可能会在精神上受挫，然而，有了支持和鼓励，我们可以重启复原力，并在其帮助下，找到创造性的解决方案。我们都是个体，一个人所做的计划可能不适合另一个人，哪怕从表面上看两个人的情况很相似。帮助他人成为自身解决方案的设计者，是尊重其尊严的关键。那些遇到了挑战的人只是处于人生的一个新阶段，他们并没有放弃自己的人格。

彭妮和妈妈路易莎在一家精致的商店挑选婚纱。路易莎伸出手，想把彭妮的面纱拉直，这时，路易莎感到髋骨“啪”的一声断了。她脸色苍白，晕倒在粉色的地毯上，店员们惊慌失措，试图确保这名顾客不会弄坏任何衣服。他们还体贴地叫来了救护车，所以那天晚上，路易莎住进了骨科病房，腿被固定起来，诊断发现她髋部有转移性癌症——几年前治疗过的乳腺癌转移了。

路易莎在骨科并没有好起来。20 世纪 80 年代后期，髋骨骨折的初步处理方式是使用一系列重物和滑轮来固定骨折的位置，把附着在骨盆上强壮的腿部肌肉拉开，因为如果大腿骨折，这些“帮倒忙”的肌肉会将骨头碎片挤进大腿的软组织。健康、年轻的运动伤或外伤患者可能会做髋关节置换，但癌症患者将接受放射治疗，需卧床数周，不能动弹，观察骨头是否重新结合，以便再次行走。

路易莎意识到，自己只能在医院庆祝女儿的婚礼了，但这不是传统婚礼照片上应有的样子：穿着睡衣，腿悬在半空。这让她很抓狂，错过婚礼比癌症复发、无法治愈更让人感觉糟糕。她憔悴，衰弱，体重下降，经常哭泣，陷入了深深的且难以好转的抑郁情绪，也不再染发，任凭白发显露出来，对于化妆，甚至讨论婚纱，她一概兴味索然，满眼流露着无助和绝望。路易莎那种无法自拔的无助感影响了护士们的情绪，她们试着和她开玩笑，可她生硬地予以拒绝，彼此交谈的时间也急剧缩短。就这样，路易莎仿佛成了一座孤独、寂寞、心怀恐惧的雕像。

米莉是儿童保育员，最近的几位雇主都不需要保育服务了，这让她松了一口气。她才 60 岁，可感觉像 90 岁一样。夜里，她感到左臂疼痛，走路时发出咔嗒咔嗒的声音，跟在孩子们后面跑的时候，上气不接下气。于是，米莉决定退休。她一个人住在尼日利亚人聚集的街区，平日与这里的朋友们交往，聊些家长里短，交换各自使用英国配料烹饪自己家乡菜肴的“秘方”。有位朋友注意到米莉走路一瘸一拐的，建议她去医院看看，可米莉不喜欢医生。“他们告诉你病了，”她抗辩道，“然后建议你采取各种治疗方法。自从来了英国，我从来不看医生。所以我一直这么健康！”尽管在英国生活了 40 年，米莉仍然保持着她那轻快的尼日利亚口音，说完以后，她发出了嘶哑而又富有感染力的笑声。

其实，米莉之所以不看医生，是因为她的右乳有一个流脓的痛处，她觉得尴尬。米莉每天清洗痛处两次，换两次敷料，但它越长越大。她单身未婚，是一个整洁、细心的人，她认为医生可能会说她不讲卫生。直到她在本市的尼日利亚超市挑选发油时，髋骨发出“砰”的一声巨响，在众多顾客的帮助下，店主的儿子用货车把她送到医院，米莉才不得已接受医生的诊疗。X 光片显示，米莉不只是髋骨骨折，其他骨头上还布满了癌细胞。由于怀疑米莉可能患有乳腺癌，急诊室的女医生给她做了肿块检查，发现了米莉乳房上的敷料，在医生温柔的劝说下，米莉才坦承了自己的羞耻感。

医生说："阿孔纳维女士，你肯定很痛吧！"米莉听到这句话立即有了安全感，她觉得这位善良的女士知道自己是讲卫生的人，她会帮助自己。

医生镇定地问了几个问题。米莉说："两年前，溃疡最初是一个小肿块，我以为是虫子咬的，但它越长越大，后来伤口裂开了。"医生检查她的腋窝，发现腺体硬肿，便问她手臂是否肿了。"手指肿了，所以我只好把我妈妈的结婚戒指取下来，"米莉回答说，"现在我把它挂在链子上。我感觉那只手臂下端的皮肤增厚了，不知道是怎么回事。"

医生解释说，溃疡的问题可能比较严重，手臂肿胀，是因为引起溃疡的东西也堵塞了手臂下面的淋巴结。米莉很困惑，不知道自己得的是什么病。医生问起她的精力状况，米莉说照顾孩子让她感到力不从心。"我追不上那些孩子！妈妈们把他们接走后，我直接就睡着了。我不想去看朋友，因为我太累了。有时候我甚至连饭都懒得做。"

医生总结了他们的谈话，这时，米莉意识到一种悲观、令人恐惧的情况：精力下降、运动时呼吸困难，溃疡流脓、手臂肿胀，腿部、臀部疼痛。米莉问道："医生，请告诉我，你认为我得了艾滋病吗？"医生大吃一惊，她以为自己在一步步让米莉意识到自己得了癌症，却没料到米莉提出这么一个问题。

“阿孔纳维女士，你担心得艾滋病吗？你觉得你怎么可能会感染艾滋病呢？你有丈夫吗？”

米莉摇摇头。

“我的问题可能有些直接——你上次跟男人亲密接触是什么时候？”

米莉吃惊地噘起嘴唇，大声说：“医生，我从来没有！我是处女，是一块无人认领的瑰宝。父亲带我们来到这儿时，我离开了在尼日利亚的未婚夫，从此再也没有爱上过任何人！”

医生捏了捏米莉的手，点点头，说：“感染艾滋病毒的另一个途径是输血，你输过血吗？”

米莉摇摇头，说：“医生，我从来没有生过病，也没有接受过任何治疗！我为自己的健康感到骄傲，或者说，我曾经为此感到骄傲，但现在我感觉不好。我确实没有输过血。”

“哦，”医生说，“另一个感染艾滋病毒的途径是共用针头吸毒，你注射过毒品吗？”

米莉笑了：“医生，我觉得你是在逗我玩儿，你知道我不是那种女人。你是说，我得的不是艾滋病吗？”

医生点了点头，却补充道：“尽管不是艾滋病，但仍然很严重。”

米莉眨眨眼。医生解释说，她的症状符合乳腺癌的诊断条件：从溃疡开始，扩散，引起骨骼疼痛、手臂肿胀，以及呼吸困难。

癌症使髋骨变得脆弱，无力支撑身体，于是骨折了，米莉需要在床上躺几个星期，她默默地消化这个消息，沉默了好大一会儿，才问道："我会死吗？"

医生说："我们需要弄清楚是不是癌症，看看什么样的治疗方法可以让你好一些。我们会让你住进骨科病房，他们会把你的腿绑起来，安排你做进一步检查。"

最终，米莉因左髋关节骨折住进了骨科病房。邻床的女士脸色苍白，沉默寡言，右髋关节骨折——她就是路易莎。

当天晚上，那家尼日利亚超市的人给米莉送来适合她吃的饭菜，彭妮带着她选的婚纱照片给她妈妈看，她发现米莉那边洋溢着欢乐的气氛，而路易莎只顾一个劲儿地哭。后来，米莉的访客发现了婚纱照片，随即七嘴八舌地给彭妮建言献策。

"看看你，真漂亮！"米莉家隔壁的邻居说，"大大的蓝眼睛，一看就知道是随你妈妈。米莉，你看，这两位女士的眼睛是不是一模一样，都那么漂亮？你们看起来像一对姐妹！"

"你会是多么美丽的新娘啊！"

"我希望你嫁给一个好人！"

“多幸福啊！你将度过非常美好的一天！”

路易莎听着这些善良的女人给彭妮奉上每个新娘都应该从家人那儿得到的盛赞，感觉自己现在只是一个负担，她的病、她的脆弱、她的痛苦都破坏了彭妮的幸福，她感到心都要碎了，好像胸腔真的断裂了一样。探视时间结束后，路易莎把脸埋到枕头里，为自己失去了全部期望而啜泣。夜班护士发现她在哭，第二天，他们给临终安养院打来电话，征求意见。院长去了病房，他向路易莎建议，在临终安养院可能会睡得更舒服些。于是，转院的事就这样安排好了。

等待转院期间，路易莎变得更加沉默、悲伤，邻床的米莉那边则门庭若市，她给其他女士分发油炸香蕉片，那真是大受欢迎。到了探视时间，访客给米莉带来丰富的尼日利亚食物，他们朗声的祈祷充满了活力。这时，米莉的乳腺癌已经确诊，她和路易莎每天都被推到楼下，接受髋骨骨折放射治疗。米莉的心情似乎很好，她只害怕艾滋病，所以因为“只是癌症”而欢欣鼓舞。同时，她也开始服药，以缩小溃疡面积，减轻手臂的肿胀。成年以来，米莉还从来没有得到过如此体贴的照料。医院似乎是她退休生活的良好开端。

路易莎在临终安养院安顿了下来，同意让一位精神科医生前来探视，彭妮为此感到很高兴。找精神科医生是因为路易莎开始治疗抑郁症，治疗方法结合了认知行为疗法（cognitive behavioral therapy，CBT）和药物。认知行为疗法是一种新型的“谈话疗法”；药物令路易莎昏昏欲睡，所以她拒绝继续服用。认知行为疗法挑战她的绝望情绪，并鼓励她进行一些小小的测试，以检查她的无助感是否事出有因。路易莎小心翼翼地重新开始进行日常活动：她同意让临终安养院的一位志愿者给她修指甲，色泽明亮的指甲油恢复了双手的观感，她很喜欢；她请理发师重新给发根上色，还让彭妮带来化妆包，甚至要求把她连人带床推到花园去看鸟，她在那儿闻到了油炸香蕉片的香味，听到从另一间卧室飘来的尼日利亚音乐，发现米莉也在临终安养院。

路易莎要去看望米莉，这让米莉很开心。因为放疗没有很好地缓解髋部疼痛，米莉被转到了临终安养院做疼痛治疗。她一个人住一间病房，感到很孤独。护士把路易莎连人带床推过来，两人谈论食谱、医院和临终安养院的异同、逛商店时髋部骨折摔倒在地的情形、彭妮的婚礼、路易莎为不能参加女儿婚礼而感到的悲伤。这时，米莉有了一个想法。

“你离开医院的第二天，一位年轻医生来看我，问我是否愿意参加一个试验。他问我是否愿意安装新的髋关节，帮我消除疼痛。我觉得自己太老了，便说‘谢谢，不用了’。他告诉我，他的研究团队在研究植入新的髋关节是不是治疗癌症的好方法。你不如看看这对你是否有用？那个病房的姑娘们正使用新的臀部走路呢。如果可以走路，你就可以和你的漂亮女儿一起轻松地走过教堂过道……”

米莉为骨科的临床试验做了出色的公关工作。第二天，路易莎兴奋地问护士，她是否可以做髋关节手术。领导安排我询问骨科团队的意见，因为那时路易莎的情绪太低落，无法参与这个试验，所以他们当时没有邀请路易莎参加。但在了解到她热切希望参与试验后不到一小时，研究组的一位护士和医生就与我们会合了。入住临终安养院还不到三个星期，路易莎又回到了医院做手术。虽然这场手术是一种冒险，但头发整洁、指甲闪亮的她已经做好了战斗的准备，这多亏了认知行为疗法让她重新对生活充满了期待。

一周后，路易莎回到了临终安养院。她换上了新的髋关节，手术缝线还没有拆除。但她不是躺在床上、腿上系着绳子和滑轮，而是坐在轮椅上，彭妮紧随其后，手里拿着助行架。“你可以把那东西藏起来，”路易莎告诉她，“我不要人家看到我带着助行架！”

路易莎和米莉现在住在一个有 4 张床的病区，米莉的疼痛问题快解决了。理疗师每天都来看她们俩，帮助米莉锻炼，让她那条好腿保持柔韧，路易莎则开始用新髋关节行走。米莉觉得锻炼不舒服时，路易莎会滔滔不绝地谈天说地，分散米莉的注意力；路易莎学习使用肘拐和助行架（她对此非常不屑）时，米莉就在一旁充当评论员。最初，路易莎只能走几步，直到能自行从椅子上站起来，穿过卧室，走到浴室门那儿。

临终安养院的前台工作人员把头伸进病房，说：“路易莎，有几个你的包裹。”路易莎的脸上泛起了红晕。米莉大声说：“姑娘，你做什么了？看你高兴的！”路易莎微微笑了笑，对她的朋友说：“你等着！”然后请工作人员把包裹送到了房间。那是怎样的包裹啊！有一个板球背包大小的纸板箱和一个巨大的圆柱形帽盒。路易莎坐在扶手椅上，把床当桌子，扒拉胶带，撕开绳子，打开包裹。我们几名工作人员聚在一起，欣赏着深粉色连衣裙、奶白色外衣，还有奶粉色的丝滑雪纺披肩和崭新的内衣。然后她又从大包裹里取出一个小盒子，圆筒里放着一顶奶白色的帽子，帽檐是深粉色的，至少半米宽，非常精致，适合戴着参加阿斯科特妇女节[①]。

① 英国一年一度的皇家阿斯科特赛马会于 6 月 20 日举行，加上又是妇女节，许多热衷于赛马运动的妇女都穿着她们最漂亮的衣服，戴上各有特色的帽子，展示自己的风采。——译者注

理疗师问道："小盒子里是什么东西，路易莎？"

"你不会支持我穿的，"路易莎取出一双精致的奶白色低跟凉鞋，说，"但这是我的下一个目标。我要在三周内穿着这双鞋走过教堂过道。别告诉彭妮！这是我们的秘密，我要给她一个大大的惊喜！"

理疗师微笑着点了点头，心想：一个态度积极的患者简直无与伦比。

按照传统，新娘要从父母家出嫁，所以彭妮结婚那天，临终安养院为她腾出了一个单人病房作为更衣室。彭妮直接从理发师那里来到临终安养院，然后让路易莎帮她化妆。路易莎在两位伴娘的帮助下，指导女儿穿礼服、戴面纱。彭妮以为妈妈会在护士的护送下，坐着轮椅参加婚礼，所以当她从出租车上下来时，看到路易莎坐在轮椅上迎接她并没有感到惊讶。此时的路易莎已经穿上了粉红色和奶白色的华丽服饰，但还没有戴帽子。

"哇，妈妈，你好美啊！你怎么买到这些东西的？"

路易莎笑了。摔倒之前，她一直在和婚纱店服务员讨论新娘妈妈的衣服。当一位嘴里衔着别针的女士把彭妮塞进一件设计特别复杂的白色礼服时，路易莎就爱上了这件树莓色和奶白色的衣服，并决定过会儿试试。当然了，她的婚礼穿搭计划后来被癌症摧毁了，疼痛和大惊小怪的想法占据了她的心思。直到看到尼日利亚妇女们在骨科病房表现出对婚礼的热情，路易莎才突然意识到，她多么过分地抛弃了彭妮，母女之间的鸿沟有多宽！

在路易莎与来访的精神科医生进行的认知行为疗法中，有一部分是思考如何跨越这个鸿沟。其中一个计划是，路易莎一步一步朝着“在彭妮结婚那天表达我所有的爱和支持”这个目标努力，并着手写了一篇演讲稿，打算在她不出席的情况下，由一位亲戚在现场朗读。后来她和理疗师一起去了教堂，发现那儿有轮椅通道，所以她可以参加婚礼。于是，路易莎致电那个没有忘记她的婚纱店服务员，询问他们能否提供那套令人垂涎的礼服，并附加大到可以遮住轮椅的帽子和披肩，结果是婚纱店不仅成功满足了她的要求，而且超出了预期。另一个计划是邀请彭妮来临终安养院梳妆打扮。路易莎一步步越来越投入到婚礼和彭妮的计划之中。她的情绪开始好转，雄心也日益高涨，形成了参与、计划、疼痛管理和爱的良性循环。

新娘和母亲从卧室出来，两位伴娘陪在旁边。彭妮和她的伴娘推着坐在轮椅上的路易莎——她戴着大帽子，我们甚至看不见她的脸，向接待区走去。彭妮一脸灿烂的微笑，与她那简洁而优雅的拖地婚纱和面纱相得益彰。在休息室里，躺在病床上、坐着轮椅和扶手椅的患者组成了两排仪仗队，工作人员拿着相机和手帕陪在一边鼓掌欢送，直到接亲团来到门口。米莉和那些尼日利亚妇女在病房里又哭又唱，伴着婚礼歌曲拍手、舞蹈。到了门口，新娘的母亲请伴娘停下来。理疗师拿出了盖着雪纺披肩的助行架，路易莎站了起来。戴着高贵礼帽的她点点头，笑得像个参加游艺节的孩子，与她惊讶的女儿一起，步行到等候她们的豪华轿车上，送女儿去婚礼现场。

从此之后的幸福生活怎么样了呢？

临终安养理疗和职业治疗专家给出了进一步的建议，重新布置家具后，路易莎得以回到家里，住在一楼。

婚礼之后，路易莎感到很累，精力不如以前。作为单身母亲，她一直认为彭妮的婚姻会为开拓自己的退休生活提供各种可能性，现在她发现自己仅限于短暂的活动，比如步行到当地的商店，或者白天去临终安养院待一天。每周去日间护理中心的时候，她总会突然造访米莉，并把婚礼照片给临终安养院的人看。路易莎发现米莉脸色苍白，而米莉则笑着说："发现这点可不容易！"路易莎刚到，还没说上几句话呢，米莉就开始打盹儿。

路易莎回家后，米莉变得更安静了，她请客人们两个两个地来，免得自己体力不支。放射治疗生效了，她不再需要腿上的牵引装置，可以坐在轮椅上由人推到临终安养院的花园里转转。米莉的食欲开始下降，甚至油炸香蕉片也不觉得好吃了。渐渐地，这两个朋友都陆续变得倦怠起来。

婚礼过后两个月，路易莎的另一侧臀部开始疼痛。X 光显示，另一处癌细胞导致骨骼变薄。而米莉则是如果说话太快，就会喘不过气，因为癌细胞减弱了肺功能。尽管如此，她每天都会感谢上帝让自己没有得上艾滋病。后来，路易莎又到临终安养院进行疼痛治疗和卧床休息。两人又恢复成同伴关系。

最终，路易莎在彭妮婚礼之后的三个月去世，米莉于其后一周去世。这对姐妹战士年龄相仿，得的几乎是相同的恶性肿瘤，但她们选择了大不相同的方式应对髋骨骨折的挑战。米莉态度坚韧，接受卧床休息和牵引，过着忙碌而外向的生活，尽管生命的前景有限；路易莎勇敢无畏，在她生命的最后一年，向骨科团队证明了髋关节置换术的巨大好处。

如今，髋关节置换是治疗癌症所致的髋关节骨折的首选方法。这多亏了早期的骨科先驱和那位戴奶白色帽子的女士。

路易莎对认知行为疗法的快速反应令人吃惊，这种给患者力量、帮助他们处理情绪困扰的方法激发了我的兴趣。几年后，我接受了认知行为治疗师的培训，发现使用这种疗法能让姑息治疗患者在病情不断发展的情况下，重新发现内在的毅力，打消他们那些无用的想法，为未来的生活采取应对措施。

不惧怕恐惧感

我既是姑息治疗医生，又是认知治疗师，因此我的所见所闻也更加丰富多样。然而，在安静的认知治疗室之外，在繁忙的病房咨询过程中，或者在临终安养病房巡视期间的适当时机，可能会出现以更简单的方式运用认知疗法的机会，以帮助患者或临床团队更好地理解棘手的问题。

医院的同事因此推荐采用“急救认知疗法”（CBT first aid），治疗焦虑、恐慌及其他强烈的情绪困扰。

无论是“急救认知疗法”还是全面的认知干预，核心原因都是我们干预事情的方式让我们不悦。令人痛苦的情绪是由干扰情绪的潜在想法触发的，帮助患者发现这些想法，考虑它们是否准确和有用，是促使他们做出改变的关键。

一上来，马克就以非常否定的态度迎接我："我不和心理医生交谈。"今天是呼吸病区的节礼日[①]。他身体前倾，双腿交叉，肘部凸出，皮包骨头，好像一只戴着氧气面罩的竹节虫。T恤贴在他汗湿的胸口上，露出凸出的肋骨，每次喘息，肋间肌肉的抽动都清楚可见。这是一个处于边缘状态的人，什么样的边缘？恐惧、愤怒还是绝望？

我回答说："幸亏我不是心理医生。"

马克神情严肃地打量着我："听说你会扰乱患者的思绪。"

我说："你看起来很有自己的想法，也不易受我影响。"他转了转眼睛。"但你的嘴很干，不是吗？我也是。我们喝杯咖啡好吗？"

我们俩讨价还价起来。如果我能做出一杯像样的咖啡，那马克就同意和我交谈，前提是不要扰乱他的思想。只要他要求停止，我就马上住嘴。我让他把门半开着，来到病区的厨房，圣诞节的时候，一些心善的患者家属送来了高品质的咖啡和美味的茶，甚至还有喷挤式奶油。真是机缘巧合。

马克和我都应该在家里庆祝圣诞节，怎么会在这儿？情况是这样的。针对姑息治疗患者开设了几年的认知治疗门诊之后，我看到一些反复出现的病例。在诊所环境不是很好、时间不充裕的情况下，在忙碌的医院进行姑息治疗咨询服务时，使用"急救认知疗法"非常有用。

① 即12月26日，是英国的公众假期。——编者注

我们所谓的“拼命呼吸”是一种原始的生存本能，是帮助我们避免如溺水、窒息、吸入烟雾等危险的主要反应。然而，如果呼吸困难是由损害呼吸系统、威胁生命的疾病所致，那么就会促发一场耗竭精力的战斗。那么，临终时坦然接受一定程度的呼吸困难，减少挣扎，患者就会活得舒服一些。

我经常遇到的重度呼吸困难患者中，有一类是患囊性纤维化的年轻人。这是一种遗传疾病，在童年和青少年时期，肺部、胰腺和消化系统逐渐受损，患者通常在 30 岁之前死亡。由于改善了对肺部感染的治疗，糖尿病和营养问题也得到更好的处理，有些患者的存活时间延长了。有些患者足够幸运，肺移植取得成功，就可以长期存活。肺移植的时机非常关键，这是一项高风险的手术，要在患者能够维持合理的生活质量以后才可以进行，但不能等到病得太重才实施，否则患者承受不了麻醉和手术。我们医院的姑息治疗团队与囊性纤维化团队密切合作，就减少呼吸困难、咳嗽、肠道问题和体重减轻的影响提供建议，或者作为姑息治疗措施，或者帮助患者做好接受手术的准备。我们还为一些因焦虑和恐慌导致呼吸困难的患者提供心理辅导。

节礼日那天，家里的电话响了，医院呼吸科医生问我该如何处理一位 22 岁的囊性纤维化患者。马克处于疾病晚期。他要活下来的话，唯一的希望是做肺移植。马克显然是一个很有毅力的人：在过去的 15 年里，他一直在与越来越严重的呼吸困难做斗争，他继续自己的教育、踢足球，结交了一群喜欢喝啤酒、爱开玩笑的小伙子。

马克没有让呼吸困难妨碍自己。然而，在过去的 5 天里，他端端正正地坐在医院病床上，一动不动，内心充满恐惧。他不能独处，不能忍受房门被关上。他戴着氧气面罩，大口喘气，尽管他实际上并不需要氧气治疗。5天前，马克和移植手术小组交谈过，他被告知自己现在是肺移植候选人。他得到一台无线寻呼机，确保一有器官，无论白天黑夜，他们都能马上联系到他。尽管其他一切都没有改变，但在那次手术会谈的30分钟里，他改变了对自己存活率的看法。见完医生，他心生恐惧，不敢回家。

“你能来看看他吗？”我的同事问我，接着又补充了一句，“你多久能到？”

今天可是本应放假的节礼日啊！

我叫了辆出租车。护士们热情招呼我，直接把我带到马克的房间。他坐在病床上，好像是被抛在孤岛上的弃儿，他身后堆了几个枕头。在嘶嘶作响的氧气面罩上方，他的一双大眼睛直直地盯着前方。坐在他旁边的理疗师焦急不安，起身朝门口走去，一溜烟跑出了房间，嘴里喃喃地说：“你介意我把这个难题留给你吗？”

我煮好咖啡后，谈话开始了。马克感觉呼吸困难，伴有口干、心悸，他突然意识到自己快死了，拿到寻呼机以后，这种感觉每小时至少有三次揪紧他的心。嘶嘶作响的面罩和他频繁的咒骂妨碍了谈话的进展，但我还是可以把他的感受总结为一幅图（见图2-1）。

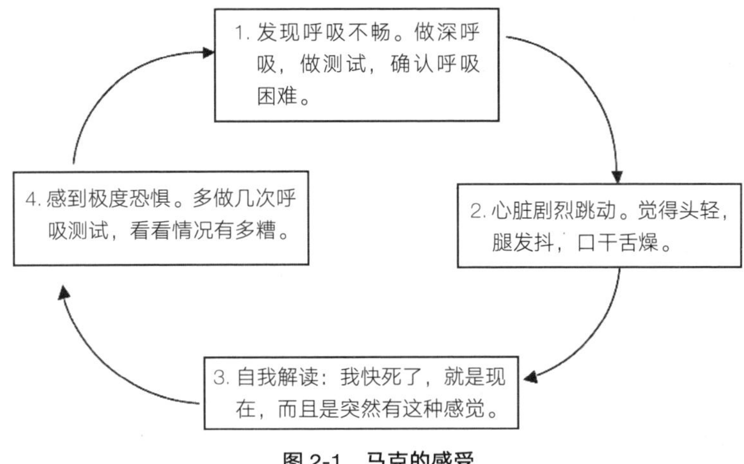

图 2-1 马克的感受

马克的好奇心被调动起来了。我在图上画出他描述的感受时，他身体前倾，认真看着，尽管他的胸部起伏因呼吸不畅而不太平稳。氧气面罩发出的嘶嘶声令他恼火，他把氧气面罩从口鼻处拉到头顶，松紧带把氧气面罩固定在头顶，看上去好像一个小小的警用头盔。他指出以上感受的出现顺序，并补充细节，直到他确信模型正确反映了自己目前的情况。

我问马克："你觉得怎么样？"他想了想，拿起纸和笔，加粗了箭头，在"恐惧"一词下面画了一条线。

他宣称："这是一个恶性循环。"

我提议："那么，我们来琢磨琢磨，因为那种经历看起来真的很可怕。你睡不着或者无法一个人待着，我对此一点也不感到奇怪。这种情况你目前经历过多少次了？"

我们一同计算了一下，发现在过去的 5 天里，这种情况每小时至少发生 3 次，每天发生的时间至少达 20 小时，总共大概有 300 次感觉自己随时都会死去。这多么损伤精神！

我请马克反思："那么，在过去的几天里，你已经有 300 次感觉自己到了死亡的边缘？"他说是的。

"那你真的死了吗？"他朝我眨眨眼睛，摇了摇头。

我问道："那么，复苏小组对你实施过多少次抢救？"

他摇摇头，狐疑地看着我。他头上戴着氧气面罩的样子给人一种奇怪的滑稽感。

我问他："也许你昏倒过？"

"不，显然没有。"

"那么，你对这个随时都会死去的信念有什么看法呢？它已经发生过 300 次了，但依然没有导致你崩溃、昏厥或者死亡……"

很长一段时间，我们俩谁都没说话。马克深吸了一口气，然后慢慢地，以严格控制的方式把气呼了出来。在谈话的 45 分钟里，他没有吸氧，也没觉得没有氧气不行。所以，是时候检验一个理论了……

我说："可能是时候问问你为什么把面罩戴在头上了。"马克吃了一惊，丢下那张纸，抓起面罩，突然呼吸急促起来，眼珠惊恐地转动着。我把图表拿到他面前，问他觉得自己处于恶性循环的哪个位置。他用手指戳了一下“恐惧”一词，然后继续喘粗气。我问马克为什么认为自己现在需要氧气，他都把氧气面罩戴在头上30多分钟了，一点儿也没觉得需要它呀！

我对他说：“马克，等你准备好了，我想你是不是可以把鼻子上的氧气面罩拿开。”他一边喘息，嘴巴一边在面罩里面咒骂着，语句惊人得流畅。渐渐地，他胸部的起伏平缓下来。

马克小心翼翼地把面罩从口鼻处拉开，把绕在头上的松紧带取下来，右手拿着面罩，左手拿起那张图表。他试探地朝我笑了笑。

“这是恐慌，不是吗？”马克说。

说得对。完全正确。

我们一起审视了他认为自己随时会死掉的想法，并想了想解释他那可怕经历的其他方式。他想起很久以前在学校生物课上学到的或逃或战反应（flight or fight response）；身体产生肾上腺素应对威胁，导致深呼吸、心率加快和紧张，肌肉进入准备状态，准备采取挽救生命的行动。马克还谈到在一场重要比赛的关键时刻，他热爱的球队被罚点球时，身体中所产生的感觉。球员把球放在罚球点上，踢出至关重要的一脚之前，往后退的时候，许多人都能发现肾上腺素释放导致的体征：口干、心跳加快、呼吸困难、双腿发软、手心出汗……然而，我们把这种感觉描述为“兴奋”。婚礼当天的紧张也是同样的感觉，但新娘一般不会认为这是对死亡即将来临的恐惧。

我们开始修改那幅图，因为马克明白了肾上腺素的作用、给他造成更多症状的焦虑感，以及他以为肾上腺素引起的症状对生命构成威胁的错误假设（见图 2-2）。

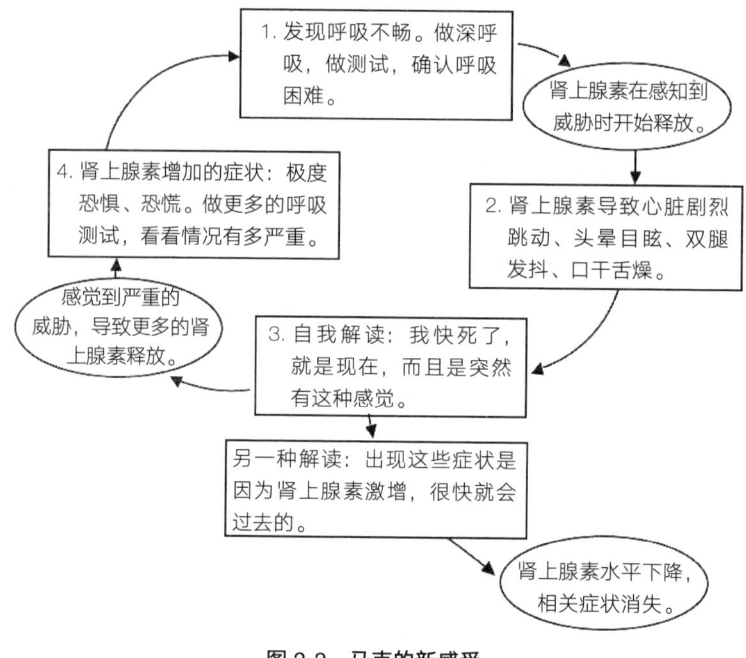

图 2-2　马克的新感受

离开之前，我问马克是否可以给一直等在门外的爸爸解释一下这张图；可不可以多发作几次恐慌，这样他就可以检验我们的假设，并补充我们可能忽略的症状。他笑着同意了。

这是一种治疗恐慌的认知疗法。健康的人如果误解了肾上腺素释放导致的这种无害的生理感觉，通常会使用该模型，但对于真有呼吸困难的人，如果因为专注于身体症状而无法做其他事情，尤其是无法做令人愉快的事情，这个模型同样适用，并且非常有效。这是下次和马克见面时，我们要交谈的内容。

两天后，我们一起回顾了马克的感受图和他过去 48 小时的经历。不出所料，了解了肾上腺素、心脏剧烈跳动和恐慌这三者之间的联系机制之后，马克只发作了 5 次恐慌，其中一次是因为“想到了那个漂亮的护士”。总之，这是好现象。

马克仍然认为自己太脆弱，无法在家生活，但他仔细琢磨了“把氧气面罩戴在头上”这件事，并且认识到，我们绘制图表的时候，他并没有喘不过气来，因为他的注意力被分散了。我们罗列了各种分心的方法，以便帮他在医院时对付呼吸困难。马克同意使用这些方法，看看能否设法离开房间，走到电梯间，或者乘电梯去楼下的咖啡厅，尤其是如果那个护士可以陪他的话。

走到电梯间的探险取得了成功。第二天，马克和一名理疗师乘电梯去了咖啡厅，他玩得非常开心，在外面待了半个小时，结果病区派了搜寻队去找他。后来，他发现了出去玩的乐趣，穿上暖和的衣服，穿过马路，去了对面的公园，然后和几位朋友一起进城玩了半天。

正式上班的第一天，我来到马克的房间给他拜年，他为自己的状态感到高兴。他和朋友们去了酒吧，差点儿和人打了一架。怎么回事？显然，走出病房后，他使用了另一套分散注意力的方法，包括辨认汽车品牌、看女人紧身衣下面的赘肉、猜测她们的胸罩尺寸，也就是这些事差点儿引起斗殴。

马克真的出院回家了。我们继续见面做认知治疗，他通过分散注意力和记住对他症状的非威胁性解释来控制呼吸困难。这种做法持续了三个月，由于做不成肺移植，他的肺部又发生了感染，又被送回了医院。

一个星期六，病区的工作人员打来电话，说马克快死了，问我是否愿意见他，马克希望我去见见他，他父母也说要请我过去一下，看看我们有没有遗漏什么。

我当然乐意去见马克。马克最喜欢的理疗师也来了，本来这天她应该休假。她和马克的父母及病区护士都围在他床边。大家表情严肃，眼圈都红红的，毕竟说再见不是件容易的事。

马克跟我打招呼："哦，是你啊。"他像婴儿一样躺着，几个枕头支撑着身体，鼻子上插着氧气管。马克呼吸很快，说一两个字就要停下来喘口气："你是来这儿教我认知什么的，还是做临终关怀的？"

我说："我来看你是否需要一杯像样的咖啡。"马克咧嘴一笑，然后请他父母出去一会儿。他闪闪发亮的眼睛把房间扫视了一圈，神情警惕而疲惫，然而他的微笑是真诚的。

他宣告："你太应该为我感到骄傲了！"

"真的吗？为什么呢？"哦，我一定不能哭。

"看看我。我要死了，却一点儿也不恐慌！"马克为自己感到高兴，纵容自己在临死前狂妄一下。

我们彼此含泪笑着（好吧，我还是哭了），心里都知道，这是马克取得胜利的伟大时刻。他意识到自己快死了。他正准备服用缓解呼吸困难的药，他知道药会让自己昏昏欲睡。他不忍心看到母亲难过，所以告诉她必须在外面等着。而父亲会看着自己死去。

凭着只练习了几周的认知疗法，马克处理了他的痛苦情绪，规划了他的临终方式，正如他所说，他并不感到恐慌。他学会了不惧怕自己的恐惧感，勇敢地守护着内心的宁静，直到生命的最后时刻。

马克的故事产生了很大的反响。病区工作人员使用马克的感受图来理解他的恐慌，并借此与他交谈，而不是给他不必要的氧气，让他依靠氧气获得安慰。囊性纤维化研究小组甚至看到了心理干预在患者生命最后阶段的好处，护理团队的一名成员接受了认知治疗师培训，进而开展了一项变革性的临床服务，并就基于认知疗法的支持对呼吸道疾病患者的影响进行了开创性的研究。呼吸困难令人害怕，认知疗法帮助患者理解和管理他们的恐惧感，而不是感觉被它控制和毁灭。

心理干预的成功取决于，患者从无用的信念、思想和行为，到新的、更有益的信念、思想和行为的转变程度。当患者意识到自己而不是医生是变革的动因时，心理治疗的帮助作用最大。这可能被医生认为没有取得任何进展，但事实上，看着患者独自高飞并为自己感到骄傲也许是最有价值的结果，因为治疗赋予了他们飞翔的能力。

停下来
思考一下

合适的告别方式

这些故事揭示了人们面对困境时的不同处理方式：试图保持控制；回避真相；陷于无助；干脆接受命运的安排；凭借毅力适应事态；焦虑地担忧形势的威胁。你发现自己倾向于哪种方式？可能不止一种。

你最亲近的人倾向于哪种应对方式？如果你们必须一起应对挑战，你们各自的做事风格会让事情变得更容易还是更困难？你们如何通过交谈来了解彼此的风格？

每种应对方式都有积极面，也有消极面。例如，总是感觉无助的人的特点是期待他人的帮忙，但对于其他类型的人来说，这可能是一场斗争。所以，记得寻找彼此的优点、毅力，以及任何潜在的闪光点。

如果与熟识的人进行这样的谈话令你担忧，那么，也许你可以独自或者和心爱的人一起参加“死亡咖啡馆”活动。“死亡咖啡馆”活动是友好的非正式聚会，人们喝着温热的咖啡，吃着甜美的糕点，细细思量死亡和临死的种种情况。“死亡咖啡馆”在40多个国家举办过活动，颇受欢迎。

W I T H　T H E

03

选择讨论死亡的最佳时机

E N D　I N　M I N D

死亡已经成了一个禁忌话题。这种情况不是一蹴而就的，随着逐渐丧失对这个过程的熟悉感，我们现在也丧失了描述它的词语。“走了”“失去了”之类的委婉语，取代了“死了”和“死去”这样的说法。疾病成了一场“战斗”，患者、治疗和结果都以战争的比喻进行描述。不管一个人的人生多么幸福，不管一个人对自己的成就感到多么满足，对一生的丰富经历感到多么满意，在生命的尽头，一概被说成“战败了”，而不是“死了”。

重新运用关于疾病和死亡的词语，这样我们可以就死亡进行简单而明确的交谈。允许人们相互讨论死亡，而不是把它当成禁忌，好像一旦大声说出来，就会带来伤害，可以帮助临终者展望其生命最后的样子，提前计划，帮助亲人做好应对丧亲之痛的准备，使他们正确看待“人终有一死”这一自然法则。开诚布公地讨论可以减少迷信和恐惧，在伪装和善意的谎言令我们彼此隔绝、浪费宝贵时间的时候，让我们彼此坦诚相待。

令人心痛的误解

两个人通过对话进行交流是生活的一个内在组成部分，我们往往视之为理所当然，然而，我们都遇到过朋友和家人对你产生误解的情形。他们以为理解了从我们这儿听到的内容，但事实上并不是我们所要表达的意思。一个人从医生那里得到重要消息，事后传达给家人时，听错、误解或解读过程中丢失信息的可能性往往成倍增加，从而带来不必要的麻烦。

刚参加工作时，我有幸得到一份为期12个月的癌症研究员工作，在一家癌症学术研究中心任职，与一群享有声望、富有开创性的人并肩工作。我负责观察诊所和病区里那些同意参加新药临床试验的患者。新药有时候是抗癌药，有时候是旨在减少治疗不良反应的药。那一年，我处理的主要是没有其他治疗方案可选的患者，他们知道自己唯一的治疗选择是提高生活质量，或者是稍微多活一段时间。其中一些患者很勇敢，主动要求尝试抗癌新药。他们知道自身不太可能从中有所获益，但愿意促进我们的研究，为未来的患者提供帮助。有些人把这视为他们个人的抗癌运动；另一些人则认为这是对自身不幸的利用，目的是改善其他人未来的命运，并以此理解自身无望的处境；对其他一些人来说，这是与命运进行谈判的一种形式，希望得到回报，使自身的健康状况得到意想不到的改善。

我经常探望其中的大多数患者。他们每三周来医院住两到三天，接受新化疗药物治疗，此外，他们每周都要接受血液测试，监测药物对身体的影响。这时，我也会见到他们，并了解他们体验到的各种不良反应。当然，我们还会聊其他事情：他们总体感觉怎么样、家人做什么工作、节日期间有什么计划、女儿的孕程或者孙子的实习申请进展如何。他们跟我说话的次数可能超过朋友和邻居，我见他们的时间，肯定多过我见自己家人的时间。

我就是在这个过程中认识了弗格森。他是苏格兰人，身材矮胖，说话粗声粗气，从 18 岁起就在他叔叔的农场当牧羊人。他喜欢绵延的群山、广阔的天空和连绵的景致。他很文静、害羞，他承认自己年轻时太胆小，不敢和女孩子说话，而且还以为自己会把一生都献给农场。

43 岁时，弗格森爱上了在当地肉品市场看管牛圈的女人，他意识到这一点时非常震惊，完全没有思想准备。弗格森被她迷住了，把羞怯忘到了九霄云外，热烈地追求她。18 个月之内，他们结了婚，并生了一个儿子。5 年后，弗格森成了我的患者，恶性肿瘤无情地攻占了他的肝脏，他的肤色渐渐变黄。

弗格森参加了一项针对他那种癌症的新药临床试验。“我要打败那个混蛋，”他说，“我还有太多值得为之生活的东西。我的玛吉，我可爱的姑娘，我才和她生活在一起，怎么可以丢下她？还有我家男孩子……”他的眼睛紧盯着我，看看我有没有好消息，看看我是不是会给他带来情况好转、暂停用药的报告，告诉他还有更多时间可以享受他未曾盼望、意想不到而又快乐美满的家庭生活。他总是叫他儿子“男孩子”，语气很恭谨，好像在谈论什么无比神圣、不能直呼其名的事物。

弗格森的第四个疗程安排在 2 月中旬，正好是他儿子 6 岁生日之前、情人节当天。弗格森要回家过这个重要的日子，但治疗总是让他痛苦不堪，呕吐了 5 天后，他才汗流浃背地睡了 48 小时，并恢复了与家人交谈的力气。他在那之前的一周来验血，说自己去了一趟城里，给我看他为玛吉买的漂亮小吊坠，那是准备送给她的情人节礼物。弗格森说：“我要把男孩子的照片放在这一边。玛吉喜欢我的这张老照片，你看。”他给我看在家庭婚礼上拍摄的快照，照片上的弗格森年轻、身强体壮，有着一头乌黑的卷发，漂亮的男式短褶裙下面是一双粗壮的腿，他笑容满面，黑色的眉毛高高扬起。“所以我要把照片上自己的头剪下来，放在后面。这样不管发生什么事，我总是紧靠着玛吉、与她在一起。”

我问起弗格森为儿子制订的生日计划。他告诉我，他们会在家里过，只有他们三个人。“我们给男孩子买了一辆蓝色的自行车，带稳定装置的那种。他还不知道。他要是知道了会很开心的。”说到这时，他的眼睛一下亮了起来。我知道他的身体状况没有改善，为了避免生日计划被他的恶心和疲劳破坏，推迟一周治疗对他的整体前景不会有任何影响。不过他的情况不妙，肤色越来越黄，开始现出衰相。

“弗格森，如果我们下周进行治疗，你在儿子生日期间的情况会怎么样？”我问，“你能全身心沉浸在送儿子自行车、吃蛋糕等这些活动中吗？”

“哎呀，我可能会感到很糟糕，你知道，至少几天之内我总是那个样子。但我不能放弃治疗！”弗格森挑衅似的扬起下巴。

“我是说推迟一周治疗怎么样？不是放弃治疗。这样一来，你就可以尽情享受儿子的生日和情人节。之后你可以回来接受下一次治疗。休息几天没什么影响。你觉得怎么样？”

弗格森皱着眉头，若有所思。他试探性地问道：“推迟几天没什么害处，对吗？”

“我认为没什么害处。你想和妻子商量一下吗？”我知道她在候诊室。弗格森把她留在那儿，一个人进了诊断室，“如果你愿意，我现在可以和你一起跟她谈谈。”

“不，没必要费这个事儿，”弗格森说，“我自己可以解释。好的，那我们再等一等吧。那样的话，我也许可以给男孩子扶着自行车陪他玩会儿。生日是和家人一起度过的日子，对吧？我对小时候过生日的记忆非常深刻。我希望也能给男孩子留下美好的记忆。”他拿起夹克，继续说：“那么，我 19 号回病房，对吗？或者你下周要我来验血？”我告诉他 19 号可以。“那就谢谢你了，医生，下周见。”听起来我们好像在讨论一场拳击比赛。他把夹克甩到肩头，朝门口走去。

我问弗格森：“你确定不需要我问问你妻子有没有什么问题吗？”

他说：“不需要，没什么好解释的！”然后就消失在了拐角处。

情人节之后的那个星期一，一位家庭医生打电话给癌症中心，说弗格森的右腿红肿。那个医生说："这看起来像是深静脉血栓。你们有床位吗？"弗格森获许入院，医院派了救护车去家里接他。没过一小时他就到了医院，穿着睡衣和短裤，说："腿太肿了，长裤穿不进去。"

是的，看起来好像是深静脉血栓，这是癌症的一种过度凝血并发症。接下来的几个小时里，弗格森做了静脉扫描，以确认诊断结果，并开始用药物稀释血液，以防血块变大。他告诉我儿子生日的细节：男孩子非常喜欢那辆自行车，生日那天在家外面的人行道上骑了好久，此后每天也都是这样；玛吉看到小吊坠时流下了热泪，把它挂到脖子上之前还亲吻了照片。弗格森还讲到她做的美味晚餐，以及自行车车轮状的生日蛋糕，他说那几天令他非常开心，没有病痛的折磨。和我讲述这些事时，弗格森的眼中闪烁着光芒。离开他的病房时，我觉得推迟治疗是明智的选择。

突然，心脏骤停的哔哔声让我大吃一惊。我从办公室跑出来，只见弗格森病房外一片混乱：一个护士边跑边推着抢救车，一名麻醉师冲上楼梯，朝我们跑来；给患者用的茶水车被丢在了病区中央。弗格森面色苍白，神志不清，喘息不止。他的嘴唇发紫，大大地睁着眼睛，一副惊恐的样子。我向麻醉师描述，弗格森腿上的血块可能破裂了，进入了周围的静脉，阻塞了肺部的血液供给。我们用氧气面罩给他补氧，氧气面罩的嘶嘶声盖过了他喘息的声音。然后，我请一位护士给他妻子打电话。

麻醉师告诉我，由于弗格森的癌细胞已扩散，而且他的肝脏、心脏和肺部处于衰竭状态，所以不宜进入重症监护病房。我知道这么做是对的，如果他快死了，他应该待在这儿，他妻子也可以在身边陪伴他。抢救小组离开后，我们等着玛吉过来。我给弗格森服用了少量药物，缓解了他的呼吸困难，喘息也没那么急迫了。我坐在床边，心里为他即将离去恸哭不已。

弗格森戴着氧气面罩喘了口气，问我："我要死了吗？"

"有可能，"我字斟句酌地回答，"但我们还不知道。玛吉在来的路上。我们就在身边，如果你有任何痛苦，我希望你能说出来。"

"笨蛋！"弗格森说，"我死得太快了，我还有那么多遗憾。我的玛吉、可怜的男孩……"他每吸一口气，只能说出几个字。

"弗格森，只要你需要，我可以开些药治疗你的呼吸困难，不过它可能会让你昏昏欲睡。你是想醒着等玛吉来，还是宁愿睡觉，让呼吸不那么困难？"

弗格森还没回答我，他的呼吸就变慢了，发出了呼噜声，呼吸得很费劲。他的瞳孔开始放大，并陷入昏迷，没有反应。他快死了，血块进入了更深的部位。他的肺停止工作，大脑得不到氧气。不到 5 分钟，他就彻底停止了呼吸。

10 分钟后，玛吉到了，被直接带到了护士长办公室。护士长也让我进去了，把我介绍给玛吉。我听过很多关于玛吉的事，但从未见过她。我必须把弗格森的死讯告诉她，我必须慢慢地、仔细地说出每个字，好让她理解。我在她旁边坐下，告诉她弗格森腿上的血块流向了肺部，导致缺氧。我解释说我们缓解了他的呼吸困难，他走得很平静、安详。我还告诉她弗格森开心地讲述了他们儿子的生日活动，也复述了他最后的话："我的玛吉、我们的男孩……”

我们一同来到弗格森的病房。护士已经把输液器和氧气管拿走了，弗格森静静地躺在床上，面色苍白，整个人透露着虚弱、憔悴。我给玛吉找了个位置坐下，让她可以抚摸他、拥抱他，和他说话。我告诉玛吉，她想坐多久都可以。

后来，玛吉回到护士长办公室，喝了一杯茶，等着我写死亡证明。我问她还有什么想要了解的。

“没有，”玛吉的语速很慢，“我只想告诉你，我很高兴今天是你在这里照顾他，而不是上次他在医院碰到的那个母夜叉。”

我大吃一惊。玛吉是什么意思？我问她医院里发生了什么情况。

“那个医生说弗格森没有希望了，还不如放弃那周的治疗，说这和继续治疗没什么区别。这是他回家后才告诉我的。那个母夜叉夺走了他所有的希望。”

护士长的眼睛一直注视着我。我听见体内的血往头上冲去的声音。呼吸！呼吸！我说了什么话？弗格森是怎么理解我的话的？难以想象我们在医院的谈话被重构成了这个样子。我记得问过弗格森是否需要我和玛吉谈谈，也记得他拒绝了。我想知道他是如何理解我说的话的。

我告诉玛吉：“那个人是我，每次弗格森来这儿，我都会见到他。我记得在你们儿子生日之前见过他。”我尽量复述我和弗格森的谈话，如何决定避免在情人节期间遭受治疗的痛苦，弗格森如何希望给儿子留下快乐的生日记忆。玛吉努力把诊室的母夜叉与眼前这个向她介绍丈夫死亡过程的女人联系起来。透过她的眼神，我看得出她仍困惑不解。

“我很抱歉，玛吉，”我说，“我不知道对你说什么好。也许我的表达方式有问题。也许他误解了我想表达的意思。”

沉默了好一会儿以后，玛吉说：“实际上，我想弗格森说过刚才你对我说的话。但我知道，如果情况顺利，你就不会放他一个星期的假了。他总是满怀希望，而我一直在等待灾难的来临。正如我看到的，他那几天非常开心。你绝对不会认为他知道这是他最后一次庆祝儿子的生日，是我们最后一次度过情人节。也许他不知道，但我知道。”

玛吉喝着茶，抚摸着挂在脖子上的吊坠。我在沉默中思考我所造成的可怕伤害。如果我当时对弗格森表达了我的担忧，那他可能会和妻子讨论对死亡来临的理解。如果我及时验证了玛吉的悲观想法，她可能就有机会问自己想问的问题，进一步了解令她感到绝望的预感。他们可能就可以在临终告别时，彼此交代一些重要事项。但事实是，这个孤独的女人没有机会告别。

然而，玛吉准备原谅这种不可原谅的冒犯。她知道丈夫宁愿少说话，甚至不希望了解病情，而我也顺从了他这个想法。

玛吉说：“对不起，我把你称为母夜叉。”

我说：“不怪你，都怪这个局面。”

玛吉走了以后，我才哭出来。她要回家把消息告诉儿子，对一个母亲来说，没有比这更糟糕的对话了。

说再见需要做好准备

急诊室相当于分诊处，我们要迅速帮助危重患者，把他们从鬼门关拉回来，也必须迅速甄别没有救治希望的患者，给予他们支持，充分把握生命的最后时刻。来急诊室的患者中，有些人已奄奄一息，却仍然希望康复，有些人以前从没想到自己有病，还有些人的健康状况早就不太好了。我们只有把治疗结果如实告诉给患者和家属，他们才能做出明智的选择，决定何时接受残酷的事实。

并非所有人都能准备充分地迎接死亡。尽管生命到了最后时刻所表现出来的症状相当统一，即丧失意识、呼吸减弱，但到达这个时刻的过程可能不那么容易预测。25% 的人死于突发和意外情况，事情来得太快，根本没有治疗的时间。然而，这些人死亡的背后也常常受已知的潜在疾病，如心脏病，或者高龄的影响，死亡时间虽然不可预测，但这些情况也预示着死神的到来。

如果大多数死亡是健康状况不断恶化的结果，如果大多数突然死亡是由已知的重大疾病导致的，那为什么我们还常常感觉措手不及呢？

凯瑟琳是我们医院的一位护理专家，她和我在向工作人员介绍本市姑息治疗界熟知的一位患者，该患者是被女儿十万火急地送到急诊室的。这时，一位面色发红的年轻医生从我们身边跑过，嘴里大声地说：“二病区有患者心脏骤停！我们需要你这个姑息医生的帮助！”

我获得行医资格时，姑息治疗专业还没有诞生，姑息治疗的概念仅限于少数慈善资金资助的临终关怀机构。现在，我是这个学科的顾问，实习医生会来我们医院的姑息治疗小组实习。时代发生了多大的变化啊！每年我们都会招进三位刚刚取得资格证的医生接受为期 4 个月的实习。

18 个月前，里斯尔初来我们的办公室，那时的她对姑息治疗感到胆怯、畏惧。4 个月后，她学会了新的沟通技巧，能够提供全面的疼痛和症状评估，可以流利地为患者解释死亡是怎么回事，并养成了把我们的团队成员称为姑息医生的习惯。我们乐于看到每个实习生增强信心、更好地理解姑息治疗，并把它用于未来的医疗实践。尽管里斯尔现在在创伤外科当实习医生，但姑息治疗技能其实在各个医学学科都能发挥很好的作用。

我们按照里斯尔的要求，同抢救小组沿着走廊朝二病区跑去。救护车上的工作人员送进来一位老人，其心脏在救护车上就停止了跳动，需要做心肺复苏。两名急诊护士接手了复苏工作，里斯尔也帮忙协助她们，麻醉师则准备把呼吸管插入患者的喉咙。医护人员向抢救小组简单介绍了情况，我们也加入其中。我注意到房间的另一边站着一位穿着衬衫、打着领带的中年男子，现场的情况令他惊恐万状、脸色煞白。他是患者亲属吗？

里斯尔询问那个惊恐的人，他父亲是否交代过要进行心肺复苏，我则从旁观察。他一脸难以置信的表情，摇了摇头，而复苏工作像一部电视剧一样继续进行着。里斯尔置入了第二条静脉注射管，从患者身体里抽取血液做分析，同时向患者儿子提出更多问题，以填补护理人员的简报中没有包含的信息。

据了解，患者 82 岁，已知患有心脏病，之前发作过两次，正在接受高血压治疗，在胸痛发作之前，通常仅限于短距离行走。这是典型的晚期心脏病病史。今天，他说话含混不清，左臂无力，然后倒下了。他的妻子叫了一辆救护车，刚才靠着墙的那个人，也就是他的其中一个儿子陪着来到了医院。他妻子和其余孩子在开车来医院的路上。我的心沉了一下——他们得花很长时间找停车位，他们到了的时候，可能为时已晚。

复苏小组随后退到了一边。屏幕上有迹象显示，患者的心脏重新跳动起来，但血压很低，几乎没有迹象表明心脏在有效地跳动。支撑心脏继续运行的药物正通过静脉注射到他体内。在没有医疗帮助的情况下，他戴着氧气面罩进行呼吸。根据介绍的情况判断，他可能中风了，可能又发作了一次心脏病。他活下来的概率很小，康复的希望非常渺茫。我们和家属需要做出艰难的决定。

里斯尔的指导老师来了，他今天负责急诊。里斯尔总结了这个老人的情况，给他看了脉搏、血压、氧饱和度、用药和输液的图表。他点点头，因为里斯尔得出结论，这是一种晚期心脏病，心脏功能在此之前已经很差了。患者不会从强化治疗中受益，也不是心脏移植的候选人。这个病史和一些体征也表明，他今天早上中风了，要么是在心脏病发作之前，要么是心脏病发作所致。

使用药物稀释血液、化解血块是处理心脏病患者的常规方案，但这么做很危险，因为有可能导致中风恶化，甚至可能要了患者的命。这种情况需要最好的支持性护理，直到时机和各种情况表明，老人有潜在的康复可能。指导老师表示赞同，他问里斯尔是否愿意向患者家属说明情况，里斯尔点点头，用手指了指混乱人群中的两名姑息护理人员，即我和凯瑟琳。他微笑着对我们说:“时机把握得恰到好处!”然后便赶去做下一个会诊了。

那个西装革履的人小心翼翼地朝他父亲走去。他听见了里斯尔的话,但我还不知道这些话对他意味着什么。这时,门又被推开了,另外两个中年男人和一个年长的女人朝里面窥探——家人到齐了。我不想请他们换个地方交谈,否则老人咽气的时候,他们都不在场。凯瑟琳发现家属没地方可坐,便着手处理这个问题去了。

小组的其他成员分头行动,或打电话或检查其他患者。只有家属、里斯尔和我及一名急诊护士留下来陪同患者。我向家属介绍了自己和两位同事,并解释说我是医院的会诊医生,他们的这位亲人很可能中风了,心脏一度停止了跳动,他目前的心跳还不足以支撑身体正常运转。

凯瑟琳拿来几把椅子,男人们坐了下来,但他们的母亲仍然坚定地站在丈夫旁边。里斯尔来到她身边,把她的手放在丈夫的手上。她丈夫一动不动地躺着,然后医生把自己柔软的手放在夫妇二人的手上,向妇人点点头,表示可以这么做。这是属于她陪伴丈夫的时间和空间。

急诊护士在屏幕闪烁的监视器、输液架和患者之间轻手轻脚地来回穿梭,处理血压下降、心率过快、血氧饱和度下降的问题,她调整氧流量、更换输液袋,以头部动作和手势与里斯尔沟通,以免干扰我们微妙的交谈。凯瑟琳坐到男人们中间,若有所思地观察着,脸上写满了同情。

我问他们是否知道自己的父亲心脏不好,他们点点头,低声说多年来他一直“像一扇吱吱作响的门”,病恹恹的。自从两年前他第二次发作心脏病以来，他们一直担心接到坏消息。我问他们的父亲最近过得怎么样，他们谈到他因为胸痛和疲劳，只好待在家里，所以他们意识到他现在走一步算一步。至于我的评论，他们点头称是，父亲的身体状况到了今天这个地步是意料之中的。

“那么，”我问他们，“如果他的心脏情况恶化，如果他身体崩溃或者需要住院，你们的父亲说过希望医生怎么办吗？”

一阵长长的停顿，空气中充斥着紧张的气氛。男人们身体前倾，双手紧紧地抱在胸前，睁着圆圆的、惊恐的眼睛，望着我，摇了摇头——他们不知道父亲希望怎么办。

我尽可能温和地问道：“他有没有表达过什么意见，有助于我们知道现在该怎么办的？”其中一个儿子悲痛地说：“爸爸试着表达过。噢，天哪——他谈这件事，我还告诉他不要那么脆弱……”

他声音嘶哑，双肩剧烈抖动。凯瑟琳轻轻地把手搭在他的肩上。另一个兄弟捡起话题：“不是只有你才这样，山姆。爸爸让我准备一份法律文件，以防万一妈妈需要帮助。我还对他说他会一直活下去，别再闷闷不乐了……”说着说着，他的声音越来越小。

这种心照不宣的约定非常常见，非常令人心碎。老年人意识到死之将至时，往往试图与他人谈论自己的希望和意愿，却常常遭到年轻人阻止，因为他们无法忍受，甚至无法思考时常萦绕在老年人或患者心间的这些想法。

然后，他们的母亲说话了。她一直看着丈夫，我和她儿子交谈时，她聚精会神地听着，不时用眼神和我交流。

她平静地说："让他去吧。"男人们坐直了身体，瞪大了眼睛，其中一位表示反对，她抬起手，拍了拍那个儿子，示意安静下来。她对他们说："他一点都不享受生活，也不开心。他经常说已经做好死的准备了。"她把目光转向我，说："他知道小伙子们会照顾我，他知道我会没事的。他早就做好死去的准备了。"有个儿子哭了，呜呜的哭声打破了寂静。

我鼓励她说："告诉我们，如果他清醒过来，可以对我们说话，他会说什么？"

她低头看看自己的丈夫，脸上洋溢着怜爱、亲切的微笑，说："他几乎每周都对我说'珍妮，我们度过了美好的一生，现在该走了。我希望快点儿走，我希望突然走掉，我希望走在你前面……'我只是说'格瑞，我希望我不会落在你后面太远'。然后我们依偎一小会儿，感觉好了很多，"她顿了顿，然后问我，"医生，他还会醒来吗？"

我说："我认为不太可能。"然后尴尬地意识到，因为来得匆忙，我们都没有自我介绍，叫她珍妮似乎有些冒昧。

"你看见那儿的心脏监护仪了吗？"里斯尔把监护仪上显示的曲线指给家属看，"这表明格瑞的心脏在尽力跳动，但它的强度不足以促成血液正常循环。大脑供血不足的话，我们就无法让他保持清醒。格瑞已经失去知觉了。他病得很重，很重……马上就要离世了。"她停下话头，让他们消化这个消息。

“有时候，即使失去意识，人也能感觉到周围的声音，所以，他可能听得见你们的声音，并且因为你们在这儿而感到高兴。我们必须赶快决定给他提供哪种强度的治疗，我们希望按照他的意愿行事。但我们无法与他沟通，因为他已经失去知觉了。我们需要你们，你们可以告诉我们他会怎么说。这不是要你们做决定，做决定的是医生。不过，如果你们认为他不希望接受哪些治疗，我们也会把他的想法纳入考虑。”

男人们焦灼地看着彼此，而他们的母亲则看着所有人。里斯尔接着说：“几分钟后，我们会把他从救护车担架上抬下来，给他找张床、找个病房，这样你们可以坐下来陪他。现在我去安排这件事。如果他剩下的时间不多了，可能时间不是很多了，还有其他人要留在这儿吗？”她等着回复，他们痛苦地看看彼此，沉默不语，神情错愕。“要不你们考虑一下，我先去给他找个病房？”看着里斯尔处理急诊室的一个将死之人的方式，我在心里赞叹着她的自信和平静地表达同情的方式。作为我们以前的实习生，里斯尔把姑息治疗培训付诸实践。

里斯尔向在座每一位泪水涟涟的人点点头，然后离开了。所以接下来由我与家属交谈，接着里斯尔刚才的话头往下说。

“有时候，时间可能不多了，人们只想待在一起，”我说，“有些人有宗教信仰，想会见牧师，或者做祷告；有些人喜欢听音乐；有些人喜欢安静。我们希望尽可能帮助你们以最好的方式度过这段时间，所以，如果有什么我们可以帮忙的，请告诉我们。”说到这里我停了一下。这番内容需要费点儿心思才能让亲属领悟，并且需要反复揣摩。护士打开另一个小瓶，把里面的药倒进静脉输液管。我发现格瑞的血压几乎测不到，他的体温下降得很快。

这时，两个护士吭哧吭哧地推进来一张病床，娴熟地把格瑞连同那些乱七八糟的管子和输液管一起搬到床上。她们请家属一起把格瑞推进一个安静的房间。凯瑟琳指挥着几个儿子，里斯尔则握着患者妻子的手跟在后面。复苏室空无一人，急诊室护士立即开始清洁台面，补充药品和设备，挽救下一个生命时可能需要使用这间屋子，这个护士要做好准备，没时间陪着亲属哭泣。

半个小时以后，凯瑟琳和我离开了急诊室。格瑞住进了一个单人间，家人环绕在他周围。医疗团队解释说，他很可能在最近一次心脏病发作后的 24 小时之内死亡，血液和心脏测试证实了这次心脏病。他的状况太不稳定了，无法通过扫描判断他是否还中风了，但理论上说，答案应该是肯定的。他的妻子代格瑞表达了不希望通过治疗延缓死亡的愿望，他们的儿子也已接受了母亲了解到的父亲意愿，他们的父亲曾试图与他们讨论这些愿望，医疗小组综合考量了患者的情况后，决定不升级格瑞的治疗方案，不送他进重症监护室。如果去了重症监护室，他的寿命当然可以延长，但不太可能恢复他的健康。

那天晚上下班前，我给里斯尔打电话，表扬她把这次非常困难的谈话进行得非常好。她很高兴得到我的反馈。格瑞在几个小时前去世了，里斯尔报告说："他和很多人一样很会选择时机。你知道，他倒下以后，从急诊室到休息室，家人一直陪着他。儿子们出去吃饭、妻子出去抽烟以后，他死了。他只独自待了两分钟。"

这种现象经常发生，所以我们经常提醒家属，特别是垂危状态持续数天时可能会发生这种情况。虽然不理解这是怎么回事，但我们认识到，有时候，人只有独处时才能放松，并渐渐死去。这在某种意义上是否与旁观者的存在有关？是否因为所爱之人的存在令他们在生死之间徘徊？他们在做选择吗？我们不知道答案，但我们发现了这种现象。

“你习惯做这件事吗？”里斯尔问我，“假如是你给家属做临终谈话，你会觉得若无其事吗？”

我可以肯定地说，答案是否定的。如此近距离地接触别人的悲痛，你永远不会感到舒服自在。在死神面前工作，你总会有一种深刻感和神圣感，有时甚至感到茫然无措，这就是为什么我们采取团队合作的方式。

但你会认识到，你正给面前的人提供着至关重要的变革性甚至精神性的东西，让他们怀着觉知去面对或者观察死亡。如果我们这些医护人员不诚实，他们就会丧失这种觉知。如果我们保持诚实和同情的态度，把这个令人痛苦的事实告诉患者及其家属，那他们就可以根据事实做选择，而不是鼓励他们以错误和绝望的方式，寻求医疗奇迹，做无用功，试图延缓死亡，最终导致他们连说再见的机会都没有。

今天，在急诊室里，里斯尔做这些事的核心目的不在于不惜一切代价抢救生命，而是帮助大家好好地告别。有时候，在生命的最后时刻，这是我们可以提供的全部支持。

讨论不可言及的话题

到目前为止，我生命中有许多人生大事，其中之一是我的两个孩子的成年历程和让他们了解人生中固有的基本概念，从卧室地板上的脏袜子如何变得干干净净、一双双地放到抽屉里，到为什么给金鱼喂适量的食物很重要；从婴儿来自哪里到为什么诚实很重要，不一而足。其中还包括通过金鱼、老人以及我们爱和思念的人，让他们了解生命有限的观念。

同孩子谈论死亡是一件重要的事情，而且不太令人舒服。我想保护他们，不让他们悲伤，但又希望他们做好面对生活的准备。儿童对时间和永恒、对眼睛看不见的东西的执念、对普遍性等概念的理解能力会随着年龄的增长而发展，因此，在不同的年龄段，他们会以不同的方式接受和看待我们的话语。我对此虽然在理论上有所认知，但有时候他们对谈话的理解还是让我感到震惊。

以下是发生在我们家庭中的一些事例，你从中能看出这些早期经历如何发展成对死亡的理解，他们的误解有时候相当好玩儿。

鱼有点不对劲儿

外公去世的时候，我 30 多岁，最小的那个孩子刚上幼儿园。那时候，我们养了一些宠物，包括两条金鱼和一位临终关怀患者遗赠给我们的猫。孩子们很爱那些鱼，为了防止他们把鱼喂得过饱，为了防止猫把鱼吃掉，我们可没少费功夫。我们的想法是，让孩子们观察宠物的生命周期，以比较温和的方式了解一些事实，比如，不用害怕水（完美达成：两个孩子都很擅长游泳）、学会照料动物（完美达成：两人对鱼都很温柔，对猫也很小心翼翼）、掌握疾病和保健知识（完美达成：兽医给猫打针后，他们负责照料、呵护它），甚至认识到最终的死亡（但这三只宠物都很健康、强壮）。

因此，听说我深爱的外公突然死于肺部感染后，我分别向两个 3 岁和 7 岁的孩子解释说："你们的曾外公去世了，我要去见他最后一面。你们的外祖母和外祖父都很难过，所以我要去陪他们住几天，过几天爸爸会带你们一起参加葬礼。"第二天早上出发的时候，我发现那条身上有斑点、叫作"瓢虫"的金鱼游动的姿势有点奇怪，只有一侧的鳃和鳍在动。金鱼会中风吗？这条鱼看起来确实病了，但我要赶早班火车，家里人还在梦乡当中。这个问题还是留给无所不能的丈夫处理吧。

那天晚上，我和父母一起去了太平间。很奇怪，那张脸令人感到陌生。我们亲吻了外公冰冷的前额，然后我接到了孩子们打来的电话。我 3 岁的女儿郑重其事地告诉我："妈妈，'瓢虫'死了，但你不用担心。我们把她装进罐子，放到冰箱里了，你还可以看到她。"

孩子们对葬礼的兴趣不大，但对葬礼之后与表兄弟姐妹的团聚兴致盎然。死去的鱼是主要话题，我的两个孩子向他们的表亲展示了自己的新专长。得知厨房冰箱被当作"停尸房"，我的亲戚们吃惊不小，但因为我丈夫是一位病理学家，对这一行为早已见怪不怪。

我再次见到"瓢虫"是在它死了大约 4 天之后。它躺在我的量筒里，腮部有点儿发绿，好像准备好进行遗体告别仪式的样子。我把它放在手心里的纸巾上，和孩子们聊起了死亡。"看，"我说，"它一动不动，连呼吸都没有了。它什么都感觉不到，什么都听不见，什么都不知道。它既不悲伤，也不害怕。它没有痛苦，甚至不知道自己已经死了。"他们凝视着它，频频点头。其中一个孩子用衣服夹子轻轻戳它，好像在做检查似的。

"动物和植物死了之后，身体逐渐变成泥土，"我解释说，"这有助于新植物生长，为其他动物提供食物。”顺着这个思路，我让他们在花园里选一个地方，把“瓢虫”埋了，让它的身体变成土，帮助里面的植物生长。他们帮我在灌木丛下挖了个洞，我们用纸巾当作它的裹尸布，把它埋进土里。

几周后，到访的朋友发现我们少了一条鱼，询问是怎么回事。我们的女儿睁着大大的眼睛严肃地看着她，以“解释的语气”说：“‘瓢虫’生病了，所以妈妈把她放进了一个洞。”看来我的话他们还是没完全明白。

5 岁之前，儿童还理解不了“死亡不可逆转”这回事，也不明白死亡意味着身体彻底丧失功能。我 7 岁的儿子对于埋葬一条没有任何生命迹象的死鱼感到心满意足，而他 3 岁的妹妹对整件事情感到相当困惑。也许她有点儿担心自己会生病！

纪念匾

8 岁的时候，大儿子对死亡感到困惑不解。这是成长过程中的一个阶段，可这事都快把我搞疯了，弄得我无法把生活和工作分开。以公共长椅上的纪念匾[①]为例，儿子深信那匾代表死亡地点，好像每次坐在公园长椅上，或者每次在河边的一条长椅上打开便当时，都有灰飞烟灭的危险。“他们是在这条长椅上死去的吗？”不，是他们死后才放在这儿的。“他们是死在了这个公园的路上吗？是从悬崖上掉下来摔死的吗？”不，这是他们的家人希望人们记住他们的标志。一旦试图避开儿子的追问，你会发现，

① 这在国外很常见，这种长椅通常放置在公共场所，椅背上标有铭牌或纪念匾，用以纪念某人、某机构或历史事件。——编者注

不管走到哪里，冷不丁就会冒出一个长椅。令人庆幸的是，对长椅进行了数周的诘问之后，他终于弄明白这是怎么回事了。

有一天，我们在野外散步。高高的峭壁上面有一条长椅，长椅上标有一块牌匾，纪念一位父亲，他和儿子一起骑山地自行车时，死在了这个地方。“酷……”大儿子满怀恭敬地低声问道，“爸爸，我们可以把自行车带到这儿吗？”

几周的工作瞬间归零，全都白做了，我们又要开始跟他掰开揉碎了解释一遍……

对死亡的这种病态痴迷是儿童发育过程中的一个正常阶段。除了对牌匾感到好奇，我们的儿子还在这个阶段画过葬礼和棺材，它们与画中描绘的人物故事有关。这些都帮助他把死亡放在一个语境下，例如，用在老人身上，或者把它视为疾病或事故的结果。

到了7岁左右，孩子们意识到每个人都会死，甚至不久之后他们也会死去。这可能会导致一段时间的焦虑，他们还会经常要求家人保证不死。在孩子们的童年时期，我们告诉他们，在长大成人之前，妈妈和爸爸通常不会抛下他们死去。

猫遇难了

女儿将近6岁，她哥哥将近10岁时，我们把家搬到了乡下。那只临终关怀患者留给我的猫似乎永远不会死，它至少有16岁了，活下来的那条金鱼也仍然很健康。搬家是一个重大的决定，我们搬去的地方很好，有一个很大的花园，我们种了些蔬菜，挖了一个池塘，附近有一条河，可以筑坝、划船或捕鱼。我们把金鱼放进池塘，还放了一些刺鱼给它做朋友。刺鱼非常快乐，繁衍速度很快。猫和当地的苍鹭常在池塘边抓鱼吃。

那只猫长得尤其好。搬家后才发现原来它是一位技艺高超的猎手，它会去远处的田野觅食，带回田鼠、地鼠，偶尔也带回鸟儿。有一次它甚至掀开猫洞门，拖进了一只兔子。它把这些东西摆在车库里，孩子们逐渐学会了包容它的这个习惯，后来甚至欣赏起来了。因此，在女儿 8 岁和儿子 12 岁的那一年，对于猫科动物所捕获的“战利品”干尸，他们已经异常熟悉了。

我家后门通向田野，但房子坐落在一条繁忙的道路上，这就导致了我家这只“猎手”的噩运。那天下班后，我听见一阵汽车喇叭声，我来到前门，只见我们的猫坐在马路中央，置身于快速行驶的车辆中间。我朝它走去，举手示意汽车停下。这时，我意识到它的背扭曲着，后腿和尾巴都没反应，它肯定是被汽车撞了。

当时，我们的保育员正准备回家，她看了看猫，又看了看我 8 岁的女儿，说：“我留在这儿。你把猫带到兽医那儿去吧。”我们迅速找来一个结实的纸板箱，并在里面放了一条毯子。我儿子仿佛一下子就长大了，好像从 12 岁的少年变成了 50 岁的壮男，他爬上汽车后座，把装猫的箱子放在身旁。出发后，我从后视镜里观察这两位“乘客”。猫喘着粗气，伸出舌头，目光呆滞，不时发出微弱的叫声。

“要不你对奥斯卡说说话？”我对儿子说，“只要让它听见你的声音就好。你也可以轻轻抚摸它的头。它不是喜欢别人挠它的耳朵吗？只是别碰它的背，免得它痛。”

我们飞快地开了20多千米，直奔镇上的兽医处，一路上我儿子都在低声鼓励着猫咪：“你是一只很棒的猫，奥斯卡。你没事的，我们在这儿呢。我在你身边，别担心。我们会照顾你的。你真的很了不起。”

我注意到猫的意识水平发生着明显的变化。它似乎睡着了，然后突然“喵”一声，又苏醒过来。我意识到这就是我在工作中每天都能看到的一种现象：猫随时都有可能死去，而我的儿子还没有做好准备。

“有没有发现，你和它说话的时候，它是多么舒服？”我说，“它快睡着了，对吗？你听见它的呼吸变化了吗？现在更柔和了，比以前慢了，对吗？这说明它很舒服，很放松，但也病得很重。它一定很高兴听你对它说的话。”

儿子的眼睛里噙满了泪水，声音颤抖，但仍然继续着他的赞誉：“你是最好的猎手，你抓住了那么多老鼠，你喜欢追逐鸟儿，甚至兔子！你真勇敢，奥斯卡，你真是一只了不起的猫。”缓了一会儿后，他继续说：“不要离开我们，奥斯卡。不要死。兽医会帮助你的。我们就快到了……”

保育员给兽医打过电话了，他们在等着我们。我们到了后，他们只瞄了一眼猫的背，就让我带它去附近的动物医院，他们会打电话给那儿的人。我们回到车上，慢慢地开着车，沿着弯弯曲曲的小路朝动物医院驶去。但是剧情已经变了，后座传来这样的话：“你是最好的猫，奥斯卡，我爱你。谢谢你来到我的生命里，奥斯卡，你真是一只了不起的猫。我们都爱你。奥斯卡，我们绝不可能再遇见比你更好的猫了……”儿子用的是过去时，这个男孩知道告别的时候到了。

奥斯卡虽然挺到了动物医院，但在那天晚些时候还是去世了。我们把它带回了家。它安眠在自己的狩猎场（家里的花园），帮助植物生长。

抵达终点

我的教母快死了，她是我妈妈的妹妹，在 80 多岁时得了脑瘤。她基本丧失语言能力，但别人对她说的每一句话她都听得懂。她拒绝放射治疗，在她看来，“那只是表面功夫”，如果心智受损，即便寿命有所延长，也没什么存活的意义，所以她坦然接受了不久于世的预期。她唯一担心的是没人照顾半残的丈夫，除此之外再没有什么能打扰她宁静的内心了。

在家人和邻居的大力支持下，姨妈得以在家里庆祝生日，但多次发作癫痫之后，她住进了一家看着很破的大医院。她所住的病房总有百叶窗传来的嘎嘎作响的声音。不过，医院工作人员的尽职和热情弥补了硬件设备的缺陷。医院的姑息治疗小组来过了，姨妈告诉他们等等“我的侄儿，他是这方面的专家”。尽管她混淆了我的性别，但不妨碍他们对我的热情和亲切。他们告诉我：“你姨妈很可爱，她为你骄傲死了！”然后他们意识到自己说了“死”这个字眼，顿时面红耳赤，缄默不语。

我和女儿乘火车去医院看姨妈，这时女儿 17 岁了。我父母在开车前来的路上，我儿子到车站接我们，因为他在这个城市上大学。我们埋葬那条鱼的事已经过去很久了，现在他是一个高大健壮的橄榄球队前锋，特别喜欢热闹，洪亮的嗓音中尽显对生活的热爱。他妹妹温柔、安静，比哥哥矜持，更倾向于想好了再开口说话，她能凭直觉感知别人的感受，会默默地握住孤独者的手。

我们进了姨妈的病房。她躺在宽大的病床上，显得瘦小、苍白。她穿着病号服，病号服那黄色的镶边与她的肤色格格不入。我的一个表弟坐在靠窗的椅子上，他抬起头来，脸上写满了绝望。他不知道该怎么办，他赶了半天的路来到这里，希望能够发挥点儿作用，表达自己对母亲的爱。姨妈似乎睡着了，但我家温柔的男子汉声如洪钟："你好，姨姥姥！我喜欢你漂亮的睡衣！"她睁开一只眼睛，微笑着，挨个认出了房间里的人。看到我们大家，她先是眉开眼笑，然后满眼泪水地说："你们都不辞辛苦地来看我！"说罢嘤嘤哭泣起来。

我的父母也到了，先招呼外孙外孙女和远道而来的侄子，然后才问候姨妈，毕竟他们每天都来探望她。她右侧的脸有些下垂，右臂不能动弹。我发现表弟坐在病床右侧，姨妈可能看不见他。脑瘤让她慢慢地失去了视力、感知、注意力、活动能力，以及支配右侧身体的能力。

我们都找了椅子坐下。我把表弟拉到姨妈的左侧，这回看见他了，姨妈很开心。我口袋里有一管护手霜，我握着姨妈瘦骨嶙峋的右手，让我女儿握着她的左手，一起给她按摩，让护手霜渗入她的皮肤。她微笑着说："味道很好。"病房里充溢着零零星星的谈话。我父母看上去很疲惫。我女儿很坚强，也看到了在座亲人脸上的悲伤。我对孩子们说："来看看能不能给每个人弄一杯茶来。"我们顺着走廊，跟着咖啡厅的标志走。因为打橄榄球经常受伤，儿子是这家医院急诊科的常客，所以他在前面带路，我和女儿跟在后面。女儿面色苍白，虽然沉默不语，但神情紧张。

“我为你们两个感到骄傲，”寻找咖啡厅的途中，我对他们说，“你们把每件事情都做得那么好。你们主动发起谈话，对外祖父母照顾周到，对姨姥姥那么温柔、关爱。”

“哦，妈妈，”儿子说，“你和爸爸一辈子都在帮助我们学会应对这种事。学校里没有一个人谈论过死亡，只有我们家才会讨论这件事。所以你看，我们现在已经习惯了，知道会发生什么情况。我们不害怕，也相信自己能处理好这件事。这是你们对我们的希望，你们希望我们面对死亡时不畏惧。”

在咖啡厅门前，我拥抱了他们两个。我不确定儿子的话是否代表他们两个人的观点，因为我美丽的女儿泪流满面，看上去非常焦虑。但这也很正常。我们可以在姨妈生命的最后几天陪着她，给予她爱，回忆与她的过往；在她的睡眠时间越来越长时，及时反应过来会发生什么情况，比如，知道她会说得越来越少，知道她会平静地离去。

事实上，几周后的最终结局的确很平静。姨妈准备好了，我们也是。

我们都秉持开放而诚实的态度，希望借此营造一个安心的氛围，让孩子们提出问题，表达焦虑，并且在死亡最终来临时，直面自己内心的悲伤。我们的这种做法并没有给他们的心灵造成伤害，也没有使他们害怕冒险、不敢迎接人生，他们似乎满足了我们的期待，好好长大了。

每个家庭都有自己面对人生真理的方法，我们应该记住，承认和讨论死亡的真相同等重要。

谁做那个先开口的人

对于一个家庭来说，讨论坏消息可能令人胆怯。有时候，如果只把坏消息透露给患者，或者只告知家属，知情者可能会觉得自己背负着沉重的负担，明明知道真相，却又不敢和人说，这可能导致心照不宣的缄默，在人们需要彼此支持的时候，反而导致相互之间的隔绝。尽管家人环绕在身边给予鼓励，患者可能仍然感到孤独，因为出于对彼此的爱和保护，每个人都保守秘密。

因此，医生通报坏消息时，最好确保该在的人都在场，都能听到消息，并思考接下来的打算，帮助彼此全方位地处理问题。这样，家人可以分担患者的悲伤或担忧，避免任何人孤零零地独守秘密。在繁忙的诊所和病区巡视期间，主持这种艰难的谈话可能是一种挑战，然而，如果不这样做，那对患者及其身后的支持者就是一种极大的伤害。我曾经就有这样惊愕的发现，那一幕我永远也不会忘记。

那是一个春光明媚的早晨。我来到矿区，敲响了一所排屋的门。这儿的煤矿几十年前就关闭了，现在的年轻人想方设法离开这里，去城里生活。老一辈的父母和祖父母仍然保持着密切的联系，当地的家庭医生就如何治疗一位晚期卵巢癌患者的腹部症状，向我征求意见。现有的治疗措施已经无法挽救她的生命了。她和丈夫住的这所房子是50年前结婚时搬进去的，那时他是一名自豪的矿工，她是他完美的新娘。

我站在门口的台阶上，一边等人给我开门，一边观赏一只蝴蝶在小小的、但拾掇得很漂亮的花园里飞来飞去。草坪的面积与一块大的铺路石相仿，周围是成熟的灌木，风铃草、白水仙和它们下面的郁金香向着阳光生长。水仙花已经凋谢了，花被剪走了，光秃秃的，叶子被卷起来，挽成了结。这是一位一丝不苟的园丁完成的作品。

透过磨砂玻璃，我看到一个人影朝门口走来。门开了，露出一张焦虑的脸，一根手指放在嘴唇上，示意我小点声。

“你是临终安养院的吗？”他紧张地问我，而没有把门开大些让我进去。我刚开口说“是”，他轻嘘一声，用食指点了点嘴唇，说：“她不知道！进门时，手脚轻点儿。”他这时彻底把门打开了，领我进入一个面积不大、但整洁干净的客厅，从客厅可以看见那可爱的花园。大大小小的装饰品数量惊人：瓷雕像、奇异的贝壳、孩子们制作的黏土模型、陶瓷动物，以及用煤雕刻的各种矿工像和采矿工具。这些收藏品摆满了一个餐具柜和一个高高的角柜，还装饰了一个维多利亚式壁炉架和窗台上的一个小架子。所有的饰品都一尘不染，闪耀着光芒，显然经常定期抛光、除尘。除了我和他，房间里没有其他人。我的患者在哪儿？

那人示意我坐下，但他仍然站着。“你不能告诉她真相，她应付不了坏消息。相信我，我了解她。”说话的时候，他焦急地变换着两只脚的重心。

“告诉她什么？”我不知道他指的是不要提临终安养，还是不要透露诊断结果。

“她不知道得的是癌症。她以为只不过是肚子里有积液，医生在想办法给她治疗，”他说话的声音很低，语速很急促，同时侧身检查自己是否关上了房门，“如果知道真相，那她会被吓死的。”

天哪，好尴尬。他确实是最了解妻子的人，但家人试图“保护”心爱的人时，结果几乎总是适得其反。这种情况我已经见过很多次了。我明白自己是来他家的客人，必须遵守他家的规矩，但也明白他不是我的患者，我来他家是为了尽我所能帮助他的妻子。我说话时必须小心翼翼，语气尊重、和蔼，既要确定什么对他妻子最有利，又不至于让他感到害怕，使我不会转移话题或被赶出去。

我问他希望怎么称呼他，是否可以叫他亚瑟先生。他放松了一些，说：“叫我乔吧。她叫奈丽，是埃莉诺的简称。”“谢谢你，乔。我是曼尼克斯医生，但大多数人都叫我凯瑟琳，”接下来，我告诉他我很高兴收到这些提醒，“你的确最了解奈丽，我知道你非常努力地照顾她，不让她担心。你们结婚多久了？”

他们是青梅竹马，几个月前刚庆祝了50周年结婚纪念日。乔指着挂在墙上的一个瓷盘，上面印着伊丽莎白女王二世的照片。“那是家人赠送的金婚礼物，我们非常崇拜女王，”他自豪地说，“她对自己的要求一直很高，现在有些人完全做不到这一点。”

“乔，我真的很想见见奈丽，看看可以给她什么帮助。你跟我一起来吧，听听我的说话方式对不对。”乔坐在椅子的扶手上，看起来没那么紧张了。“我保证只回答她提出的问题，”我继续说，“但我不保证对她说谎。如果她问我实情，我会根据我对她承受力的判断，尽可能实话实说。你可以相信我吗？”

乔避开我的眼睛，擦拭着椅背上根本没有的灰尘。

“不谈癌症？”他问道。

“除非奈丽主动提起这个话题。”我的回答让乔感到满意。他领我走出整洁的客厅，爬上狭窄的楼梯，来到客厅上面的卧室。奈丽躺在床上，置身于印花床罩和东一个西一个的靠垫之间。

“来了另一位医生，奈丽，”乔一边对她说，一边直勾勾地看着我，给我明确的暗示，“小心台阶！”

奈丽伸手和我相握，然后指着床边靠窗的一把椅子，让我坐下。乔在门口磨磨蹭蹭，又开始焦躁地把两只脚的重心换来换去。奈丽请他去浴室拿个凳子过来坐下。我做自我介绍时，他咕哝着走出去拿凳子，并像火箭一样冲回来，确保我不会说“临终关怀”“癌症”“死亡”之类的禁忌语。我解释说我是症状管理专家，奈丽的家庭医生已经就她肚子肿胀的问题征求过我的意见了。乔默默地松了一口气，在奈丽床边的凳子上安坐下来。

透过身边的窗户，我可以看见美丽的山谷，春天给对面河岸的树林覆上了一层薄薄的绿纱。古老的矿井口隐匿在树林中。奈丽端坐在枕头中间，像个女王一样，她顶着巨大的肚子，肚子以上瘦弱的身躯固定不动。一定很不舒服。乔的半个屁股坐在奈丽旁边高高的凳子上，像一只执勤的猫鼬，警惕地盯着我，紧握着奈丽的手。

“奈丽，从你的床上向外望去，景色真是太美了！”我以一个不会让乔心烦的话题开始，“你觉得舒服吗？”

奈丽的目光转向窗户。“就像观看一部描写四季变化的电影，”她微笑着说，“我看着那些树逐渐长到盖住矿井口，乔下班后，我可以看见他下山，经过树林前面的路回家。光线、云朵和色彩每一分钟都不一样。我喜欢欣赏这道风景，即便身体很不舒服……”

我请奈丽说说病情，只见乔的脖子一下就绷紧了。

奈丽描述的情况不出我所料：肚子肿胀，几乎不能吃东西，然而体内仍然有“东西”，一天呕吐几次，吐出的东西数量惊人。她总是感到恶心，肠道好像停止运作，腿也站不稳。“乔很耐心，”奈丽说，“如果我需要上厕所，他会搀我去洗手间。但这事儿越来越困难了。这些天我好像一点儿力气都没有……”

“你什么都不吃！你还想指望什么？”乔尖锐地插话。奈丽平静地看着他，说：“真的吃不下，亲爱的。我试了的。我今天早上吃了那个冰激凌。”

“最困扰你的是什么问题，奈丽？”我问她，“呕吐？恶心？精力不够？或者别的什么因素？”乔隔着床死死地瞪着我。

奈丽过了一会儿才回答我：“其实，是多种情况的结合。感到恶心时，很难把精力集中在任何事情上……”我完全同意。疼痛虽然令人不舒服，但可以通过足够分散注意力的转移方式，把它从即时的意识中推开，恶心却是排山倒海、无孔不入，使人虚弱无力而且拿它没办法。

“我主要担心自己的虚弱，”奈丽继续说，“因为情况似乎越来越糟。乔希望我吃东西，他竭力为我做好吃的零食，吃不下去的时候，我不想看到他如此悲伤、失望。”她满脸悲戚地看着乔，紧握着他的手，说：“最糟糕的事情是让乔失望。”

乔身体前倾，想要表示抗议，奈丽举起另一只手，阻止他说话，然后说：“乔，你给医生倒茶了吗？”他摇摇头，奈丽责备他不礼貌，要他立即去泡茶。乔犹犹豫豫地离开了房间，他避开奈丽的视线先用手指指着我，又把手指移到了唇边。我对乔笑了笑，希望我的笑让他安心，然后我们听见他缓慢、吃力地下了楼。

房间只剩下我们俩后，我问道：“你主要担心乔什么，奈丽？”她的回答一点儿也不让我惊讶。

“他还没做好准备，无法承认事情有多糟，”奈丽说，“我无法想象我不在了以后，他怎么生活。”

“你不在了？”

奈丽目光锐利地看着我说：“你肯定知道我得的是癌症。几个月前，医院的人就告诉我了。但乔不知道，我不知道怎么告诉他。表面上，他是个高大、勇敢的矿工，但在内心里，他是个柔软的小伙子，受不了看别人难过。”

楼下的水壶传来水开的声音。我估计乔回来前，我们还有几分钟的时间。

“你通常都是一个人面对重大问题吗，奈丽？还是说，过去有什么事情时，你和乔互相分担？”我无意挑拨这对夫妇，只是感觉他们是一对共同分担困难的伙伴。

“噢，我们配合得很默契，一起养育了 5 个孩子，”奈丽眺望着窗外，“经受了许多风雨。乔这人也许软弱，但只要我们两个人一起，就没有什么事情办不了的。”

“除了这件事吗，奈丽？”我尽可能温和地问道。奈丽低头看着自己的肚子，然后从袖管里摸出一张纸巾。她擦擦眼睛，说：“这会让他心碎的。我知道应该告诉他，但我不知道怎么说。”

楼梯上传来瓷器的叮当声——乔回来了。他把托盘放在浴凳上，看了看奈丽。看见她脸上的泪水，乔愤怒地涨红了脸，冲着我说：“你让我妻子生气了吗？”

“不，乔，她没有，”奈丽温柔而坚定地打断他，“倒茶吧，乖。”

乔转身倒茶，他那只拿着精致瓷壶的手在颤抖。他冲我看了一眼，核查情况。我挤出一个微笑，告诉他，如果有多余的，请给我多加些牛奶。乔给我倒了杯淡茶，给自己做了一杯中等浓度的茶，然后继续搅拌着奶锅，好给奈丽喝。

“饼干呢，乔？”奈丽催促他，“罐子里应该有黄油甜酥饼干。”

“但是……”乔不想再让我们单独交谈，但奈丽专横地扬起了眉毛，他这才离开了房间。他离开时，奈丽命他“要放在漂亮的盘子里”，听到他下楼的脚步声，奈丽把身子伏在那大充气球般的肚子上，说："我该怎么办？我怎么告诉他？"

为了不让心爱的人痛苦，这对满怀爱意、内心柔软的夫妻各自独守秘密。我目睹这一幕，真是心都要碎了。无疑，他们彼此蓄意的沉默就像奈丽的癌症一样不断蔓延，除非打破僵局，否则他们可能永远没有机会说再见。

我问奈丽："你们一起面对过的最糟糕的事情是什么？"

奈丽立即做出了回答，但说得缓慢，似乎不愿听到自己说的话："我们的儿子死在坑里的时候。他 17 岁……才 17 岁啊！发生了爆炸。死了三个人。乔伤心欲绝……我也是。我们不停地交谈才渡过了难关。谈啊谈啊，念他的名字……凯文。没有人再提他的名字了……"

乔出现在门口，我们都没有注意到他，因为我俯着身子，倾听奈丽在床上轻声回忆。乔背对着我坐在床上，伸手去抓她的手。

乔轻轻问她："你怎么哭了，宝贝？"另一只手摸着她的脸颊，擦去泪水。她难过地摇摇头，低头看着床。

"乔，奈丽谈起了你们的美满婚姻，以及你们是彼此的好伙伴。她说你是一个优秀的丈夫，你们一起组成了一支很棒的团队。"乔转身看着我，奈丽的眼睛盯着他的侧脸。"奈丽告诉我，你们俩从凯文之死缓过来的唯一方法就是相互倾诉，一遍又一遍地倾诉。"

乔回头看了看奈丽，我说话的时候，乔一直凝视着他。我接着说："奈丽觉得她需要以同样的方式，跟你分享这个病的难处，对吗，奈丽？"

奈丽点点头，望着乔。

"奈丽、乔，在这段短短的时间里，我对你们有了很多了解。"尽管我说话说得口干舌燥，但成败在此一举，我强烈希望不要把事情弄得更糟。"你们彼此是如此相爱，都不想让对方为这个病伤心。你们俩都跟我表达了这个意思。"

乔吸了口气，想要说话，但奈丽说："听着，亲爱的。别说话。"她让我继续说。

"奈丽，你说身体越来越虚弱了，你担心自己可能不会好起来了，"乔的眉毛向上一扬，朝她眨了眨眼，"乔，你告诉我你很担心奈丽，但你拒绝跟她讨论她的病情是怕她烦恼。"这下轮到奈丽吃惊了。

"所以，在我看来，虽然生病的是奈丽，但你们两个都在遭受痛苦，"我稍微强调了这个词，"都在为这个病痛苦。而且你们每个人都在独自痛苦。奈丽在楼上担心乔，乔在楼下担心奈丽……我想，如果谈谈目前的情况，你们是否可以更好地承受这份痛苦？"

奈丽凝视着乔。乔微微向后退了一点，好像对她要说的话感到害怕似的。不过，奈丽现在是处在执行任务状态的女人。这个时刻属于她。

"我快死了，乔，"奈丽简洁明了地告诉他，他低头抽泣起来，"我快死了，我们俩都心知肚明。”

乔抽抽噎噎地说：“嘘，奈儿，不！我们可以战胜它！”奈丽紧握住乔的双手，说：“乔，我得的是癌症。医院的人告诉我了。我只是不知道怎么告诉你。”

“你知道？”乔惊奇地问道，“你一直都知道？”

奈丽说：“是的，宝贝。”乔把她的手拉到嘴唇边，呜呜哭起来。

“我以为只有我一个人知道，”乔抽泣着说，“我看着你逐渐离我远去。哦，奈儿，我的小奈丽。”他哭得全身颤动起来，亲吻着奈丽的手指。

我轻轻地从椅子上站起来，侧身绕过床边，收起茶盘，轻手轻脚地离开了房间，端着珍贵的瓷器，小心翼翼地走下陡峭的楼梯。他们不需要我在那儿。我要去那间小厨房烧壶水，泡一壶暖心茶，这个做法是我很久以前跟着习惯用镀金瓷杯的护士长做学徒时学到的。

感受你的每一次呼吸

死亡过程是可以辨识的，有明确的阶段，以及一系列可以预测的事件。临死之人被“劫持”进医院之前的这一过程众所周知，每个活到三四十岁的人多少都见过。大多患者在死亡过程之中和去世之后，就像在出生过程之中和出生之后一样，需要依靠富有智慧的女性为他们及其家人提供支持。死亡的艺术已经成了一种被遗忘的智慧，但每个人的死亡都是一个机会，可以帮助活着的人恢复这种智慧，并从中受益，因为他们将来会面对其他人的死，包括自己的死。

和我们很熟悉的一位病区护士问我："你这会儿可以过来一趟吗？"她听上去有些绝望。她所在的团队很优秀，姑息治疗小组喜欢和他们一起工作。她打电话到我们办公室，因为她担心一位重病患者的床边即将爆发一场战争。因为心力衰竭，几周以来，帕特丽夏命悬一线。最初，由于呼吸困难，双腿沉重、肿胀，她下床走不了几步，后来，她干脆开开心心地躺在床上，招待提着巧克力和水果来访的客人（这两样东西心脏病患者和肾衰竭患者都不能吃，但帕特丽夏无视规定）。

最近几天，帕特丽夏大多数时间都处于睡眠状态，这种现象很常见，我已经给她那庞大而友爱的家庭解释过了，他们把这句话当作咒语一样地重复着，在大家长垂危的时候，三个女儿、两个儿子和一群十几岁的孙辈守着她，每个人都在猜想"我们的比利"什么时候来。

今天，"我们的比利"来了。昨天，病区顾问与监狱长讨论了比利母亲的状态。那是一座戒备森严的监狱，"我们的比利"犯了罪，眼下被关在那儿。比利的母亲活不了几天了，监狱长同意比利前来探望。比利来了，他的手腕连在两个狱警身上，这意味着，如果无人看管，解除了手铐，他可能会逃跑或危害他人。我觉得最好不要向患者或者家属了解犯人被囚禁的原因，在这个已经很艰难的时刻，我们都要简单一些。

"我们的比利"似乎对母亲的护理不满意，看着很不高兴。他想知道母亲什么时候可以醒来；想知道为什么给她吃"那个鬼东西"，让她这么困倦；想知道英国医院从什么时候开始把老年妇女对待得连动物都不如。总之，他就是不满意。这支医疗团队很擅长应付满腹牢骚，甚至被铐在警卫身上的亲属。不过这个问题肯定还有另外的维度。我们医院的姑息治疗护士长索尼娅来到病房了解情况。

索尼娅发现病房一团混乱：所有护士都气呼呼的；一个年轻医生跑回办公室哭鼻子；清洁工刚刚通知护士长，打扫帕特丽夏的房间时，必须再给她找个人一块儿进去。护士长把索尼娅请到办公室，关上了门。她解释说，在帕特丽夏的 6 个孩子中，“我们的比利”最小，大家一直认为他最受宠。

护士长形容比利“被宠坏了”，他第一次入狱是因为——索尼娅插话说：“不要告诉我，最好不要知道。”所以护士长跳着讲到比利成年后，一直做着违法的事情。他目前被关在一座戒备森严的监狱，说明他至少曾持枪犯罪过，或者给别人的身体造成了严重伤害。几个姐姐对他很不满：帕特丽夏就快死了，却看不到比利。比利也为此责怪她们，说她们这么晚才通知自己，还让医生给妈妈打镇静剂，是对自己的报复。

比利刺耳的愤怒言辞令清洁工不快，比利还对护士进行人身威胁，骂那位年轻医生是“垃圾”。几位苦恼的女儿要求医生给帕特丽夏一点儿药，“让妈妈醒来，让她知道‘我们的比利’来了”。她们不是害怕比利的恐吓，而是出于对母亲的爱，不忍心让母亲那样思念“我们的比利”。但帕特丽夏一直在沉睡并不是因为药物作用，而是快要死了。没什么药能扭转她的状态。而且，让医生落泪的是几位女儿对母亲和胞弟的爱，而不是比利的张狂。

索尼娅和护士长来到病房。帕特丽夏侧身躺着，背对着门，床头靠背处于垂直状态，这样可以减少她的肺部积液。肺部有积液是由于心脏不能把血液有效输送到全身各处。帕特丽夏呼吸很深、很慢，每次吸气和呼气都会发出气泡声。她的嘴唇也变得乌黑。护士长把索尼娅介绍给正守候妈妈的卡莉和坐在狱警中间的比利。索尼娅跟所有人打了招呼，朝病床走去，绕床走到帕特丽夏面前。

“你好，帕特丽夏，我是索尼娅，”她在帕特丽夏耳畔说，“我跟卡莉和比利在这儿。你可以睁开眼睛吗？”

“你个蠢婆娘，”比利冷笑着说，“你没看到她注射了镇静剂，要死了吗？”

索尼娅没搭理他，继续观察帕特丽夏的呼吸，测量她的脉搏。帕特丽夏的呼吸越来越快，越来越浅，但仍在发出气泡声。

索尼娅转身对着卡莉、比利和狱警，令大家惊讶的是，她首先对狱警说话。

“你们必须使用手铐吗？”索尼娅问他们，“戴着那东西，他怎么拥抱妈妈呢？他像是急于逃跑的样子吗？”比利吃了一惊，勉强露出感动的神情。两位狱警商量了一番，决定解除铐链。比利惊奇地揉了揉手腕，站起身来，两个狱警也一下站了起来。比利流着眼泪，步履迟缓地朝妈妈走去。

索尼娅请狱警到病房外面就座。房间只有一个出口，比利在里面很安全，他需要一点儿隐私。“我是主管护士，我知道我可以提出这样的要求。”索尼娅可以在必要时刻表现得非常果决，现在就是这种情形。病区护士长同意了，卡莉对比利竖起了大拇指。狱警离开了房间，索尼娅真挚而热情地向他们表示感谢，并向他们保证，比利在屋子里的这段时间，由她个人负责。索尼娅看着他说：“比利，你不会让我后悔吧？”比利默然无语。

这下，两位资深护士把注意力集中到患者身上。她们决定移动帕特丽夏在床上的位置，看看能否减少呼吸的气泡声。她们温柔而专业地帮她仰面躺下，轻轻地扶她坐直，拍拍枕头，让它充盈起来，然后慢慢把她的身体放下去，让她躺好。她们大声描述自己采取的行动，在整个过程中一直对帕特丽夏说话。她仍然处于深度昏迷的状态，但半坐在床上，两只胳膊下都垫上了枕头，这时，她缓慢地、大口大口地呼吸，但气泡声小些了。

索尼娅重新摆放了椅子，让卡莉和比利坐在帕特丽夏的两侧，各自握住她的一只手。比利试着把手指放在妈妈的手指之间，卡莉则抚摸着妈妈的手臂。

护士长走了，索尼娅对家属说：“听到她呼吸时的变化了吗，时而快、喘，时而缓慢、打鼾？”比利和卡莉看着帕特丽夏，卡莉说这个情况已经持续几天了。

“这是深度昏迷的征兆，”索尼娅说，“这意味着你们的妈妈失去意识了，明白我的意思吗？”

比利咬了咬帕特丽夏的手指，然后咬着自己的嘴唇，点点头，问道：

“像头部受伤一样吗？”

“过程完全一样，比利，但这不是因为受伤。大脑停止工作，生命到达尽头时，就会出现这种情况。”

索尼娅停顿了一下。房间里一片寂静，只剩下帕特丽夏的呼噜声。气泡声消失了。

索尼娅小心翼翼地说：“头部受伤的患者在病情好转以后即使深度昏迷，也能感知周围的声音。他们听得见我们的声音。听到喜欢的人的声音，焦躁的情绪会平静下来；听到不喜欢的人说话，他们会更加焦躁。所以护士在照顾你妈妈时，会跟她说话。我们知道她基本上已经没有意识了，但我们还是一如既往地尊重她。”

比利若有所思，然后深吸一口气，号哭起来：“妈，我是比利！我来了，妈妈！我在这儿……我爱你，妈妈！我真的爱你。我很抱歉……”他抽泣着，说不下去了。

“对的，比利，你做得对。继续跟她说话，你们俩相互交谈一下吧。让她听见你们的声音就好。”接下来，索尼娅把注意力转向帕特丽夏那种呼吸模式的含义上。这是“断断续续的呼吸”，是生命即将结束的征兆。索尼娅问道：“卡莉，其他家人在哪儿？”卡莉解释说，因为妈妈身患重病很长时间了，大家轮流值班，既要确保医院一直有人陪着，也要让每个人都得到足够的休息。索尼娅说，这个做法很明智，她很高兴和一个相互之间这么关爱的家庭一起合作。

“我觉得是时候把大家都叫来了，卡莉，因为……你听，你有没有注意到，你妈妈的呼吸时不时停顿较长时间？”

大家都在侧耳聆听：帕特丽夏有5秒、10秒、近20秒的时间没有呼吸……索尼娅正准备宣布帕特丽夏已经断气时，这位母亲又深深地、颤颤巍巍地吸了一口气，急促、轻浅的喘息又开始了。

索尼娅解释说：“这就是现在的呼吸模式。一开始很快，然后慢下来，越来越慢，长时间停顿，然后重复这个模式。”卡莉和比利点点头，把目光从帕特丽夏转到索尼娅，又转回悄无声息的母亲身上。现在，索尼娅开始清楚而小心地传达重要的信息：“有一次呼吸很慢，她呼出一口气，然后不再吸气。很平静。也许快了。”她停顿了一下，确定他们听懂了自己的意思，然后问道：“那我们叫其他人进来吧？”

索尼娅发现帕特丽夏的呼吸更轻柔了，面部肌肉松弛，张着嘴。看来时间不多了。索尼娅明白自己是比利的保人，不能离开房间，所以按铃呼叫护士。护士长把头伸进门来。

索尼娅说：“护士长，我们认为时间可能不多了。”她的声音很平静，但护士之间交流的意思很清楚，“卡莉应该待在这儿，有谁可以把其他家人叫来吗？”

护士长明白索尼娅的意思，也理解当前情况的紧迫。“卡莉，我先给贝拉打个电话，请她转告大家好吗？”

“好的，请贝拉告诉加比，然后马上过来。我给男孩子发短信。告诉她，这事我来，”卡莉的脸一下涨红了，伸手拿包里的手机，“护士长，请告诉他们，‘我们的比利’在这儿。”

与此同时，在下一个街区的一间外科病房，在另一张临终病床边，我遇到了另一个家庭。患者叫布伦丹，中年男性，食道癌晚期。他是一个从事个体经营的木匠，几个月来，胃灼热和吞咽困难不断加剧，但他忙于工作，没时间去医院。

癌细胞从食道部位向胸部扩散，在胸部造成一个洞，失去了一叶肺，胃液进入了胸腔。他快死了。我们团队一直努力控制他的胸痛和呼吸困难，今天他神志清醒，看上去没那么痛苦，可以与妻子莫琳交谈，并跟牧师一起祷告。

我到病房去见布伦丹刚从爱尔兰过来的哥哥帕特里克。布伦丹静静地躺在床上，不省人事。我进门同帕特里克、莫琳和布伦丹打招呼的时候，他的呼吸轻浅而缓慢。

“我简直无法相信！”帕特里克在床边快步走来走去，大声抗议，“几天前我才和他通过电话，看看他现在的样子！难以置信！你们为什么不采取点儿措施？他还这么年轻！你们不能让他死！”

我在床边的一个凳子上坐下。这个动作传达了某种信息，让人觉得我们准备在这儿待会儿，即使只是一小会儿。我看着帕特里克来回踱步，也注意到莫琳紧张的神色。在这个困难的时刻，她能把情绪激动的夫家哥哥叫来，很不容易。

莫琳富有同情心。在过去的几天里，她一直问我如何帮助几个青春期的儿子做好接受父亲死亡的准备。她远见卓识：她把这个可怕的消息告诉他们，带他们来看父亲，帮助他们表达对父亲的爱，像我跟她解释的那样，向孩子们说明人在临死时会发生什么情况，并让他们选择是否在父亲身边陪他度过最后时光。今天，他们上学去了（莫琳甚至把消息告诉了老师，这样孩子们就会得到支持），但莫琳安排了一个朋友随时待命，必要的时候，一接到通知，马上把孩子们带来。在孩子们到达之前，必须解决一下帕特里克叔叔的悲痛情绪。

布伦丹的呼吸又变了，变得低沉而嘈杂，每一次呼吸，喉咙里的痰液和分泌物都会发出咔嗒声和气泡声。帕特里克停下脚步，听了一会儿，大声说："你们听听好吗？听听他的声音！他在呻吟！他很痛苦！"

这种情况很常见。没见过人死、不熟悉死亡过程的人，可能会误解他们看到和听到的情况。这种情况通常让他们相信，最可怕的事情即将发生。听见气息通过喉头液体时造成沙哑的咔嗒声，还有间歇性呼吸那种低沉而嘈杂的隆隆声，帕特里克以为他深爱的弟弟在呻吟。

"即便是一条狗，你们也不会让它承受这样的痛苦！"帕特里克咆哮着说，"太可耻了！你们不能采取点儿措施吗？不能让他不这么痛苦吗？"布伦丹陷入了深度昏迷，既不咳嗽，也不吞咽喉咙里积聚的液体。他对这些东西完全没有意识了。与此同时，莫琳静静地坐在床边，轻轻抚摸布伦丹的脸，在他耳边轻声诉说那些快乐的时光、家庭生活和他们心爱的孩子，不断告诉他孩子们爱他，会记住他，他们会好好长大的。然而，这缓解不了帕特里克的痛苦。

我请帕特里克在我旁边的一把椅子上坐下。他勉强坐了下来。我问他怎么看待眼前的情况，他认为布伦丹拼命想说话，想表达自己的痛苦。我请他和我一起集中注意力，静静地听一听。周期性的呼吸已经进入了一个温和喘息的阶段，并伴有气泡声和咔嗒声。我问帕特里克："如果布伦丹喉咙里有液体，他会吞咽吗？会咳嗽吗？会噗噗地吐气吗？"

"看看布伦丹，"我说，"仔细观察。他没有咳嗽，也不吞咽，对吗？"帕特里克承认确实如此。"布伦丹如此放松，如此无意识，他对喉咙没有感觉。喉咙里有痰液，但他并没试图清除。这说明他处于深度昏迷中。"

帕特里克回头看布伦丹。他认真地看了看弟弟，想了想，然后满腹狐疑地问道："那么，之前的呻吟是怎么回事？"

"哦，那种嘈杂的呼吸——"我刚一开口，莫琳便接过话头说："那是深呼吸，是正常的声音。他有时在家睡觉的时候也会这样。尽管他不相信我……"她笑着摸了摸布伦丹的脸。

莫琳和我已经商量过如何向孩子们解释死亡的过程，她不希望他们误解自己所看到的情况。我们已经讨论过呼吸的变化：低沉而嘈杂的呼吸周期变慢、变浅、停顿，再重新开始新一轮循环。看着布伦丹的状况按照我们的预期发展下去，她感到很安慰。

莫琳和帕特里克隔着床相互对视，两人目睹着同样的场景。然而，她从中得到的是安慰，而他感觉到的却是痛苦。

帕特里克问我：“你现在确定吗，医生？”我告诉他这是正常的死亡，过程比较温和。他将看到布伦丹的呼吸在快与慢、浅与深之间变化。他会看到它变得更温柔。然后，在其中一次呼气之后，布伦丹就不会再吸气了。这一过程发生得很温和，以至于很难注意到。

帕特里克泪流满面地问莫琳：“我可以待到那个时候吗？”莫琳把手伸到床对面，握住他的手，说：“我非常希望你在，帕迪。为了布伦丹，为了我，为了孩子们。”

我悄悄出了门，来到“看押”着比利的索尼娅身边。

帕特丽夏很快被儿女和他们的伴侣、配偶及孙子女们包围了。尽管有那么多人，但每个人都在听她的呼吸，所以房间里还是很安静。为了给家属腾出空间，索尼娅和狱警一起坐在房间外面的椅子上。护士长端来了茶水。索尼娅和我悄悄进了房间，人们温柔的交谈打破了房间的沉默。索尼娅动动眉头，示意我看患者。帕特丽夏仰面躺着，头枕在枕头上。她看起来很平静，眼睛闭着，张着嘴巴，面色发白，指尖变紫。她已经没了呼吸，但谁都没有注意到。

“天呐，她看上去很平静，”索尼娅说，“她一定很高兴看到你们都来了。你们如何理解她的呼吸？”所有的人都在看她。目不转睛地注视着她。近旁的人伸手摸她的胸口，看有没有动静。“我想她已经停止了呼吸，”索尼娅平静地说，“她听见你们的声音，知道你们都在。她知道她可以安心地走了。你们表现得很好。”

“我们的比利”呜呜哭起来。他穿过众人，爬到帕特丽夏的床上，在她身边躺下，把脸埋进她的脖子，低声说："晚安，妈妈，我爱你。"索尼娅和我离开房间，通知狱警和病房护士之后回到办公室。这儿已经没我们的事儿了。两个家庭都准备好了，他们对刚刚目睹的平静的死亡过程应该有了很好的理解，可以很好地开始哀悼。

在电梯里，我们遇到一名躺在婴儿床上的新生儿、一对自豪的父母和陪着他们的助产士，我说："我热爱我们的工作。"

助产士问："你们是做什么工作的？"她边问边探看我们的工作牌。

电梯门开了，我们离开的时候，索尼娅回答说："和你一样。"我们转过身，对新晋的父母和助产士笑了笑。电梯门关闭的瞬间，我看见他们震惊得张大成完美O形的嘴巴。

索尼娅说得对。我们是助死士。这是一份荣幸，每次皆然。

父母之爱

丧亲之痛让我们以新的方式认识世界，我们由此从亲人的离去与随之而来的悲伤中逐渐调整自己，并再次继续正常生活。这不是"好起来"的问题——丧亲之痛不是一种病，丧亲者的生活再也恢复不到过去的样子。但通过时间和家人的支持，这个过程本身会促使丧亲者取得一种新的平衡。

对于孩子来说，父母是他们悲伤时的主要依靠。为孩子提供支持的家长在垂危时会特别痛苦，他们知道，自己的死亡将导致孩子的悲痛，改变孩子的人生。所以，为自己的离去做好准备是非常关键的，这一过程虽然令人痛苦、悲伤，却是体现父母之爱的行为，是留给自身无法迎来的那个未来的礼物。

妇科癌症护理专家在转诊信上说，这位年轻女士腿部疼痛，患有宫颈癌，癌细胞已经遍布整个骨盆。由于肿瘤的压迫，肾脏难以把尿液输送到膀胱。所以，我以为会见到一个被癌症折磨得痛苦不堪的人。

但是，这个女子让我吃了一惊。她穿着紧身牛仔裤，脚踩高跟鞋，妆容精致，黑发及腰。她不只是漂亮，还令人惊叹。我请她进入诊室时，她的步态很优雅。她在桌子旁边的扶手椅上坐下时，紧紧抓住椅子扶手，小心地让椅子承受自己的体重。臀部随身体向下时，她微微皱了皱眉头，咧了下嘴——只有这个时候，才看出她身体有一些问题。她很快恢复了镇定，把头发拂到肩头，面带微笑，头转向我，表示请我说话。

我像平常一样，先做了自我介绍，然后问她希望我怎样称呼她。她对我请她直呼我的名字似乎很吃惊，并说她叫维罗妮卡，叫她维洛妮就好。"只有我妈才叫我维罗妮卡，"她微笑着说，"这通常意味着我有麻烦了。"

对新患者，我在临床上的下一个步骤是询问他们希望我如何提供帮助。维洛妮停顿了一下，想了想，用当地的方言说："噢，如果我可以更轻松自如地行动，那就太好了。护士说你善于处理疼痛，所以我才答应来……这个……"说到这里，她停下来，吞了吞口水，接着说："地方。"

我问她："你是说临终安养院吗？"维洛妮点点头，屏住呼吸，泪水盈眶。"收到上面写着'临终关怀'字样的预约信时，有点震惊对吗？"

我知道，过去曾有其他患者也对此感到吃惊。她点了点头，我问她认为临终关怀是干什么的。

“嗯，就是来了解真相的对吗？”

“我知道很多人都这么想，”我说，“但是，如果今天来我诊所时患者还好好的，突然就死掉了，那我会非常吃惊的。”她露出浅浅的、有气无力的微笑。

我给她讲了一些 20 世纪 90 年代英国临终关怀机构做的事情，并告诉她，我认为情况没她想的那么严峻，她急切地表示同意：“好的……”

“你说你有一个专科护士，所以我想你知道自己的病情，”我说，“我们接待患有多种不同疾病的人，而不仅仅是癌症患者。”她吃惊地抬起头来，我继续说：“我们接待的患者都有困扰他们的症状，这些症状是由疾病引起的，通常都是比较严重的疾病。来这儿的有些人永远不会完全康复，有些人可能在我们试图控制症状期间，就死在了这里。但是，一半以上的人在这儿接受一两个星期的治疗以后，情况大为改观，可以回家，而不是躺在棺材里。这里和人们所想的不一样，对吗？”

维洛妮点点头。这里和她想象的不一样，今天似乎有很多惊喜。

我接着说：“安宁疗护更像一个专科病房，只不过我们专门负责症状控制，而不是心脏病或者妇科问题。疼痛、呼吸困难、恶心之类的生理症状；伴随严重疾病而来的情绪问题，如担心、悲伤、恐慌；家庭问题，例如，每个人都想干涉治疗方案，可怜的患者被搞得不知所措，或者不知如何把爸爸或者妈妈患了重病的消息告诉孩子。”

听到最后一句话，维洛妮猛地抬起头来，我意识到我可能触动了她的敏感神经。也许要稍后讨论，或者等她哪天准备好了再说。

“现在你对我们的工作有更多了解了，你觉得我们可以提供什么帮助呢？我今天完全是打开天窗说亮话，试着让你感觉好一些。”

这时她笑了，笑得灿烂而明朗：“你可以帮我治疗腿上的疼痛吗？”

“给我讲讲怎么回事吧。”我拿起笔，一边听她说话，一边做笔记，并问了一些问题，确保我听明白了她的意思。

维洛妮讲起她的故事。她 32 岁，和 7 岁的女儿凯蒂、9 岁的儿子本及伴侣丹尼一起生活，丹尼是她女儿的亲生父亲，是儿子的继父。他在当地一家邮购公司当包装工，维洛妮是那儿的职员。这家家族企业很人性化，允许维洛妮请假治疗，还让丹尼不用按时上下班，好让他陪着维洛妮。

维洛妮的妈妈和两个姐姐都住在附近。维洛妮说：“佯装一切都好让人筋疲力尽，但我需要保持整洁，这样他们就不会担心。”问题是，她希望一切看起来“正常”，这样人们就不会觉得她生病了。“正常”包括让家里井井有条，正如她所言，“地毯上有一点绒毛我都受不了！”还有她紧绷得令人难以置信的裤子，我完全无法想象她是怎么穿上的，但的确，她看起来既漂亮又时尚。

维洛妮形容疼痛从臀部开始，像电击一样沿着两条腿向下蔓延。当她就像先前坐下来的时候，臀部痛得厉害，在床上翻身时，她会痛醒。肚子下面也有点疼痛，这儿的皮肤莫名得很粗糙。

我让维洛妮脱下裤子，给我看看她的腿。她躲到帘子后面，我听到她用力脱下紧身裤时哼哧哼哧的声音。我拉开帘子的时候，她静静地躺在查体用的床上，身上盖着毯子。征得她的允许，我揭开毯子，进行检查。胸部没有杂音，心脏听起来很好，但腹部的皮肤上有裤子接缝和拉链留下的印子，我发现她的腹部积水严重，留下了衣服的轮廓。

然后我们一起检查她的腿。由于肿瘤压迫了骨盆的静脉，腿部也严重浮肿，皮肤透亮、紧绷。另外，我要求维洛妮在我试图弯曲或者拉直每个关节时抵抗我。以此进行测试，结果是腿部肌肉的力量正常。在这个过程中她不停地笑，我用小肌腱锤检查她的反射情况时，她笑得尤其厉害。但她腿上的反应不正常，她感到刺痛的那个部位的皮肤不那么敏感，闭上眼睛以后，她分辨不出尖锐的针头与棉花球的区别。

为了不让她着凉，也是出于尊重的考虑，我把毯子拉上来，给她盖好。她满脸焦急地等待我的诊断。

“没有意外的情况，维洛妮，你先穿好衣服，然后我们再谈好吗？”

“你有什么办法可以减轻我的疼痛吗？”

“我认为我们可以帮上忙。需要帮你穿衣服吗？你穿好衣服以后，我们可以讨论一个让你感觉舒服一些的方案。”

“我能行，谢谢。”维洛妮爽快地拒绝了我的提议，于是我走出帘子。写诊断说明的时候，我听到她用力穿上裤子的声音。

过后，维洛妮再次小心翼翼地在扶手椅的边沿上坐下来，然后我们对她的病症进行更详细的讨论。皮肤异常区域的疼痛通常是神经损伤引起的。针对神经痛，有比一般的止痛药更好的特定治疗方法，我建议她尝试其中一种。我会把这个建议告诉她的家庭医生，他会给她开处方。维洛妮同意试一试。

然后我问起裤子的事，说她如果穿宽松点的裤子，骨盆神经的压力会轻一些。维洛妮的内心顿时如大坝决堤。她直直地看着我，眨着涌上眼眶的泪水，抽抽噎噎地深吸了一口气。她想张嘴说话，发出的却是一声空洞、哀恸的呜咽，身体随之颤抖起来。她在抽泣，身体随着抽泣上下抽搐，双手绞扭在一起，在椅子上摇晃起来。我们坐得很近，彼此的膝盖几乎都要碰到了。我默默地把纸巾一张接一张地递给她，那段时间似乎十分漫长。直到她的情绪稳定下来，她擤了擤鼻子，看看我，低声说：“抱歉……”

我柔声问道：“你觉得可以谈谈刚才发生的事吗？”我知道，最困扰我们的想法、最深的忧虑和最黑暗的恐惧通常被我们抑制下来，藏在内心深处，这样我们才能维持日常生活。只有当它们突破表面、再也藏不住，才会触发我们的情绪反应。虽然维洛妮现在可以更清楚地识别那些可怕、负面的想法，但她仍然感到痛苦。这是一个大问题，她可能希望把一切埋回黑暗中。

维洛妮的第一反应是“我不知道”，然后是“我一直认为，一旦我开始为这一切哭泣，那我再也停不下来……”她又抽了抽鼻子，眼睛盯着手里皱巴巴的湿纸巾。又是一声颤抖的呜咽，但比先前柔和些了。她下定决心似的抬起下巴，说："我就是这样。这就是我的样子。如果我不能这样……"她指了指裤子，用颤抖的声音继续说："那我就觉得不是我了。"

这是一个颇有深度的想法，但经验告诉我，这可能不是问题的全部。我请她想一下"觉得不是我"是什么意思。这是一个很难回答的问题，维洛妮在思考的时候，眉头紧锁。

"我觉得这就好像我消失了，不再尝试了。我可能会让房子变成一个垃圾堆，放任自己穿肥大的裤子，不再劳神费力。如果我改变一件事情，那我就可能失去对全局的掌控。"维洛妮吞了一口口水，深吸了一口气，但这会儿她在忙着思考自己的想法，不再沉浸在情绪之中。这是一个重要事实：坐下来直面内心最深处的痛苦，而不是躲避它，这样我们就有可能探索最令自己痛苦的想法，并找到更有益的处理方法。

我表示赞同："失去对一切的掌控，听起来很可怕。这对你到底意味着什么呢？"这时她已经平静下来，神情专注。经过一番深思熟虑，她低声说："死亡。"

"维洛妮，你能不能告诉我，想到死亡的时候，你内心有什么感受？"我一边问话，一边又抽了一张纸巾递给她，以表示支持。她拿着纸巾，用不安的眼神看着我说："没人跟我女儿谈月经的事。"她像一尊雕像一样坐在那里，眼泪又涌上来了，滴落到大腿上，活脱脱一个哭泣的麦当娜。

"我在抛弃他们。"她说话的声音很低，好像一旦大声说出这话，她会承受不了。

我们默然无语地坐着。我从来没有习惯死亡在我心中引起的种种痛苦，维洛妮的孩子比我的孩子稍大些。我知道我感受到的痛苦有一部分属于我自己，我把自己投射到她的困境中，琢磨着这份属于母亲的宝贵任务的丧失。我本来以为这次门诊是对患者的疼痛做一次简单的咨询。如果我没有问起裤子的事，事情本来可以朝着另一个方向发展。但现在我明白了，维洛妮的痛苦并不是身体上的。

她是一个无依无靠的女人，随着病情的发展，她的存在像个线团一样散开了，她试图将从身边散开的线条紧紧拽在一起。她还有任务需要完成，做好了这些任务，孩子们就可以在没有她的情况下，更好地开始他们的人生。维洛妮把自己视为儿女幸福的守护者，并且做到了。她帮助他们做好丧亲准备，将是她为他们做的最后一个充满母爱的行为。

我问维洛妮："你用了多少时间思考这些如此悲伤的想法？"她告诉我，她几乎每天都很悲伤、难过，自己这么年轻就要死去，她觉得很不公平，并用吸尘器过度清洁房屋的方式宣泄这种愤怒。

"这让我对你和你的吸尘器有了很好的印象，"我说，"你穿防弹衣吗？"

她扑哧笑了："是的，我想我把邻居们吓坏了！"

维洛妮恢复了镇定，现在可以讨论下一步如何帮助她了。通过一系列的问题，我帮助她注意到，她最强烈的情绪源自她认为难以忍受的痛苦想象。认识到这一点之后，维洛妮可以考虑采取措施处理这种痛苦的可能性，并根据病情的发展制订计划，学习如何处理情绪问题。我解释说，除了这个诊所，我还开办了另一个诊所，采用认知行为疗法，专门帮助有这种痛苦的人。

“我们刚刚做的就是这件事，”我说，“你可以学着如何发现令人沮丧的想法，然后处理它们。例如，经期的事是谁告诉你的？”

“我妈妈。那太可怕了，她当时非常尴尬。我不想给女儿凯蒂那种感觉。”

“那你会选择谁来接替你呢？”

维洛妮想了想，说：“凯蒂喜欢我姐姐。凯蒂闺蜜的妈妈也很可爱，凯蒂喜欢去她家过夜，我住院的时候，凯蒂和她们住在一起。”

“那么，这三个人中，你会选择谁呢？你认为凯蒂会选择谁？”

“我想想……很傻，是不是？这么明显的答案，可我都没看到。”她若有所思地说。我指出，心烦意乱有碍思维清晰，这正是认知行为疗法旨在解决的问题。

在接下来的三个月里，我和维洛妮几乎每周都进行一个小时的认知行为治疗。她学会了关注自己的反应，感到悲伤、恐惧或者愤怒时，她心里总有一些想法在驱动着这些情绪。她称之为“弹出窗口”，她的“弹出窗口”大多关乎让事情如往日般进行下去。但维洛妮还是买了一条宽松的牛仔裤，并决定再买一套柔软、可爱的睡衣，白天在家里穿，尽管她说：“腰部有松紧带，让我像个老太太！”

进行认知行为治疗时，我们回顾维洛妮为了保持生活处于正轨所产生的各种想法和行为，并试着采用不同的做事方式。我们发现维洛妮拒绝所有人的帮助，按照计划，她每天要在孩子们放学回家之前，完成清洁和吸尘工作，这项工作搞得她筋疲力尽。她姐姐提出每天早晨来她家帮忙一个小时，她接受了这个提议。“试验”之后，她发现自己喜欢姐姐陪伴，帮她打扫楼梯，而且她的生活并没有如想象的那样一团糟。她们回忆在一次特别欢闹的茶歇期间，妈妈对她们进行了性教育，维洛妮请她姐姐在时机合适的时候，为凯蒂做这些事。

“我们哭了一小会儿，”她倾诉道，“但那是为开心而哭。”

刚开始做认知行为治疗那会儿，维洛妮发现有必要帮助凯蒂和本做好面对母亲死亡的准备。这又让维洛妮惨烈地恸哭了一次，她描述萦绕于心的画面：心爱的孩子们孤零零地站在学校操场上，痛苦不堪，举目四顾，无人可以求助。她承认，这幅画面经常出现，这也是在我们第一次见面那天，她心头的想法之一。

我的第一个问题是，“哪些方法对他们最有帮助？”维洛妮马上说了一些有帮助的策略：首先把自己的情况告诉孩子们的校长，请老师保持警惕，注意孩子在学校表现出来的任何悲痛情绪；向孩子们说明妈妈身体仍然不好，有时可能感觉太累，不能说太多的话，但永远爱他们；和丹尼完婚，这样她死后，丹尼可以充当本的法定监护人。“他不断求婚，”她说，“但我觉得自己太胖、太重，不适合做新娘。”

维洛妮给自己安排的最艰巨的一项任务，是为凯蒂和本制造回忆。她收藏了一些家庭照片，将它们装在三个巨大的圣诞饼干罐里。她想整理并挑选一些照片，在上面写上简短的话，这样，即便维洛妮无法亲自向儿女介绍情况，她依然存活在本和凯蒂对那些场合的回忆之中。做这件事时，她感到难以自已。

“这下我知道该怎么做了，”她在一次认知行为治疗交谈时告诉我，“反正我来这儿就是讨论那些令人难过的事儿的，我想我们可以在这儿完成这件事。”她打开购物袋，拿出两个罐子，说：“我把照片装进了两个罐子，凯蒂一罐，本一罐。但我想把它们放进相册，写下拍照的地点、当时发生的事情，以及我记得的情况，就像他们长大了，我亲口告诉他们那样。”她羞涩地补充道：“还有，我不善于拼写，我想你在这方面也可以帮我。”

我的心沉了一下。我的职业是陪伴面临死亡的人，我有应对这种情况的自保策略，但丧亲是我的非舒适区。我避免应对丧亲之痛的准备工作，因为这太让人心碎了。但维洛妮不愿意接受其他的“悲伤”咨询，即使是和优秀的儿童丧亲专家交谈，她也不愿意。因此，我接受丧亲专家的建议和支持，延长我和维洛妮每周的交谈，每次增加 20 分钟的“儿童时间”。

听她叙述家庭的回忆，帮助她用她圆乎乎、孩子气的手，在每张照片上描述那些逝去的快乐时光，这个过程既引人入胜，又令人非常难过。她为儿女 18 岁和 21 岁的生日各写了一封信，我们一起把这两份时间胶囊放进饼干罐里，把它们托付给孩子们那没有母亲陪伴的未知未来。

维洛妮冷不丁地说：“哦对了，我和丹尼要结婚了。”她努力装出一副随意的样子，脸上的笑容却如那天的天空般灿烂。

毫无疑问，她是个漂亮的新娘。在她为两个孩子挑选的照片中，有一张这样的照片：她靠在丹尼的臂弯里，牵着凯蒂的手，亲吻着本的头，满面笑容，容光焕发。

我送维洛妮两本大相册当作结婚礼物，一个封面是漂亮的蝴蝶图案，另一个封面是本最喜欢的球队的颜色。她知道它们的用途。

现在，我很好奇它们在哪儿。

琢磨自己的死亡是一件复杂的事情。有些人害怕死亡的来临，有些人惧怕死亡的那一瞬间，有些人巴不得快点儿死去。有些人为生命的终止而感到恐惧，另一些人为死后不知会去哪里而感到害怕，还有一些人盼望进入天堂。有些人会经历与爱人分离的悲伤，而另一些人嫉妒他们不在以后，那些继续活着的人。人们在考虑自身的死亡时，外人很难猜到他们的心思。在姑息治疗中，我们学会了不做任何假设、只是询问。有趣的是，人们可以并且愿意回答问题，在分担这份负担的过程中，他们常常在自己的内心发现有助于应对局面的新见解和新思想。

停下来思考一下

讨论死亡的最佳时机

有没有注意到，在交谈中，在媒体上，你经常听到一些委婉的说法，比如“走了”“离开”。如果我们不准备把“死亡”这两个字说出口，在所爱的人或者我们自己临死的时候，我们如何谈论死亡，如何照顾或者支持他们？你和你的家人会避免使用这个词吗？如果答案是肯定的，该如何改变？

如果你将不久于人世，你想把消息告诉哪些人？你希望哪些人在知道自己濒临死亡时会把消息告诉你？

年轻的家庭成员可以谈论和问起死亡一事吗？不要以为他们从来没有提到死亡，就代表不知道这件事。即使是年幼的孩子，如果知道谈论某个特定主题会引起痛苦，也可能避而不谈，以免让家庭中的成年人感到不安。

你是一个喜欢提前说明所有计划的人吗？还是说，你更喜欢拖着，等到事情来了才着手处理？你喜欢的做事方式有什么好处？对你或者你亲近的人有什么不利之处吗？

你和你最亲近的人都用什么方式让人知道你们的观点？你们喜欢明明白白地告诉别人还是喜欢暗示？其他人是否能够很好地理解暗示？

你知道你所爱的人在临终时，希望得到什么样的照顾吗？还是假设他们和你喜欢一样的方式，或者你猜得到他们的心思？

如果你快要死了，你优先考虑什么？是尽可能保持清醒和警觉吗？还是更喜欢装蒜，假装没有意识到自己的情况和关心你的人的存在？

你觉得生命的长度和生活质量之间有什么样的关系？如果

可以选择，你会接受还是会放弃能延长生命但不能恢复生活质量的治疗？你是否觉得活得越久越好，即便这意味着要住在重症监护室里靠机器维持生命，还是制订计划，到了某种阶段就不再升级治疗，不再延长生命，而以舒适为主？你是否相信，如果你突然病入膏肓，你最亲近的家人和朋友知道你的愿望和你希望的医疗护理方式？

这些都是大问题，可能需要几次谈话才能说清楚。请务必现在就花点时间进行讨论，而不要等到生死攸关的时刻。如果你已经清楚地表达了你的想法，急诊科、快速反应小组（rapid response team,RRT）① 或者救护车上的工作人员会感到很高兴。在紧急时刻，有责任代表你观点的亲人也会感到很高兴。

如果你已经有严重的疾病，不妨询问一下你的家庭医生或医院的专家，需要准备应对什么样的特定紧急情况。在许多情况下，人们可以制订书面计划，说明在可预见的危机发生时，应该采取什么样的措施。这可以避免急诊救护车匆匆出击，避免不必要或者你不想要的住院治疗，同时确保情况危急、需要紧急治疗（有时需要适当的住院治疗）的人得到帮助。你可以说明是否需要心肺复苏，如果你不想，可以拒绝，但你要确保照顾你的亲人知道你的想法。

① 国外很多医院都有快速反应小组，这种小组可随时提供帮助，减轻医护人员的工作压力。——编者注

W I T H T H E

04

调整生命的预期

E N D I N M I N D

人们常说“眼见为实，所见即所得”，或“我亲耳听到……”或“我当时就在事发现场”。

然而，有时候，情况比我们看到和听到的复杂得多；有时候，我们对眼前细节的关注会阻止我们往后退一步，正确认识正在发生的事情，或者它意味着什么；有时候，我们的假设会遮蔽对信息的其他解释。

斯多葛派哲学家断言，导致我们快乐或者心碎的不是事情本身，而是我们对事情的反应。例如，预见心爱的家人或朋友的死亡时，我们的沮丧情绪可能来自自己的无力感或失落感，也可能是所爱之人的痛苦所致。但是，我们能在多大程度上认识到情绪深陷于消极之中呢？假如我们自身的假设和情绪强加了一种看法，影响了我们的判断，妨碍了我们理解看到和听到的情况，那会怎么样呢？

下面几个故事无不说明，对情况的重新阐释如何带给我们新的见解和更大的智慧。最好的向导不是事件本身，而是每个人感知它们的方式，明智的做法是认识到看似已成定局的事物经常有另一种解释方式。

生命两端有着相似的情形

尽管临终关怀社区的患者时日不多，但他们能跳脱出自身需求，彼此之间友好对待和相互支持的感情常常令我们感到惭愧。同样，在共同经历这段旅途期间，家属也形成了临时的支撑网络。

以下是其中一个例子，这让我对我们的工作有了全新的理解。

那是一个仲夏夜。晴朗的天空下，女性病房外面的日式花园一派明亮，在生命的最后阶段，4 个陌生人在这里建立了友谊。阿玛是一位安静端庄的日本婆婆，她在 20 世纪 50 年代与一位英国水手结婚，并随他来到英国；布里奇特是一位有传奇色彩的爱尔兰女性大家长，在我们这个城市经营疗养院很多年；90 多岁的帕蒂是家人和员工口中的奶奶，因患脑瘤而丧失了语言能力；马乔里被工作人员亲切地称为“公爵夫人”，喜欢高档内衣、精美化妆品和昂贵的香水。

一大家子人来看望帕蒂奶奶，他们的嘘寒问暖把她搞得很累。她一整天都坐在轮椅上，已经长大成人的孙子们推着她在大楼里、花园里、附近的街道上转悠，带她去比萨店吃晚饭，然后把她送回临终安养院。护士帮助她上床之后，她如释重负地叹了一口气。脑瘤影响到帕蒂奶奶的右侧身体和讲话能力，随着病情恶化，她能说的字越来越少，在行动方面需要更多的帮助，但她的左半边脸仍然很有表现力，善于表达幽默和不可思议的荒谬感。

帕蒂奶奶觉得非常荒谬的事情之一，是对面“公爵夫人”床边花盆里的那株孤挺花球茎。那是她女儿送的礼物。“公爵夫人”的女儿是当地的知名演员，很有潜力成为大明星。作为复活节礼物，这个小植物在金色花盆里极速生长，经过一个春天，就长出了一个紧致的圆柱形的茎，顶着一个金字塔状的花蕾，不可否认，它极像一根直直的绿色阴茎。“公爵夫人”要么视若无睹，要么没有发现这种相似之处，但帕蒂奶奶被它迷住了，这盆花带给她无尽的欢乐，每次“公爵夫人”叫护士“给我的宝贝花花浇点儿水”时，帕蒂奶奶都咯咯笑个不停。随着脑瘤的恶化，帕蒂奶奶的判断力逐渐减弱，今天花盆被端到水池边浇水的时候，她只能发出有气无力的笑声，这让护士们几乎情不自禁地笑个不停。

“公爵夫人”有一本剪贴簿，记录着女儿的辉煌事业，她会向每个愿意倾听或者来不及走掉的人展示她的剪报。帕蒂奶奶和阿玛都属于被“俘虏”的观众。阿玛的礼仪意识十分强烈，她太有礼貌，不会回绝欣赏剪报的邀请。“公爵夫人”把阿玛当女侍，对阿玛在日本绢画艺术方面的看法饶有兴致。由于长期患肺病，“公爵夫人”只能戴着氧气面罩，呼吸机的管子很短，她走不了多远，只能在有 4 张床的病房活动。

阿玛的对面是布里奇特。多年的护士职业生涯教会了布里奇特凡事自己做决定，她发现阿玛与自己一样喜静。两人偶尔会一起在日式花园里散步，这里很宁静，来到临终安养院时，这个地方令阿玛喜出望外。她们手挽着手，默默无语地指着花园里的美丽之处。布里奇特喜欢池塘里巨大的锦鲤，阿玛则更愿意欣赏植物的颜色和形状的交错。

布里奇特总是和帕蒂奶奶的家人聊几分钟，因为她曾经是帕蒂奶奶住的那家疗养院的总管。布里奇特终因患乳腺癌被迫退休，几年之后帕蒂奶奶的家人还能认出她、记得她，她深受感动。听说之前一块共事过的团队仍保持着自己为疗养院设立的高标准，布里奇特很开心，帕蒂奶奶希望放射治疗结束后回到那里。对帕蒂奶奶来说，疗养院是家，在那里度过最后的时光再好不过了；对布里奇特来说，那是她一生的事业和遗产。

严重的食道癌导致气管压迫、呼吸困难，帕蒂奶奶痛苦不堪。她做了放射治疗，医生给她的喉咙里插入了一个特殊的支架，保持气管开放。她来这儿一个星期了，看起来好多了。起初她害怕下床，在布里奇特的鼓励下，她终于有信心走到外面，我们也希望她下周可以回家。

在昨天的每周小组会议上，我们讨论了每个患者的状况，以及在适当的情况下，需要关心患者哪些最亲近和最亲爱的人。我们把日式花园病区几位女士的亲戚们都讨论了一番：帕蒂奶奶的家人似乎没有意识到，放射治疗并不能治愈她的脑瘤；阿玛的丈夫担心妻子回家以后能否应付得了陡直的楼梯；布里奇特的儿子担心母亲正在经历一场精神危机，因为她不再啰里啰唆地要他去做弥撒；“公爵夫人”的女儿正在拍一部戏，不能来看母亲，“公爵夫人”那身为喜剧演员的丈夫与妻子住在一栋楼，他每天都来探视，也给工作人员和患者带来很多的快乐，据病房护士说：“他关于那株可怜的植物的双关语笑死我们了！”

我们决定处理布里奇特可能面临的信仰危机（请牧师来访），帕蒂奶奶的儿子需要理解母亲的预后不良（由领导或我跟他谈谈），以及阿玛家的室内情况（职业治疗师上门评估居住环境）。还没有看过孤挺花的人现在都想一睹尊容。

那天已经很晚了，我还没走，因为我答应会见一位临终患者的家属，他们从澳大利亚赶来，经过 26 小时的舟车劳顿，将于今晚到达。厨师也工作到很晚，等他们到了以后，他要为他们做饭。他坐在病房小组的办公室里，大家在讨论那株孤挺花。

“真奇怪，真可怕！”年龄较大的护士阿曼达说，“我不知道它会变成什么样子，但今天我发现它弯腰正对着阳光。哈！”

年龄最小的护士阿丽咯咯笑了。

“还有你，”阿曼达以告诫的语气用手指着阿丽说，“你这么年幼，根本就不应该知道我们说的事儿！”

泪水顺着阿丽的脸颊流下来。她一边笑得不能自已，一边说：“阿曼达，现在都什么年代了！而且我是个护士！”

厨师看上去有点儿莫名其妙，部分原因是因为孤挺花，部分原因是因为办公室的玩笑，他笑着说：“我一直觉得你们都很不苟言笑。”他的话又让阿丽爆发出一阵大笑。

有人敲办公室的门，我看到玻璃门外帕蒂奶奶的儿子焦急的脸。护士们迅速调整好上班时的状态，我打开了门。

“医生，听说你想见我，”他说，“我也有事问你。”

“是的，我想找个机会跟你谈谈。”我们一起走到访客厨房，泡了一杯茶，端到会客室。

在厨房里，阿玛的丈夫和另一个患者的丈夫正在聊天，他们决定到外面去抽烟。我给帕蒂奶奶的儿子泡茶的时候，他一直盯着他们离去的背影。

“你想加入他们吗？”我问道，“如果你想先抽支烟，我可以在这儿等你。”他闷闷不乐地摇了摇头，好像知道我要说什么。

我们在会客室坐了下来，盯着色彩鲜艳的茶杯，用余光观察彼此。这个人现在 70 多岁了，行将死去的母亲仍然保护、珍爱着他。他用尽一生去习得应对诸多挑战的能力，可阿玛极力不让他知道自己的病情有多严重。直到今天，她才允许我们把情况透露给家人，部分原因是为了帮助她不要再因家人的热情而感到疲惫。所以我在琢磨从何说起。

我问他：“你有什么想问的吗？”

他放下杯子。“有。我想问你她是不是要死了。”他的问题有些出乎我的意料。天哪，他知道的一定比我们想象的多。

“我想知道什么原因让你这么问。”我在摸索如何展开讨论。

“是布里奇特。”

“布里奇特？她怎么……”

“今天晚上我到这里的时候，妈妈睡着了，所以我和布里奇特聊了一会儿。她问我是否注意到妈妈这些天精力不足。我并没太注意到。布里奇特告诉了我她看到的现象：精力减退、嗜睡，然后是失去知觉、死掉。这种情况她见过很多次了，她根据经验看出了妈妈目前的情况。布里奇特问孩子们是否准备好了……”他难过得说不下去，低头看着自己的双手。

真厉害，患者之间的关系网已经开始发挥作用了。布里奇特已经帮我把工作做到前头了。

“嗯，这就是我想跟你说的，”我说，“你对布里奇特的话有什么看法吗？”

“不知道，真的。我从没见过人死，不知道会发生什么情况。但她肯定不如以前那么好，对吗？她的脸下垂得更厉害了，她站不稳，手臂僵硬、扭曲。她口齿也不清楚。我想所有情况加起来……”他吞了一口口水，搓着双手，用恳求的眼神看着我。

我无法为他扭转事态。他希望我告诉他布里奇特的话是错的，但他已经注意到了母亲现在的初步情况。我说：“你说得对。”他眨巴着眼睛，看向别处。

“回顾一下，你觉得她现在和一个月前相比怎么样？”

“现在肯定更糟了。”

“一周前呢？”

他摇了摇头，说：“是的，即使是一周前，她也比现在好。不知道为什么我以前没把这些情况联系起来考虑。”

“面对你深爱的人，事情发展到如今的地步真的很难办。你看到的是整个人，而不只是他们能做什么，不能做什么。”我说这句话的时候他一直在揉眼睛。他似乎对现实情况进行了一番思考，屋子里一片寂静。过了一会儿，他把手撑在膝盖上，挺直腰背，问道：“那么，她还有多长时间？”

我非常讨厌这个问题，因为这几乎不可能回答，但人们总问这个问题，好像真的可以计算似的。这不是一个数字，而是一场旅程的方向，是穿越时间的运动，是踮着脚尖通往一个转折点的旅程。我给出了最诚实、最直接的答案：“我也不知道确切的数字。但我可以告诉你，我如何进行估计，然后我们可以一起猜测。”

我记得之前我们的领导跟萨比娜谈死亡的事，以及他描述那个过程时，我感到多么难以置信。仅仅两年后的此刻，我从自己的嘴里说出了那些话，而且现在，我也有了通过频繁练习所获得的自信。意识到这个可爱的儿子是第一次面对死亡后，我必须温柔从事，必须配合他的步伐。

我们一起回顾了他注意到的那些变化：丧失运动能力、丧失语言能力。然后我们谈到她的精力水平，与几周前相比，帕蒂奶奶愈发容易感到疲惫。疲惫有时可能是暂时的，这与放射治疗有关，但她的精力水平变化一周比一周明显。因此，我们预期她还有几周的寿命。也许可以撑一两个月，但撑不过秋天。

他把手中的茶杯转了一圈又一圈，透过茶杯，凝视着心里的一处空间，开始感觉人生变得不完整。他 70 多岁，如今妈妈快死了。他就像一个十几岁的孩子，不知道如何承受这一打击。我能给他什么帮助？我感觉无力，我还不到 30 岁，却要给一个比我父亲还年长的人提出建议。我如何给他提供支持？他对我表示感谢，说要回去看看他妈妈醒了没有，于是我回到了办公室。那几位澳大利亚人已经到了，厨师给他们做饭去了。我还有更多的坏消息要宣布。

我给那几位澳大利亚人泡茶时，刚出去吸烟的人也回到了厨房。喜剧演员为我拿了一罐牛奶，阿玛的丈夫对我这么晚还在工作表示同情。帕蒂奶奶的儿子眼睛红肿，看上去很绝望，喜剧演员重重地拍了拍他的肩膀。在这个由各不相同的人组成的小群体中，彼此之间有一种依偎感，他们在生命的尽头，在不可抗拒的力量召唤下，一同聚集在这里。喜剧演员发表了一番尖锐的评论。

“上一次我在一个这样的人群里，”他挥了挥手，示意在对厨房里所有的探视者说话，“是在妇产科医院。一群准爸爸和焦急的妈妈，都在等着他们的老婆和女儿生孩子。大家相互对比情况，如她的羊水破了吗？宫缩多久一次？开了几指？孩子的头出来了吗？可怜的妻子在用力、喘息的时候，他们偷偷跑出去抽根儿烟，喝杯茶……所有人都在等待同样的结果，都在经历同样的过程，在不同的房间，每个人处于不同的阶段。现在的情况也是这样，对吧？我们都在比较进程，等待同样的事。然后我们会回到家中，永远不会忘记你们这些人。你们会更换床单，为接待下一个家庭做好准备。”他说最后一句话时紧盯着我的眼睛，而不是看着其他对他点头的听众。

说完，人们离开厨房，去到各自的亲人身边，留下我一个人在那儿思考喜剧演员的精彩发言。我仿佛听到他在走廊上结结巴巴地重复着这段话，这回，他换了一种方式，把它润色成可以在舞台上使用的语言。他的这番话触及了一个基本事实。

我们知道出生和死亡在顺利进行时是什么样子：阶段清晰、可预测进展，以及需要陪伴和鼓励，但不需要干预，就像看着潮水涌向海滩一样。

我们也知道什么时候需要采取额外的行动，比如助产士应该在什么时候要求母亲用力、吸气和等待？这个过程到了什么时候应该进行医疗干预？同样，技术娴熟、经验丰富的护士知道什么时候召集家人，什么时候进行疼痛缓解或焦虑治疗，什么时候只需确认一切正常，死亡按照正常的方式进行。

我和那几个澳大利亚人交谈时，太阳已经落山了，日式花园笼罩在黑暗之中。在紫色霞光的衬托下，匍匐在花园墙上的猫看起来轮廓分明。我沿走廊走着，走廊沐浴在朦胧的夜光中，经过女性病区时，我看到里面的一盏床头灯穿透了阴影。金色的花盆和粗犷的孤挺花沐浴在光圈中，今晚，它那不“体面”的顶端花苞绽放出一朵鲜红的花朵，好似一幅日本绢画。在无人关注的情况下，这朵花已经悄无声息地开了，无须帮助，也无须陪伴，自然的力量实现了它不可避免的结果。

离开大楼时，这幅景象在我的眼前挥之不去。

生命两端有着相似的情形，家属的这个看法对我来说是一份极好的礼物，反复引起我的共鸣，至今依然回响在我的耳边。在出生和死亡的时候，我们有幸陪伴患者度过意义重大和充满力量的时刻，这个时刻是家族的传奇，它会被铭记和复述下去；如果我们给予恰当的照料，在未来几代人面对这些人生大事时，他们可以从中获得安抚和鼓励。

“放我走”的一面

在什么时候，以拯救生命为初衷的治疗，变成了纯属延缓死亡的干扰？维持生命的治疗若以满怀希望开始，会不会变成一个陷阱，让一个朽坏的身体被迫继续支撑下去？如果是这样，对患者停止治疗有什么“规则”？

医学的门类太多了，每个人都可以找到自己的兴趣。事实上，英国的医学院通常是 5 年制，在此期间，我们会预测每个同学最后将从事哪一领域，并怀着好奇心甚至嫉妒心，跟踪彼此的专业发展情况。我们班每 5 年定期举办一次周末聚会，同学中诞生了几位国际明星、一些杰出的研究型科学家、一大批敬业的全科和各个专科的临床医生，还有几个牧师、一个登山者、一个哲学家和一个林业专家。我们在入学第一年就发现了那几个会成为精神科医生的人：衣着品位或风格各异，或华丽张扬，有自省倾向，并且总能让谈话变得欢快。在培训阶段的中期，外科医生已经崭露头角：果断、自信，喜欢为有时站不住脚的观点辩护，喜欢拆卸汽车或家用电器，然后重新组装，但成功率参差不齐。

还有麻醉师们，他们是面对高风险境况时可以控制自身情绪的人。他们往往有一些可怕的爱好：滑翔、摩托车比赛、深海潜水。他们喜欢“器械”，喜欢冒险。他们往往喜欢独处，默然沉思，或者高度专注。在工作中，如在手术室或重症监护室，有些人喜欢患者处于入睡状态；有些人喜欢高风险手术的刺激，在手术小组深入患者胸腔、腹腔或颅脑进行工作时，情绪稳定的麻醉师是他们的重要成员；有些人利用复杂的神经通路知识进行疼痛管理；其他人则把他们支持术中患者或重症监护室患者的技术用于居家患者的呼吸支持，这些患者的生命要部分或者完全依靠呼吸机支持才得以维系。这就是所谓的家庭通气。

家庭通气组的麻醉师要求和我谈谈。这有点不寻常。这人话不多，但充满激情，他并不太接受“姑息治疗”的概念，所以我很怀疑他想和我讨论什么问题。我到他的办公室后，他主动提出给我煮咖啡，看来事情相当严重。他看起来好像宁愿置身事外。终于，他深深地吸了一口气，和我谈起他的患者麦克斯。

故事要回到10年前，那时56岁的退休律师麦克斯出现了吞咽问题，问题很快就变成了危及生命的肺部感染，因为食物误入了他的肺部。入院时，他几乎已经没命了，所以被立刻转到了重症监护室。他的呼吸全靠呼吸机支撑，同时用大剂量抗生素治疗肺部感染，并取得了成效。

但这只是麦克斯多种问题的开始。重症监护室的工作人员调低了呼吸机的档位，让他做好自动呼吸的准备，可没了呼吸机，他就无法正常呼吸。进一步的检查表明，吞咽问题的导因是先前未发现的运动神经元疾病。他的喉头肌肉已经瘫痪，它还削弱了他的膈肌，那是我们肺下巨大的穹隆状肌肉，为呼吸发挥风箱的作用。

运动神经元疾病是在给麦克斯上了呼吸机之后才发现的，所以，麦克斯没有机会和医生讨论是否选择通气治疗。这个决定通常是在医生的帮助下，患者经过慎重思考之后做出的。他不得不决定是否继续采取机械通气，他要决定是选择一个小机器，在家里使用并随身携带，还是停止使用呼吸机，接受死亡。因为他的呼吸肌力量不够，不足以支撑他的呼吸。

我心想，又是一个有漫长运动神经元病史的人，同时想到了霍金。我希望麦克斯背后有一个支持他的家庭……事实上，麦克斯 40 多岁就开始了鳏居，独自住在一个环境幽雅、与世隔绝的农舍里。那是一座乔治时代的房子。他自愿为公民咨询局和当地难民中心服务。他捍卫正义的热情不减，在诊断期间，这份热情引领他渡过了危机。麦克斯没有时间去死，他还有几个难民案子正在审理，而且还在撰写回忆录。所以，他选择了呼吸机，并很快决定回家住，前提是家庭通气小组定期探视，以及提供一些有偿帮助。

在接下来的 10 年里，麦克斯的运动神经元病发展得非常缓慢，直到最近四肢肌肉虚弱，卧床不起，情绪沮丧。这些年里，他全靠一根小塑料管进食。塑料管被永久地插入腹壁，夜间，液体食物通过腹壁下面的一个小泵直接滴入胃里。他的营养摄入情况良好，神志清楚，直到几周前，他还在开车、调试呼吸机，在打字机上填写难民收容所申请表，并且独自待在家里。现在，他只能躺在床上或者躺椅上，在家里接受全天候护理。

同事解释说，麦克斯认为他有效生命已经结束了。他没有伴侣或者孩子需要惦念，他不能打字了，所以不能工作，也不能用已经为他服务了 10 年的打字机“光笔”进行交流。麦克斯想停止使用呼吸机，思维清晰得像律师一样，他意识到自己有权拒绝治疗，因此他也有权要求停止使用呼吸机。这件事他自己办不到，因为他的手臂力量太弱，无法操作开关。此外，关掉机器后，在失去知觉之前，他会经历严重的呼吸困难。所以他征求家庭通气护士的意见。

这就是我来这儿的原因。

但这不是全部原因。这个故事还有另一个部分。同事在那 10 年中一直照顾麦克斯，最初是在诊所，后来是上门探望。他们彼此欣赏对方的才智和幽默，会一同讨论政治和美酒。他们不再仅仅是单纯的医患关系，还是朋友关系。我的同事很苦恼，既因为他的患者朋友接下来不得不面对的不适，也因为他自己在其中扮演的角色。

这就是医院姑息治疗联络专家面临的挑战。麦克斯仍然是他的家庭医生和我同事的患者。我会提供建议和专业知识，供麦克斯的医疗团队参考。只有把麦克斯收进临终安养院，他才会成为我的患者，但即便如此，我也会与多年来熟知他情况的团队保持密切联系。这次咨询既关乎麦克斯，也关乎喜欢他的家庭通气小组。

我应邀就如何照顾麦克斯提供建议，但在提供建议时，我必须进行权衡，把其他临床医生的建议纳入考虑范围，他们也都是些有血有肉的人，在照顾麦克斯的过程中一定做过诸多尝试，他们以前肯定多次做过摘除呼吸机的工作，所以，这代表他们是在护理麦克斯的过程中向外界寻求建议。这是一份殊荣，也是我首次遇到的情况，我希望它能创造一个先例，让其他患者从姑息治疗中受益。所以，这既是一份荣誉，也是一种考验。

首先是伦理方面的考虑。停止治疗导致麦克斯死亡，和杀死他是一回事吗？如果麦克斯生活在一个没有通气设备的时代或者国度，他会死于最初的肺部感染，我们不会说他死于“没有通气设备”。如果运动神经元疾病导致他丧失独立生活的能力，他行使自己的权利，拒绝采用机械通气，我们会说他死于运动神经元疾病所导致的呼吸衰竭。虽然他接受了 10 年的通气治疗，但这并不改变机械通气是一种侵入性治疗的事实，他有权在任何时候，出于任何原因，予以拒绝。

然而，最近胳膊和腿的力量急剧衰退，这完全剥夺了麦克斯的独立性和生活质量，所产生的变化也令人震惊。当初他接受了进食能力和语言能力丧失的现实，同意使用呼吸机（这三种情况会让任何人对自己的未来感到沮丧），但他仍然活得有滋有味，现在他是否也能适应这种新的生活方式？他抑郁吗？焦虑吗？他觉得自己还有选择吗？

我和同事讨论麦克斯是否可以放弃几周停止通气的权利，让他有机会感受一下这样的生活是否像他现在认为的那样无法忍受。我们一致认同停止通气在伦理和法律上是允许的，但我们也有道德义务，确保麦克斯在做出这种不可撤销的决定时，保持正常的心态。

我们也同意，如果麦克斯决定停止通气，为了让他死得舒服，需要小心应对他的呼吸困难。通常而言，患者死于肺无法供氧的疾病时，呼吸会逐渐衰竭。发生这种情况时，血液中的氧气含量下降，患者的意识和思维水平降低，血液中的二氧化碳水平上升，患者因此感到困倦。氧气含量的这种细微变化溶解在血液中，导致意识逐渐丧失。它还可能引起“缺少氧气”的感觉，有时还会导致头痛，这种情况可以用低剂量的吗啡类药物和镇静剂予以控制，这样，呼吸时，几乎没有或根本没有呼吸困难，生命会自然而然地、平静地凋谢。

仅将呼吸机从“开”切换到“关”会造成完全不同的影响。呼吸机一停止工作，清醒但瘫痪的患者会感到有呼吸的冲动，却无法呼吸。他们会有窒息感，这很可怕。为了防止呼吸困难和恐惧感，我建议和麦克斯合作，暂时关掉呼吸机，使用无痛的指尖探测法，了解氧气含量何时降到可以惊醒一个人的水平，以此确定多少剂量的镇静剂可以让他入睡。

本周我们给麦克斯解释这个计划时，同时可以向他保证，我们不会拒绝他关掉呼吸机的请求，但会给他一些时间，来体验这种新的、更局限的生活。我们会同步进行试验，确定镇静剂的恰当剂量，然后我们可以确定，关掉呼吸机后、呼吸停止时，他将保持睡眠状态，并感到舒适。我们可以安排他到医院住几个通宵，在此期间，我们可以尝试一系列镇静药物的用量。一旦他完全入睡，我们就可以关掉呼吸机，测试他的氧气含量，同时密切观察他是否有任何痛苦迹象。如果他醒来，或者感到痛苦，我们立即重新启动呼吸机，并意识到药物剂量太小。这将帮助我们下一次选择更合适的剂量，直到找到防止呼吸困难的适当剂量。

接下来，如果麦克斯仍然希望关掉呼吸机，他可以选择一个实施的日子，同事和家庭通气小组会遵照他的意愿，去他家里完成这个光荣的任务。

医学伦理可以是一个有趣的挑战。我们必须始终在法定范围内履行职责，患者相信我们会这样做。给予抑制呼吸的药量，从而杀死患者，和给予抑制呼吸困难的药量，使得患者在停止呼吸前免于遭受痛苦，两者之间有着明显的区别。麦克斯是一名律师，他会理解其中细微的差别，也会明白提前确定正确药量的需要，这两件事都是为他的舒适着想，也是为了让医疗团队的做法符合法律规定。

同事的咖啡已经凉了。先前因为对这次交谈不抱期待，他驼着背，现在他放松了双肩。他微笑着说："谢谢。"他换了个坐姿，露出尴尬的表情，揉了揉胡子，说："真是出乎意料。太有用了。我了解法律和伦理，但现在这是一套明确的选择。透彻地讨论一番带给我很大帮助。"我松了口气，向他保证我很荣幸可以提供意见，并且很乐意再次讨论麦克斯的病情，因为和患者成为朋友后，处理起来会很困难，为了继续帮助其他患者，我们需要彼此照顾。

"真不知道你是怎么熬过你的工作的，"我起身离开时，他说，"你每天都得面对死亡。"我透过诊室的门朝重症监护室看去，在那里，生命悬于医学处理的一线之间。同样，我也做不了他的工作。

我摇摇头，笑了笑，与他握手告别。将来我们还会继续共同协作，在面临比今天还难以想象的巨大挑战时，相互伸出援手。眼下，我们还不知道那会是怎样的挑战，只知道，我们找到了共识和一个安全港湾，可以谈论我们工作中最艰难的部分：与跟死神交了朋友的患者做朋友。

"放我走"的另一面

许多人担心因为疾病或者意外，会遭受难以忍受的痛苦。世界上有些国家已经立法允许安乐死，或者辅助自杀，希望减少许多人对难以忍受的未来的恐惧，并让少数人早点死去，以免受苦。这种做法建立在人道主义原则和功利主义伦理的基础之上。

然而，即使是考虑得已经万无一失，也可能产生反常的意外后果。

"他们不是故意吓唬我。我想他们认为这是一种安慰。但是每天，每次查房，他们都告诉我，如果我愿意，可以选择死……"乌贾尔在解释为什么最近从被自己视为第二故乡的荷兰一家医院逃走，带着蹒跚学步的孩子和荷兰籍妻子回到英国，与母亲同住。

乌贾尔在大学学的是荷兰语，毕业以后，在鹿特丹的一家石油公司任职。作为公司管培项目中一颗冉冉升起的新星，他在30岁时就负责管理一个由很多人组成的部门。和同事结婚时，他在从小生活的英国小镇举行了一场锡克教婚礼，婚礼上，宾朋享受着精美的食物、美妙的音乐和精彩的派对，在热情、快乐的氛围下，这对新婚夫妻向彼此介绍了他们的荷兰家人和英国家人。

18个月后，他们的女儿塔比莎出生。作为两个民族的孙辈，讲双语是她的培养目标，所以，乌贾尔总是用英语和她交流，妻子则总是跟她讲荷兰语。塔比莎一岁时，乌贾尔出现了腹部肿胀的症状，排便习惯也发生了改变，于是约见了家庭医生。从此，噩梦开始了。

家庭医生发现乌贾尔的直肠上有一个巨大的肿瘤，并推介他进行治疗。乌贾尔公司的医疗保险让他可以看荷兰最好的医生。医生诊断他患的是直肠肉瘤。这是一种非常罕见的癌症，但只要还没扩散，手术全切就可以治愈。乌贾尔的直肠、大肠下部和膀胱都切除了。医生用他的部分小肠造了一个假膀胱。他的肚子上放了两个袋子，一个用来收集尿液，另一个用来收集粪便。他很庆幸能够死里逃生。

然而好景不长。下腹部的伤口术后一直没有完全愈合。伤口的一端长了一个疮，流着难闻的脓。抗生素似乎没什么作用。然后，乌贾尔发现同样带臭味的渗出物弄脏了内衣；不知怎么的，脓液从阴囊后面皮肤的一个小裂缝渗出来。所以乌贾尔进一步进行检查，并接受一次又一次的手术。先是切除了骨盆里一个瓶塞大小的肿瘤，随后是放射治疗，寄希望于杀死所有肉眼看不见的残留细胞。但脓还是继续流。

有一天，皮肤渗出物的气味变了，而且夹带粪便。于是又是更多的检查、更多的手术。乌贾尔的下半部分大肠由于放射治疗而萎缩、破裂。骨盆里充满了粪便，细菌涌进了血液，腹痛难耐。他在病房里昏倒了。做完手术后，他在重症监护室醒来，发现肚子上放上了第三个袋子，用来收集受损肠道的分泌物。但仍在流脓。

最近一次手术的一周之后，语音柔和、和蔼可亲的外科教授来到重症监护室，在乌贾尔的病床旁坐下，问乌贾尔感觉如何，并说如果乌贾尔愿意，自己可以说英语。他们继续用荷兰语交谈，但教授用英语为他解释医学术语，并告诉乌贾尔，虽然手术已经清理了他的骨盆，切除了受损的肠道，以阻止粪便和细菌的泄漏，但他的骨盆里仍然有一些肿瘤，而且肿瘤会继续生长。这时，肿瘤里面是空的，就像一个网球一样，细菌在里面生长，形成脓液。时不时地，压力增大，脓液从腹部伤口流出，或者从臀部下面的皮肤渗出。患上这种病非常不幸，但手术已无法帮助他。他明白吗？

乌贾尔明白。他得了癌症，治不好了。但他还活着，他有一个需要爸爸的女儿和一个需要丈夫的妻子。不管还剩多少时间，他只想回家和她们在一起。

教授点点头。“难点在于，”他说，“肿瘤会继续生长。它会给你造成更多的压力，这会带来更多的疼痛、流更多的脓。气味会变得更加难闻，皮肤会很痛，伤口最终会受损、破裂。你明白吗？”

乌贾尔明白。他会越来越痛，越来越臭。这种情况随时都可能发生，所以越早回家越好。

教授看上去很难过，好像得病的是他一样。他非常小心翼翼地说：“许多人不希望过那样的生活。”

乌贾尔同意，他不想要这种生活状态，但这不是他能选择的。如果活着只能是那种状态，那他想回家过这种生活。

教授停顿了一下，说：“当然，你还有选择。”

乌贾尔想知道他还有什么选择。“在荷兰，你还有一个额外的选择。如果你不想要那样的生活，我们可以实施安乐死。你明白吗？”

乌贾尔明白，自己可以选择现在就死，也可以选择以后再死。

教授点点头，说：“任何时候，如果你觉得受不了了，你都可以做出这种选择。你愿意考虑一下吗？我的一位同事可以过来和你谈谈，看看你决定怎么办。”

“不，”乌贾尔回答说，“我不需要考虑。我想回家。”

“当然，因为伤口和卫生，你需要的护理强度非常大，”教授说，“我认为家里完全无法实施这种护理。我得走了，你考虑考虑我们的话吧。”他从椅子上站起来，对乌贾尔善意地笑了笑，离开了重症监护室。

乌贾尔思考了一番，他认为教授很好地驾驭了这个艰难的话题。乌贾尔的本职工作是训练人们提出棘手的话题，他给教授打了满分。现在他知道了，如果生活太痛苦，他可以选择死。他知道这种想法对别人可能是一种安慰。但他也知道，他的心在家里，即使妈妈需要从英国过来协助陪伴塔比莎，家也是他想生活的地方。明天他就安排出院计划。

第二天，护士们来给乌贾尔的伤口换敷料。这是急诊手术留下的伤口，乌贾尔对这次手术没有记忆。他们还检查了新的、像噘起的嘴唇一样的肉环——这是受损的肠子与腹部皮肤结合的地方，然后把肠道里面恶臭的大便倒进塑料袋。护士们带来了一位年轻的医生，她是外科团队的成员，来检查伤口的愈合情况。她似乎对造口肉嘟嘟的粉红色“嘴唇”，以及从耻骨到腹部的伤口缝合情况感到满意。

完成任务以后，护士们走了，这名外科医生在乌贾尔旁边坐下。“你知道，这是一个大手术，”她说，“因为我们需要把里面那些乱七八糟的东西都清除掉。很抱歉，你需要另一个袋子。有一段肠子坏得很厉害，我们不敢把它的两端缝合在一起，以防它渗漏，让你再次病倒。”

乌贾尔感到很累，他今天不是很想讨论腹部的情况。但年轻外科医生的话语很轻柔，流露出关心，她继续说：“如果渗漏继续下去，将来你会很痛苦。我们会尽力控制你的疼痛。如果你不愿意忍受病情的发展，我们有同事可以帮助你实施安乐死。根据你的病情，你符合资格。我们可以在申请表上签字许可。你只需要提出来就行……”

乌贾尔把头枕在枕头上，闭上了眼睛。他想稍后和护士谈谈回家的事。到了第二周周末，乌贾尔减少了静脉输液的频率，能吃少量食物，伤口也在愈合。那个袋子起作用了，他从重症监护室转到外科病房。

现在，他每天的生活都差不多：早早地吃过早餐，然后自己清理造口袋——尽管护士们主动提出帮忙，但他坚持自己清理；淋浴，之前这么多天都在床上洗澡，现在终于享受到淋浴的乐趣，可以换掉汗湿的睡衣；小睡；吃午餐；朋友或者妈妈带着塔比莎来访；又一次小睡；下午下班前，外科医生巡视病房，查看伤口，摸腹部，安排进一步治疗，或者给出出院回家的许可。每天他都听到医生和邻床病友讨论进展：一位可能需要物理治疗，另一位需要做 X 光检查，一位已经可以下楼梯了，还有一位已经康复，可以回家了。对乌贾尔，医生们总是那么亲切。他们问起塔比莎、他的疼痛及流脓情况，问他有没有什么担忧，并提醒他，如果实在难以忍受，可以和他们谈谈安乐死的事情。

乌贾尔开始害怕医生来查房，害怕听见他们用仁慈的嗓音给一些人提供抗生素，给另一些人提供物理治疗，给他提供的却是安乐死，好像报告治疗菜单上的项目一样。他开始害怕那些善良的医生。他们设想他的病情会进一步恶化，认为没有希望、没有尊严，比死亡更糟糕。乌贾尔开始觉得，这间有 6 张病床的病区简直是一座监狱，死亡是逃跑的唯一途径。他知道自己必须离开。

教授过来同他讨论，乌贾尔的妻子也应邀参加。教授解释说，乌贾尔的伤口非常脆弱；一些感染无法根除，因为肠道内部仍有渗漏；肿瘤仍在生长，超出了自身的血液供应需求，中间部分的细胞死掉了，变成糊状渗出物，从伤口渗出来。“这不是因为你不讲卫生，”教授怀着极大的热情和同情心安慰他说，“肿瘤就是这样，不管你洗多少次澡，它都会有气味和渗出物。在这种情况下，许多人宁愿不活了……”

话还没说完，乌贾尔便索要他的包和物品。他坚持让妻子开车送他回家，然后打电话给在英国的母亲，向她借钱买船票回她家。不到一周，他就住进了母亲家的空房间，妻子和塔比莎睡隔壁的房间，睡在乌贾尔和他妹妹小时候用过的双层床上。他母亲的家庭医生来这儿探望他，所以他转到了我们临终安养院。

我们的临终关怀护士上门拜访了乌贾尔，回来同我们讨论如何为他提供帮助。她在我们通常所说的“身体”、“情感”、“社交”和“精神”4个主题下描述了乌贾尔的情况。身体上，乌贾尔瘦弱、苍白、脱水，但恶心感严重，不能喝太多水；他有间歇性腹痛，因为经常清洗有臭味的渗出物，阴囊皮肤常有痛感；情感上，因为摆脱了那些提出帮助他死的人（不管他们的出发点多么好），他感到轻松，但荷兰医生预言了“比死亡更糟糕”的情况，他急切地想了解那是怎么回事。

社交上，对于乌贾尔夫妻、他们活泼的小孩、他的母亲以及每天来访的许多朋友来说，这所房子太小了。当地的英语口音把塔比莎弄糊涂了，她紧紧抱住妈妈，只愿意说荷兰语。此外，乌贾尔卧床的位置不方便护理工作的开展。

精神上，他摇摆于两个极端之间。有时候，他希望活得久一些，可以看到塔比莎上学，这个想法让他感到振奋。有时候，他觉得自己是一个胆小鬼，没有勇气跑掉，在生活质量还可以忍受的情况下，他不接受安乐死，因为这会给他所爱的人带来悲伤和无法逃避的负担。

乌贾尔于第二天住进了临终安养院的一间单人病房。我们在房间里为他妻子铺了一张床，供她白天休息，还为塔比莎借了一张旅行床。我们这么做是因为事实上，乌贾尔决定在短暂的余生与心爱的女人生活在一起，我们也考虑了如何最好地支持他的这个决定。他们住下来之后，我们渐渐地获得了更多的背景信息，荷兰医生把医疗记录、检查结果和手术记录的英文摘要发给我们，给了我们极大的帮助。

乌贾尔热衷于尝试任何可能改善他健康状况的试验。因此，我们设计了用卫生棉条吸收他臀部伤口脓液的办法；用药物改变粪便的稠度，以减少渗漏；用特殊的伤口敷料来控制和减少难闻的渗出物。虽然他骨盆里的癌细胞在长大，但我们还是想办法控制疼痛。手术以后，收集袋解决了通常无法忍受的肠道和膀胱失控问题。乌贾尔适应了轮椅，他带着塔比莎在临终安养院兜风。父女俩下午都会打个盹儿，对此我们都很欣慰。塔比莎很讨人喜欢，但是很闹腾，精力非常充沛。

这天，乌贾尔向我们的实习医生艾玛介绍了荷兰的医疗体系。在他生病的整个过程中，他看出荷兰医生有见识、有能力，心地善良，给了他极好的治疗体验。他欣赏外科和重症监护室团队的专业能力，尽管有种种挑战，他们还是延长了他的寿命。他唯一的批评意见是，癌细胞扩散后，每次会诊都发生的那种微妙、完全无意的烦扰。最后，这种烦扰变得很可怕，无法容忍。

安乐死在荷兰是合法的，医生只要严格遵守规则就不会被起诉，他们为患者提供了一条逃避痛苦、合法结束生命的途径。然而，医生提出安乐死的可能性后，乌贾尔发现自己害怕承认新出现的症状，以防他们推荐安乐死，而不是系统治疗。

乌贾尔和医生们的谈话形成了这样一种新局面：面对他的症状，他们感到无能为力，对他的预后感到绝望，他们传达给他的意思是，他们不会抛弃他，而是会陪伴他，但不是陪他进入一个未知的未来，而是加速他的死亡。乌贾尔逃离了那种确定、可控的死亡，而活在不确定的希望之中。这是一个折中方案，可能会伤害他的身体，但挽救了他的精神。他经历了具有人道主义精神的立法变革带来的意外，及其令人毛骨悚然的后果。

这是目前全世界医疗体系面临的一个困境。一旦把安乐死这只妖怪放出魔瓶，你必须小心自己到底想要什么。

乌贾尔在这儿住了两个月，塔比莎有了英国口音。在那段时间里，她展现了自己在将来能成为体操运动员的潜力——她走了以后，病房里的所有家具都需要修理或者更换。

乌贾尔的癌细胞最终阻塞了肾脏，他昏迷了几天后，安详地停止了呼吸，而当时塔比莎正在他房间外的花园里奔跑、嬉笑。

塔比莎和母亲回荷兰去了，不知道她是否还能说两种语言。

旅行的最后一站

随着病情的发展，许多人似乎都有即将离去的意识。有时候，把临终的过程比喻成休假是讨论死亡的唯一方式。多年来，我遇到过这样一些患者：他们困窘地寻找护照，让困惑的亲人检查他们的票，把手边的东西放进旅行包里。与他们打交道的过程中，我学会了不质疑这种“糊涂”，而是融入患者幻想的情境中，通过它感知、讨论和安慰他们那种即将离开的感觉。

桑吉夫声称他和艾丽娅结婚 60 多年了，并补充说：“我最好趁她在的时候把这个数字弄清楚！”桑吉夫得了心力衰竭。在过了一段健康的老年生活之后，他在 88 岁时心脏病发作，虚弱的心脏现在经受不了任何剧烈的活动，例如，边走路边说话。他从心脏病诊所入院，因为血液检查显示，他的肾脏出现了衰竭。他需要卧床休息，并调整用药。

艾丽娅从家里带来饭菜。美食的香味飘荡在病房里，和桑吉夫一个病区的其他患者纷纷问可不可以找她订餐。艾丽娅微笑着说，她明天给大家带点心过来。

天黑之后，那个病区度过了一个忙碌的夜晚。一名男子心脏骤停，心脏监护仪发出警报，病房团队和一名来自冠状动脉护理病房的医生迅速行动起来。病区里一派骚乱，医护人员直接用简短的医疗术语交流，跑来跑去，还有除颤器的“砰”然声响！心脏重新跳动后，这名患者被连人带床推到了冠状动脉护理病房，这个有 6 张病床的病区留下了一个空位。其他患者都醒过来了，一个个胆战心惊。

有个人评论道："好像电视剧一样。"另一个人说："我很高兴明天就要回家了。"

"是的，"桑吉夫顺口说，"我明天也要回家了。"其他人都很惊讶，因为他们还等着在桑吉夫卧床休息期间，享受几天艾丽娅的美味小吃呢。

"你的家在哪里呢，伙计？"那位身材矮小、患有高血压的文身男子问道。

桑吉夫想了想说："靠近德里。也许你知道这个地方？"他说了一个小镇的名字。他在那儿度过了童年，然后来到英国接受教育，文身男子说从未去过印度。桑吉夫一脸困惑："你傻吗？现在就在印度啊。"

一名护士用托盘端来一些牛奶饮料，说："好了伙计们，你们的朋友情况挺好。抱歉把你们吵醒了。有谁想来杯热饮？"三个男人要麦芽奶，一个要茶，桑吉夫要印度茶。护士说没有，他顿时恼了。

"没有印度茶！"他咕哝着说，"这算什么酒店？"他把肿胀的腿拖到床边，站了起来。他问护士："夫人，可以劳驾您帮我拿一下手提箱吗？"他从床头柜里取出衣服，然后坐下来翻他的钱包。他感到不满意，在床头柜里东翻西找，然后翻他的洗漱包，又把钱包翻了一遍。

护士问道："桑吉夫，你在找什么东西吗？"

桑吉夫满脸焦急地看着她，说："夫人，我好像把票放错地方了，不过我可以向您保证，票都买好了。您现在就要看吗？过会儿再给您看可以吗？”

护士让桑吉夫回到床上，他问火车什么时候到达德里。她一下子明白过来了。

“我们要早上才能到，先生，”她意识到，她在桑吉夫心目中已经变成了一名乘务人员，“我们请所有乘客自便，把这里当成家吧。车到站后，我会通知你的。现在我可以帮你回到床上吗？”

桑吉夫礼貌地同意了，在护士的帮助下爬回床上，还咕哝着：“这儿的床铺真高！”把他安顿好，护士问他下了火车后有没有人接站。

“我父母，”桑吉夫笑着说，“我很长时间没见到他们了。”

这是一位经验丰富的夜班护士。她在桑吉夫的床边开了一盏光线柔和的灯，并轻轻拉上帘子，挡住其他“乘客”的视线。她知道黑暗会使人失去方向感，看到熟悉的东西，患者会平静下来。她回到护士站，给医生打了电话，说患者精神错乱，搞不清楚时间和地点，认为自己在印度，要去见父母。她问是否应该给桑吉夫的妻子打电话。

那位医生很年轻。要在这个机构找到一份工作，她的学业成绩必须非常好才行。她在冠状动脉护理室，刚刚才稳定了桑吉夫之前病友的情绪。

“我们为什么要打扰他妻子？”年轻医生问道，“我们需要找出他精神错乱的原因，并对他进行治疗。我来听听他的胸口，再抽点儿血检查一下。我来之前，请继续观察他好吗？”

护士回到桑吉夫身边，他还在钱包里找车票。“请不要担心您的车票，先生，”她说，“我把它们好好地放在办公室里了。”之后，桑吉夫接受了体温、脉搏和血压测量，他似乎认为这是铁路公司的一项延伸服务，然后说：“谢谢你，妈咪。”

护士在床边的椅子上坐下来，问道：“你希望妈咪在这里吗？”桑吉夫看上去很困惑，所以护士指给他看自己的制服、挂在裙子上的怀表，以及笔袋，帮助他认识到自己是护士。她柔声问桑吉夫：“如果妈妈在这儿，你会对她说什么？”他回答说：“妈咪，我想你了。我很高兴我就要回家了。”

护士紧紧握着他的手说：“她一定很想你，桑吉夫。她会很高兴见到你。”

桑吉夫闭上眼睛，打起盹儿来。护士回到前台给艾丽娅打电话，请她尽快到医院来。

那位年轻的医生来了，她在值班，事情很多，看上去慌里慌张的。护士出示了桑吉夫的病例记录，总结了他从入院那天到眼前神志不清的情况，报告他的体温、脉搏和血压都正常。医生为桑吉夫做检查，护士建议说：“如果他认为你是乘务人员，那就告诉他你是铁路上的医生，这是新服务的一部分。”年轻医生茫然地看着她，护士继续说：“如果你挑战他对现实的看法，他会心烦意乱、焦虑。我们要让他保持冷静。等他妻子到了，我们再试着帮助他认清现实。”

医生问道：“你为什么给他妻子打电话？”

护士的回答很睿智："因为他认为自己在回妈妈家的路上，根据我的临床经验，这是他可能快要死了的征兆。我宁可虚惊一场给他妻子打电话，也不要忽视他传达的信息。"

医生去评估了桑吉夫的情况，护士继续查房，回应患者的呼叫，给患者分发药物。他们回到护士站碰面，医生刚从桑吉夫身上抽取了血样，她在给装血样的瓶子贴标签，并打电话给实验室，要求紧急化验。"他的呼吸很清晰，"她说，"但他有一种奇怪的颤抖，心电图的变化让我怀疑他的肾脏情况是否在恶化。他要不要做复苏？"

护士报告说，桑吉夫和他妻子都知道，桑吉夫的心脏损伤无法修复，如果心力衰竭或心脏停止跳动，复苏不会成功。顾问已经同他们讨论过了，他们同意他的观点。顾问的笔录中有"不做心肺复苏"的指令。病例记录记载了顾问和这对夫妇的重要谈话，当时他向他们说明心肺复苏术不会成功，如果桑吉夫的心脏变得太虚弱，不能支撑身体运转，那么"不做心肺复苏"的指令将保护他免受无益的痛苦。

谈话发生在 6 个月前，顾问的笔迹粗犷、锐利。他把解释情况的确切用语和这对夫妇的回答都记录在案了，对我们来说很有帮助："患者和他妻子都明白，他们不希望心肺复苏术导致生命终结。他们渴望避免'医疗干预'。已填写'不做心肺复苏'表。已通知家庭医生。"

病房的门铃响起，艾丽娅来了。护士向她问好，并解释说桑吉夫糊涂了，以为他在去德里的火车上，希望艾丽娅让他安稳下来。"他认为他会见到父母，"护士说，"他把我当成了妈妈。你想过来看看他吗？医生给他做了检查，血液已经送去化验了，一有结果就会通知你。"

艾丽娅跟着护士走进灯光昏暗的病房，来到丈夫身边。

“艾丽娅！”桑吉夫立刻认出了她，“你在这儿干什么？谁在照顾我们的孩子？”

艾丽娅大吃一惊，但护士已是有备而来：“桑吉夫，孩子们和一个专业的保姆在一起，艾丽娅已经明确交代保姆照顾好孩子了。要我给你们俩拿杯茶吗？很抱歉我们没有印度茶。”

这会儿，天快亮了。桑吉夫指着窗户说：“我们快到了，艾丽娅。快点儿，我们得给孩子们穿上衣服，做好准备，让妈妈看看。”他想从床上起来，这时医生来了，告诉桑吉夫和艾丽娅拿到了检验结果，希望跟他们讨论一下。她试图说服桑吉夫回到床上，但他坚持必须洗漱、穿衣，还要准备到达德里要用的文件。医生回到护士站求援。

事实上，后备人员是轮班的新护士，夜间工作人员在给他们办交接，我也在场。去开会之前，我提前来检查患者的疼痛情况。夜班护士简要归纳了桑吉夫的困惑之旅：由心脏骤停事件惊醒触发，到一时认为病房是家酒店，最终坚信自己在回德里看父母的火车上。他们夫妻双方的父母都已经去世 40 多年了。

医生补充说，血液检查显示桑吉夫的肾脏已经完全衰竭，血钾含量上升，他面临心律失常，甚至心脏骤停的风险。医生建议给桑吉夫做降钾治疗，认为他可能需要做肾透析。精神错乱与肾脏衰竭的速度有关。

我问桑吉夫是否需要透析。年轻的医生很困惑，但还是说：“他需要做透析。”我同意，如果桑吉夫要延长寿命，他可能需要做透析。“但这是他想要的吗？”我问道，“他已经告诉顾问，他不想被搞得一团糟，他明白自己最终会死于心力衰竭。也许这就是他的死亡方式，因肾衰竭而死。”疲惫的年轻医生朝我眨了眨眼，我说：“你需要喝杯咖啡，桑吉夫需要做决定。我们要不要跟桑吉夫和他的妻子一起喝杯咖啡，看看怎么办最好？”

那位累得不行的医生还有一个小时就要结束值班了，护士们知道她快解脱了。这是一个重大的医疗决定，做这个决定时，必须考虑患者的想法。

但是，在桑吉夫相信自己置身另一个大陆的火车上的情况下，他真的能表达经过深思熟虑的观点吗？我参加过很多这样的谈话。我解释说，我们必须尽可能了解患者的想法，然后打电话给桑吉夫的顾问，以便做出医疗决定。

医生和我端着咖啡来到桑吉夫的床边。年轻的医生担心我们这样看起来不专业，我向她保证，恰恰相反，它传递的信息是，我们准备和这对夫妇一起坐下来，让神志不清的桑吉夫感到安全。我做了自我介绍，然后问桑吉夫情况如何。

他说：“我需要做好准备，我们就快到了。”我回答说，他的所有文件都整理好了，如果需要抓紧时间的话，我可以帮助艾丽娅把他的行李收拾好。我请他跟我说说他的心脏病。“哦，我的旧车票。它没给我带来什么麻烦。”艾丽娅看上去很吃惊。他继续说：“它和我一样，老了。我不能着急，我的腿肿了，但它没有给我带来痛苦，只是感到疲劳。我太累了……”这下轮到年轻医生惊讶了，尽管坐在“印度的火车”上，桑吉夫还是可以讨论他的心脏病的。

我问他：“将来你的心脏会发生什么情况？”

桑吉夫看着艾丽娅说：“那我肯定会死的，我们俩都知道这一点，我们俩都知道复苏小组救不了我。这事我必须告诉父母。我要带着艾丽娅去告诉他们。”

我问道：“桑吉夫，如果有治疗方法可以帮助你活得长久一些，你想要吗？”

桑吉夫在琢磨。他又把眼光转向艾丽娅，“我活了很长的时间。我做了很多事情。我非常幸运。我的婚姻非常幸福，还有两个儿子，”他微笑地看着艾丽娅说，“但如果软弱压倒了你，生命并非一切。我被软弱压倒了，再也强壮不起来了。延长无用的生命有什么意义呢？有什么治疗方法能让我变得强壮吗？没有。有什么治疗能让我年轻吗？没有。你能让我变得健康强壮吗？不，你办不到，我们必须接受这一点。所以，如果我病恹恹的，活得长久并不是一件好事。”

年轻医生默默地喝着咖啡，脸色苍白。桑吉夫喝了一口茶，这时，医生看上去很担心，低声说了句“液体平衡”。我向她点点头，表示我听到了她的话，我问艾丽娅：“你们以前讨论过这个话题吗？你们一起谈过这些事吗？”

艾丽娅边回答，边看着桑吉夫：“心脏顾问埃布尔医生告诉我们复苏指令的问题后，我们谈了很多，对此都同意。活着，但活得不好，那并不是什么好事。我们非常感激埃布尔医生对我们这么坦诚。桑吉夫向我们的儿子解释了这件事，我们已经把所有事情都安排好了。桑吉夫死后……”她吞了一口口水，继续说：“这件事发生后，我会跟我们的小儿子一起生活。他就住在附近。这样直到我死之前，我会觉得离桑吉夫很近。”

一片寂静，大家都在默默地喝饮料。病区响起了清晨时分医院该有的声音：脚步声、推车声、核对名字的声音以及血压监测仪的嗡嗡声。

我说：“桑吉夫、艾丽娅，我们今天的问题是这个——”

“我们错过车站了吗？！”桑吉夫厉声问道，“我的票在哪儿？”

“没有，还有很长一段旅程呢，”我说，“这是医疗问题，不是旅行问题。我能问你这个医疗问题吗？”

桑吉夫说：“当然。”

“看来你的心脏病导致肾脏停止正常工作了，情况可能很严重。”我停了下来。艾丽娅点了点头。

桑吉夫问：“有多严重？”

“严重到可以缩短你的寿命。”我有意说得平静、清晰。

“多短？”他问道，“我的票在哪儿？”

“如果不治疗，也许只有几天时间。”我说。

桑吉夫看看我，看看艾丽娅，然后又回过头来看着我。“那好吧，”他宣布，“我们必须尽快从印度回家。”

我问道：“你是说回家治疗吗？”

他举起手，摇了摇头，说：“不不不……我和艾丽娅讨论过很多次了。我希望死在自己家里，不再待在医院。没有机器。没有‘哔哔哔’的声音。我要在家里。按照我们的计划，和我父母在一起。”

我问：“你父母？”

桑吉夫想了想，说：“你想把我赶出去吗？我已经80多岁了。我父母多年前在印度火化了，我要去表达敬意。”

“对不起，桑吉夫。也许我听错了，我以为你说你死后想和父母在一起。”

“傻瓜傻瓜，”他拍拍我的手，“我总是和父母在一起，我一直把他们放在心里。我想和家人待在家里。看看我可爱的妻子，医生，她知道如何照顾我。把我送回家吧，让我回到她身边。”

我告诉桑吉夫我会尽最大的努力，然后那位年轻医生和我离开病房，去给桑吉夫的顾问打电话。他很了解这对夫妇，问我是否认为桑吉夫有能力决定是否需要进一步治疗。我告诉他，尽管桑吉夫目前搞不清楚时间和地点，但非常清楚地表达了不希望做无用的治疗的观点，这些观点与顾问之前和桑吉夫进行的所有对话都是一样的。

埃布尔医生说血液透析，即用机器过滤和净化血液是一种侵入性的医疗措施，桑吉夫的身体可能不够健康，承受不了。我们讨论了确保桑吉夫不会因肾衰竭出现恶心和打嗝等症状的最佳方法；我向埃布尔医生保证，如果今天早晨可以安排他出院，我们可以安排社区的姑息治疗小组今天晚些时候去家里探望桑吉夫。埃布尔医生同意了。桑吉夫的儿子被叫来开车，把那位疲倦的年轻医生送回家。

桑吉夫正打包行李，艾丽娅则去医院的药房取药。埃布尔医生来到病房，问他情况如何。桑吉夫又开始找他的票了，埃布尔医生说不需要票，因为他是一位尊贵的客人。护工推着轮椅上的桑吉夫沿着病房走廊去停车场的时候，桑吉夫笑容可掬地看着护士们。

第二天早晨，社区姑息治疗小组给我打来电话。桑吉夫先是在家里继续找票，然后同意睡觉。在儿子们和艾丽娅的陪伴下，他安顿下来睡觉，疲惫的艾丽娅抱着他。她醒来时，桑吉夫已经停止了呼吸。

“他到达了目的地，”艾丽娅告诉儿子，“他会在那儿等我们。”

做出不做心肺复苏的决定需要患者、临床医生和家属之间进行深入互动。关键是，家人要了解做出这种决定意味着什么及其原因，以便在患者崩溃时，避免纠纷和痛苦。临终计划的核心，是知道有恰当的治疗计划，也有避免不恰当或不想要的治疗的计划。

以希望的方式死去

预测死亡有助于身患重病的人考虑自己的选择，明确计划在死亡临近时，希望得到什么样的照顾。对有些人来说，这可能意味着“尽力让我活着”，但对大多数人，尤其是看过其他人平静死去的人来说，这意味着“关注我的平和与舒适，而不是生存的时间长度”。我们可以讨论，在生命的尽头，希望得到什么样的照顾：可能是在家里，或者亲人家里。有些人可能需要借助养老院或临终关怀机构等外界资源。大多数人不希望死在医院，然而，如果没有“紧急情况下怎么办”的计划，许多人会被不情愿地送进医院。

对于医院竭尽全力也救不活的人，如果医护人员清楚患者的想法，那么他们就可以代表患者做出选择。提前制订计划，患者、家属和医疗顾问需要有勇气就可能提供什么、不可能提供什么进行诚实而明确的交谈。只有这样，垂危的患者及其亲人才能做出明智的选择。

接到家庭医生从患者家打来的电话，已经临近中午了，而且家庭医生到那儿已经一个小时了。在这段时间里，这名老年患者的情况持续恶化。他长期患肝病，已经知道自己时日不多了。他在“紧急医疗护理计划”（Emergency Health Care Plan）中明确表示，他优先考虑舒适，而不是极力挽救生命。今天，他吐得昏天黑地，无法躺下。我可以就他的呕吐情况提供什么建议吗？我们讨论了一些医疗细节，我给了一些建议，并告诉家庭医生，我会在 20 分钟内赶到。

患者家不好停车。这是一个安静的郊区，没有停车场和车库，汽车都挤挤挨挨地停在路边。现在是夏天，孩子们在狭窄且安静的街道上蹦蹦跳跳、骑自行车、跳房子，玩得不亦乐乎。门廊的门开着，进去以后，前门半掩半闭。我敲敲门，大声说："你好！我是曼尼克斯医生。可以进来吗？"

一个泪痕未干，穿着卡通风格睡衣的女人拉开了门。"谢谢你来得这么快，"她说，"抱歉我穿着睡衣……"

我沿着短短的走廊朝里走，看得见厨房里面的情况。护士长黛德丽在里面。姑息治疗小组的人喜欢她的善良和不讲废话的风格。她发现了我，大声招呼道："来啦！过来！"我按照她的要求办。大家平时都这样做事。

黛德丽小声介绍了患者沃尔特的情况，她的护士团队很熟悉沃尔特。她告诉我，他在客厅的床上，我发现他的两个女儿和女友莫莉也在，她转了转眼珠，示意我不要多说话，现在的气氛有点尴尬。和我通完电话后，家庭医生给沃尔特注射了一剂止吐药，随后看其他患者去了。沃尔特现在感觉没那么恶心，可以躺下了。黛德丽把我领到客厅。

透过前窗的银色布质百叶窗，明亮的日光变成了白光，照在坐在窗旁扶手椅上的老妇人身上。她穿着晨衣，戴着发网。她就是莫莉。她的目光落在房间后面的单人床上，床上静静地躺着一个面色苍白、身形瘦削的男人。他皮肤泛黄，头发稀疏，靠在一堆枕头上，气喘吁吁，闭着双眼，噘着嘴唇。他 60 多岁，但看上去比实际年龄要老得多。一位穿着睡衣的年轻女子坐在床边的餐椅上抽泣，另一位穿着精致西装的年轻女子置身于穿着睡衣的家人中间，显得有些奇特。黛德丽介绍我和大家认识，然后去厨房继续写她早上的工作记录。

问候完女士们以后，我来到床边，跪在地上。女儿们表示反对，说我应该坐在椅子上，但我不觉得跪着有什么不妥，因为这样离患者更近，而且，这时我意识到，自己离躺在沃尔特床下的牧羊犬也很近。这是斯威普，它黑白相间，静静地躺在地上。它嗅了嗅我的手，以凶狠的眼光盯着我，然后换了个姿势，给我的膝盖让出空间。它已经陪伴沃尔特 10 年了，除了厨房之外，主人通常不许它进入其他房间。它今天早上一直在流泪，所以他们才放它进来。它一直趴在离沃尔特最近的这个位置，从没挪过窝。

“你好，沃尔特，”我招呼这名疲惫的患者，“我是姑息治疗小组的凯瑟琳医生。我来看看能不能解决你的恶心问题。你觉得可以说说话吗？”

沃尔特睁开眼睛，看到他那深沉的毛茛黄眼白和对比鲜明的淡蓝色虹膜，我很是吃惊。他叹了口气，清了清喉咙，说：“我试试看……”

我建议道：“看得出来你很累，沃尔特，我可以先和你的家人谈谈，如果我们有什么地方说得不对，你纠正我们，好吗？”沃尔特表示同意。

莫莉插嘴说：“我不算家人。”

穿西装的女儿保利娜温柔地说：“莫莉，爸爸爱你，我们也爱你。你是这个家非常重要的一员——”泪水涌上她的双眼。她妹妹点点头，情绪激动，说不出话来。

莫莉眨了眨眼，忍住泪水，说：“这就是你们的爸爸如此爱你俩的原因。因为你们都有一颗善良的心。”我目睹了这个家庭的自我和解。

在过去的几个月里，沃尔特的精力越来越不济。肝脏检查显示病情在持续而缓慢地恶化，他的视野随之缩小。以前他喜欢带着斯威普去附近的公园，但过去几周一直是邻居在帮他遛狗。上楼成了一场斗争。女儿们建议他把床搬到楼下，但浴室在楼上，他不愿意使用尿瓶或者便桶。

在过去的两天里，沃尔特只能坐在起居室的椅子上，恶心得没法挪动。过去几个星期，他一直没胃口，觉得肚子饱胀。昨天，他突然感到恶心、想吐，吐出那么多东西后，他感到不可思议，“幸运的是，我吐在洗碗盆里了”。他从来都是一个务实的人，他把洗碗盆洗干净，找了一个干净的水桶，然后坐回扶手椅上，莫莉过来准备午餐时，发现他因为恶心而动弹不得。

接到莫莉的紧急信息后，一个女儿穿着睡衣径直从英国的另一头驾车过来，另一个则订了第二天的航班。睡衣女儿和莫莉说服沃尔特，在床上可以睡得更好，她们在邻居的帮助下，把床搬到了楼下。沃尔特尴尬地发现自己“像小猫一样虚弱”，需要人帮助才能上床睡觉。直到沃尔特睡着了，莫莉才从扶手椅上起来，回家拿上必需的东西，返回来过夜。

早上 5 点左右，沃尔特大声干呕、呻吟，把全家人都惊醒了。她们陪沃尔特坐着，用凉爽的湿布给他擦脸，在他试着呕吐时，冲洗了水桶，但他什么都没吐出来。早上 8 点，他们打电话请医生过来。9 点左右，穿西服的女儿从机场赶过来，医生和护士 10 点到达。这就是莫莉和其中一个女儿仍然穿着睡衣的原因。她们从凌晨开始就没有离开过沃尔特，我想也没人吃过东西。

我问道："你一直在打嗝吗，沃尔特？"他回答说："嗝得太厉害了！"他看上去很难受。

啊，我开始明白了。吃一点点东西就感觉肚子饱胀、打嗝，吐出一大堆东西后，恶心感突然缓解……这一系列的症状导致一个问题，使胃得到有效排空。人的胃容量大得惊人，如果没有适当地排空，胃只是继续膨胀，以至于阻碍周围的神经，引起打嗝。最后，它装得太满，再也吃不下东西了，突然感觉"我要吐了！"吐出一大堆东西，排空后，所有症状缓解，又一轮的循环重新开始。

家庭医生开的药减轻了沃尔特的恶心感，他精疲力竭地睡着了。我建议莫莉和睡衣女儿趁着我给沃尔特做检查的时候，把衣服穿好。她们表示感谢，然后上楼去了。西服女儿看起来焦躁不安，她已经好几个小时没睡觉了，穿过了整个国家，连早餐都还没吃，于是她趁机去厨房喝茶、吃面包，我和黛德丽仔细看了看沃尔特。黛德丽说她不要糖，西服女儿微笑着，按照每个人的要求泡好茶。

在照进室内的日光下，沃尔特的皮肤黄得发亮。他一副瘦骨嶙峋的样子，突出的颧骨和牙齿对他的嘴来说似乎太大了。他的皮肤光滑、湿润，肌肉松松垮垮地耷拉在骨头上。肋骨突出，肚子肿大。毯子下面的两条腿也肿了，皮肤紧绷、发亮。这些都是肝衰竭晚期的症状。

黛德丽查看了沃尔特的臀部和脚踵，在卧床的患者中，这些部位的皮肤损伤很常见。沃尔特昨天还下床活动了，他的皮肤没问题。黛德丽的团队会让他的皮肤继续保持这种状态。她去车上拿了一些保护皮肤的药。开关门的瞬间，外面传来孩子们的笑声。房间里只留下了我和沃尔特——好吧，还有斯威普。

我问沃尔特："你现在感觉怎么样？"

他摆手示意"一般"。

"你看起来很累。"

他点了点头。

"你想睡觉吗？"

他摇摇头："我必须战斗。女孩子们还没准备好。我得继续努力。"

"沃尔特，你觉得睡觉不安全吗？"

他说是的。一位肝脏专家告诉他，最终他会在睡梦中死去。

"所以，你抗击睡眠已经有一段时间了吗？"

他告诉我，过去几周，他白天都需要小睡，他觉得这很可怕。

"沃尔特，"我小心谨慎、温柔地问，"你看过别人死去吗？"

这个问题让他惊了一下。他告诉我，他父亲发作了心脏病，最终在三天之后去世，那几天大部分时间都处于昏迷状态。

我问道："他看起来舒服吗？"

沃尔特想了想说，他父亲"死得很好"。

"好在什么地方呢，沃尔特？你觉得怎样算喜丧？"

沃尔特说他父亲不觉得害怕，家人都在身边。他不时醒来，对大家笑笑，最后，他停止了呼吸。"我们不太确定他是否已经走了。我心想：这种死法好！可我的心脏很好，所以我不会像他那样死去。"

门开了，沃尔特用眼神给了我一个警示，马上不说话了。西服女儿这时穿着牛仔裤和 T 恤，用托盘端进来几个冒着热气的杯子。睡衣女儿和莫莉进来了，她们换上了正常的服饰。沃尔特要了水，黛德丽向家人展示如何帮助他使用吸管，熟练地撑着他的背，这样他身体前倾，可以安全地啜饮。然后，每个人都端起一个杯子，一家人一起喝茶、休息，这一刻得以让我们停下来喘口气，继续迎接接下来的事情。

沃尔特的女儿们坐在他床头的餐椅上，莫莉坐在床上，我又在斯威普旁边跪下来。斯威普又一次耐心地收起爪子。黛德丽靠着厨房门。大家喝着茶，这时我发起了讨论。

"沃尔特刚才跟我聊起他父亲去世的情况。他父亲去世时非常平静。他希望自己也能像那样死去。"

没有人说话。我们甚至听见了床下的斯威普在挠痒痒。

“沃尔特，你之所以认为自己不会那样死去，是因为你的病和你父亲的不一样。所以，如果你知道人们所说的死亡就是你看到的那个样子，你可能会很高兴……”

沃尔特惊讶地扬起眉毛，我请他们允许我分享一些资讯，好让大家不那么担心将要发生在他身上的事情。沃尔特焦急地看着两个女儿，我说我可以保证，如果有谁觉得受不了，我马上住嘴。沃尔特竖起了大拇指，然后伸手抓住莫莉的手。

我解释了预期寿命变短时，“精力逐渐下降”的阶段，我们讨论了过去几周发生在沃尔特身上的这种情况。正是因为这一变化，家庭医生决定同沃尔特讨论他的优先考虑。沃尔特曾说他希望舒适和安宁，而不是被送到医院治疗。这个决定已经记录在他的“紧急医疗护理计划”中了，所以即使莫莉在夜间叫来救护车，或者来的是一位不认识沃尔特的急诊医生，他们也不会安排他住进医院，而是会在家里处理他的病情，就像他的家庭医生和黛德丽现在的做法一样。

我提醒大家不要让茶凉了，接着谈到人疲惫到起不来床时，会出现什么样的情况：白天睡眠逐渐增加，清醒时间逐渐减少。

“我预计，从现在开始，你会感到更累，需要更多的睡眠。希望格林医生离开之前给你注射的药可以控制恶心感。我们会把它放进一个小泵里，它会通过皮肤下面的小针慢慢流入你的身体。黛德丽会确保它运转良好，”黛德丽举起杯子向沃尔特致意，沃尔特对她笑了笑，“如果再出现恶心感，我也会再过来，看看还需要做点什么。”

黛德丽语气诙谐地说：“我们会尽量避免发生事故的，求求你再坚持一下，沃尔特。”大家都笑了。尽管沃尔特还是很害怕，房间里的气氛却轻松、亲切。

“所以，沃尔特，在生命的最后阶段，人通常是无意识的，而不仅仅是睡着了。正如你看到的，你父亲就是这样，对吗？”沃尔特若有所思地点点头，我继续说，“看到父亲安详地去世，你感到安慰，同样，你也可以为你可爱的女儿们这样做。她们看到的情况和你看到的一样：父亲很平静，以睡觉为主，有时候醒着，最终会处于无意识状态，呼吸的变化温和。就像你父亲一样。”

莫莉的话令大家吃了一惊：“我见过这种情况。我之前的丈夫去世时，跟你说的情况一模一样。他在矿上工作多年，肺很不好。我们都知道沃尔特大限将至。所以我不害怕，沃尔特，我会在这儿陪着你和姑娘们。”她转向她们说：“你们觉得呢？”

泪流满面的睡衣女儿把脸转向莫莉，看到沃尔特握着莫莉的手。“莫莉，就像保利娜说的，我们是一家人，我们真心希望你和我们在一起。对吧，爸爸？”沃尔特举起他握着莫莉的那只手，然后竖起了大拇指。

我问大家有没有什么问题，然后去厨房找黛德丽。她已经预料到我的计划，从车上拿来了一套全自动输液泵。我们一起计算药的剂量。我写好处方，黛德丽拿来了药，我们一起查验以后，她把注射器夹好，装上新电池，检查了指示灯，然后我们一同回到起居室。

沃尔特张着嘴睡着了，他的脸色更黄了。保利娜在轻声啜泣，她姐姐抱着莫莉。“爸爸刚刚告诉我们，他爱我们大家，”保利娜说，“他很遗憾一直没有向莫莉求婚。”莫莉吸了吸鼻子说：“傻瓜，我不需要戒指。他知道的，他是我的命根子。”抱着莫莉的女孩拍拍她的手臂说：“我们知道，莫莉，我们知道你带给他多大的快乐。我们很高兴你近乎是我们的继母。”

这个家庭可能第一次领会到这种爱，它促使我更仔细地打量起沃尔特。我不能弄醒他。他已经表达了对家人的深爱；他已经为他后悔的事请求了谅解；他已经表达了自己最后的愿望。现在，他非常放松，只是昏迷不醒。他的呼吸缓慢、伴有杂音，皮肤凉凉的。指尖青紫，血液循环已经停止了。我摸了摸他的脉搏，很虚弱，细若游丝。

我大声喊“沃尔特”，没有反应。我翻开他的眼睑，不再视物的眼睛一眨不眨。他已不省人事，体征的变化速度比我和黛德丽预想的要快得多。我和黛德丽相互对视，她皱着眉头，也意识到沃尔特正在我们眼前死去。

我请姑娘们把椅子挪近一点，又为莫莉找了一把椅子，让她们三个人都坐在床头附近。我又一次跪下来，举起沃尔特的手，放到莫莉手里。

我轻声问：“你们发现他的变化了吗？”保利娜说父亲睡得这么安详真好，但她姐姐把目光从我这儿转到沃尔特脸上，然后看着黛德丽，喘息着说：“他就要死了吗？”

“我想可能是，”我温和地说，“因为他的呼吸在变化。你有没有发现他很放松？不像先前那样皱着眉头。莫莉，你觉得怎么样？”

莫莉举起沃尔特的手说：“你看他的指甲，好紫。我想是时候了，他心里应该也明白，所以他才会说那些话。”这是一个很有智慧的女人，毕竟她以前见过人死。

我们不希望恶心感复发，所以黛德丽安好注射器，把小小的泵塞到沃尔特的枕头下。她得走了，还要处理更多的患者。我送她出去的时候，她说：“没想到他这么快就要死了。”我也认为死亡来得很突然，但种种迹象已经出现几个星期了，莫莉并不感到惊讶。

回来跪到斯威普旁边的地板上，我感到双腿僵硬。沃尔特时不时咕噜咕噜地深吸一口气，一段时间之后，呼吸变得忽深、忽沉、忽慢、忽快，然后逐渐变得越来越慢、越来越安静。我告诉家人这叫潮式呼吸（Cheyne-Stokes respiration），意味着患者处于深度无意识状态。在每一个从快到慢的呼吸周期快结束时，两次呼吸之间有很长的停顿。我解释说，最终，在呼吸周期这个非常温和的阶段，他只会呼气，然后停止呼吸。没有恐慌，没有剧痛，没有什么惊心动魄的场面，只是呼吸温和地结束。

斯威普不断把头从床底下伸出来，看沃尔特和他周围的人。我的小腿抽筋了，于是道声失陪，再次去厨房喝水，并给斯威普找点儿水来。我本来没打算在这儿待这么久，但我知道我还不能离开。我打电话回办公室，说明晚归的原因。我在给茶壶加水时，保利娜来到厨房，告诉我：“我想他已经走了。”

沃尔特确实已经停止了呼吸。他脸色蜡黄，一动不动地躺着，面朝家人，仍然握着莫莉的手。莫莉没有哭。沃尔特的两个女儿抱在一起哭。斯威普也在床下哀号。

我对她们说："你们让他感到宁静、安全，他以他希望的方式死去了。你们做得很棒。"我请女孩们靠沃尔特近些，这样她们可以抚摸他、亲吻他。莫莉把手从沃尔特松懈的手中抽出来，握住我的手。她随我走到窗边坐下，说："这儿的事我可以处理。我们会没事的。"我知道她会帮着两位年轻女士和她们的父亲告别。

踏进明亮的阳光，听到游戏的孩童们发出的喧闹声，我感叹这一切与那座安静的房子形成鲜明的对照。这个重大事件在窗口的另一边展开时，我们周围的生活却依然在有条不紊地进行。我打电话给家庭医生，向她通报了情况，也给黛德丽和社区姑息治疗小组留了口信，然后开车返回医院。

人生的低潮常常伴随着最猛烈的热浪。有机会目睹家庭成员在爱与归属的熔炉中得到锻造，这是多大的荣幸啊！

停下来思考一下

生命的预期

做到退后一步看问题是一个不小的挑战。它要求我们具备洞见，发现另外一种看待形势的方式；还要求我们具备谦卑的精神，做好审视自己观点的准备，并在必要时改变自己的看法。如果我们对生活抱着一种好奇的态度，而不是“一切已尘埃落定”的态度，如果我们对有关自身情况的发现怀有兴趣，那就更容易退后一步。桑吉夫那位年轻的医生觉得自己对他的需求很有把握，而他的护士很聪明，可以退后一步，看到更广阔的前景。

退后一步并不容易做到，但它总能带来启发。伟大的医学作家奥利弗·萨克斯（Oliver Sacks）博士在《我的人生》（*My Own Life*）一文中写道，知道自己不久于世的那一刻，他如此看待自己的人生：“仿佛从一个很高的高度看待人生这道风景，感觉各个部分的联系都在加深。”他接着说，他感到“焦点和视角突然变得清晰起来”。这是一个伟大的礼物，是对退后一步的奖赏。退后一步，是为了重新审视那些熟悉的、已经充分了解的东西。

这一部分的故事旨在说明，重新解释似乎已经彻底了解的世界是一个多大的挑战。与思维混乱的人合作时，我们可以退后一步，倾听他们在混乱中表达的关切、希望和愿望。与陷入艰难困境的人合作时，我们也可以退后一步，然后会发现，他们的思维仍然清晰，而且有些想法对他们来说很有价值。在临终患者的病床边，我们可以看到人们如何感受、发现和肯定彼此之间的联系，又或者在生命的尽头，因为同样深切的情感经历，陌生人之间建立了亲人般的情谊。

因为生命都是有限的，所以就我们是否有权选择何时结束生命，很多人拥有自己的看法。这些观点基于不同的视角，包括个人自主权，保护弱势群体的责任，法律面前人人平等的原则，人类生命的尊严，人类境况的脆弱，以及基于人道主义、各种伟大信仰、功利主义和美德的个人信念。毫无疑问，辩论双方的动力都来源于同情、信念和原则。然而，讨论的过程往往两极分化、吵吵嚷嚷、令人担忧，似乎与人们在临终时实际发生的事情风马牛不相及。

无论你个人持怎样的观点，如果仔细倾听并认真考虑那些与你不同的意见，你的观点都有可能得到丰富。在日复一日目睹死亡的现实下工作，安宁疗护领域的许多人极不认可“生活非黑即白”的观点，我们知道，生活既不是黑的，也不是白的，对每个人而言都是独一无二的，并且颜色不断发生变化。争论双方都不了解人一般怎样死去，事实是，大多数人的死亡过程都出人意料地温和，无论之前的绝症给他们带来怎样的磨难。

无论我们有什么样的想法，都不要把眼光局限于当前，这样每个人都会有更丰富的视角，并帮助垂死的人专注于他们觉得最重要的事情。

W I T H T H E

05

留下给世界最后的赠礼

E N D I N M I N D

这个标题看上去是多么沉重。无论好坏，遗产是一个人死后留给世界的东西——可能是精心收藏的物品，可能是这个人一生与他人打交道时所获得的帮助或者受到的伤害。临死时，人们往往很清楚自己的遗产，特别希望生命的结束不会给所爱之人带来太大的伤痛。

有些人竭力为他人留下带有个人特征的纪念品；有些人主张利他主义，筹集资金，希望为素不相识的人减轻疾病的负担；有些人希望争取机会，留下特殊的“最后记忆”。无论人们采取什么行动有意准备自己的遗产，他们可能都没意识到，自己已经对他人的生活产生了多方面的细微影响。

分享临终计划

对许多人来说，给世界带来一些变化似乎是一个重要的人生追求，但要认识到我们给所接触的生命个体带来的改变，并不是一件容易的事。我们很容易觉得自己的贡献无足轻重，拿自己与同龄人相比，认为自己缺乏价值。心理治疗师的作用是帮助人们重新评估自身的价值和意义，发现自己的本色在平淡的日常生活中闪闪发光，除了自己以外，其他人都很欣赏。这本身就是治疗上的一种成功，可以改变一个人的生活。

然后，有时候，命运会打开一扇门，难以想象的事情因此发生。

“安静点儿！丹上电视了！”一家人挤到屏幕前，观看新闻里的年轻人和记者交谈。他神情轻松，笑意盈盈地介绍自己的兴趣是玩摇滚乐、打电脑游戏，还有照顾他的狗。他的面部表情很丰富，言谈举止泰然自若，口齿清晰、伶俐，你会以为他是一名年轻的管培生，或者一个白手起家的商人。摄像机向后平移，运动员一样的宽阔肩膀映入眼帘，随着镜头的进一步平移，他坐在电动轮椅上一动不动的身体完全改变了你的认知。丹在谈论死亡，谈论他可能会在20多岁时死去。他谈到他为死亡做的准备，尤其是他的“紧急医疗护理计划”，这个计划列出了在紧急医疗情况下，他无法表达自己的意愿时，经过他认真考虑的愿望。丹出现在电视上是因为在参加普及“预立医疗护理计划”（Advance Care Planning）的活动。

应采访者的要求，丹概述了他的病史。他生来就携带导致进行性假肥大性肌营养不良（Duchenne muscular dystrophy，DMD）的基因，自童年以来，这个病导致他的肌肉持续萎缩。最初，他可以和朋友们踢足球，后来他只能站在一边观看，再后来只能坐着轮椅去球场。现在，他依靠双手仅剩的一点力量控制电动轮椅。他预计 20 岁以后，胸肌会减弱，呼吸效力下降，意识逐渐模糊，生命逐渐结束。

由于命运的又一个转折，进行性假肥大性肌营养不良给丹带来了另一种并发症：他的心脏也受到影响，并且有可能导致不可预知的心律变化，从而毫无预兆地猝死。大约 18 个月前，医生在发现丹患有心脏病后，建议植入一只除颤器。这个小小的电子装置可以震动丹的心脏，让它恢复活力。丹悲伤不已。12 岁时，他问过妈妈，妈妈勇敢地告诉了他真相，自那以后，他接受了自己会比同龄人早逝的事实。随着体力逐渐减退，他适应了这种生活。他比谁都清楚这个身体会一步步让他早逝。可是，突然死亡？死亡在没有预警的情况下随时可能发生？可以想见，丹被搞得六神无主。

我的认知治疗服务是针对因危及生命的重病而心慌意乱的人，因此，在这次电视采访之前的一年，我遇到了丹。他是被一个心理健康小组转介过来的。这个年轻人因为身患两种绝症而逐渐走向死亡，且有自杀倾向，他们很困惑，不知道如何才能帮助丹重获活下去的意愿。

回想起第一次见面是丹和父母来到我在临终安养院开设的认知行为治疗门诊。我看着他自信、轻松地操纵着轮椅，技巧娴熟地绕过障碍，在陌生而狭窄的门道上穿行。我扶着门，丹进了诊室，把轮椅停在桌子旁边。我给他提供了一把安乐椅，但他不想费劲地从轮椅上起身下来。我们面对面坐着，我问他我可以帮什么忙。

丹耸耸肩，发出一串含混不清的声音，听起来好像是“我不知道”，并伴有相应的面部表情，其中透露着绝望和怀疑。他埋着头，端端正正地坐在那把电动轮椅上。丹是一个身材高大、肩宽背阔的年轻人，如果基因组合有所不同，他可能是橄榄球运动员或者摩托车手。金红色的头发卷曲在T恤领口。由于待在室内，不见阳光，光滑的皮肤有些苍白，覆盖着已经不再听从大脑指令的肌肉。这种病只影响肌肉，丹的感觉和思维完好无损。

虽然心灵被拘禁在一个逐渐抗拒自己意志的身体里，我感觉丹仍然能够利用智力施加意志。我希望理解他、帮助他，但这只能在他同意和我沟通的情况下才有可能。他那口齿不清的言辞中表达了一种拒绝和不情愿，身为医护人员和母亲，我熟悉年轻人会通过拒不配合来强加意志的能力。只有丹才能决定是否接受我作为他的团队成员。

一阵沉默后，丹低着头，只是抬起眼睛看我。发现我也看着他后，他又把目光朝下。

我问道：“丹，你是自愿来这儿的，还是被人强行带来的？”丹抬起头，耸耸肩，告诉我他是主动来的。

“那么，你可以告诉我，你有什么期待吗？”

他又耸耸肩，又发出一串叽里咕噜的声音。我感觉如履薄冰。他会让我了解他吗？

我问道：“是去家里看望你的普维斯先生帮你预约的，你知道吗？”他点点头，眼睛看着别处。

我准备加快对话进度。“我想，他不知道怎么更好地帮助你……”

丹的脸上缓缓展开顽皮的笑容，说:“你的意思是说，我吓到他了吗？他不知道该对我说什么。”

“你想吓唬他吗？”

“没有，不过他想办法了解情况的样子很逗。”

可以想象，那个可怜的精神科护士被这个身患两种致命疾病和自杀性抑郁症的年轻人折磨成了什么样子。当现实进展到什么样子时自杀的想法会出现呢？我看到丹身上有一种相当成熟、黑暗的荒谬感，我觉得这就是我们对话的切入点。

“所以，丹，你告诉他你想死，他的反应如何？”我想了解接受致命疾病与怀有自杀想法这二者之间的界限在哪里。

丹歪着头，摆弄着轮椅的操纵杆，身体向后一仰，直视着我说：“嗯，他想让我放弃死的念头，但他知道我得了绝症。所以，我想他可能不知道该说什么。”

我点点头说：“你说自己想死的时候，你是说你想让疾病结束生命，还是说你想早点儿结束自己？”

丹睁大了眼睛。他没想到我会这样单刀直入。

“我不知道怎么办，”他说，“但我希望想出某种办法。”

“你有什么想法吗？”

“我想过把轮椅开到湖里去。但是我怎么去那儿呢？如果电池进水了，轮椅可能会停下来……”

又是一阵沉默。我们两人都陷入沉默，一起思考丹的困境。

我挑衅地问他：“我在想，电池有没有可能先把你电死？”

他笑了。我感到我们的关系似乎有所缓和。于是，我提出下一个问题时，眼睛直接看着他。他也回应了我的注视。

“丹，你喜欢什么？”

丹琢磨这个问题时，用操纵杆调整坐姿。他皱起眉头，想了想，告诉我他过去喜欢两款电脑游戏，他在游戏中认识了他的朋友，他们或竞争或合作，一起解决问题。在其中一个游戏中，他驾驶着一辆车；在另一个游戏中，他有一个可以奔跑、跳跃和战斗的化身，一个由丹的思想驱动的强壮身体。他喜欢向朋友提问，和他们一同思考、协作和在线对话。那会儿，时间过得一点儿都不浪费。

我问丹，玩游戏好在哪里。他不用思考就给出了回答，他说在游戏中，他和朋友旗鼓相当。他能参与竞争，能取得胜利。

基于我对那几款游戏的有限理解，以及我独特的行医风格，丹把我纳入了他的团队，让我试一试。他其实口齿很伶俐，而且聪明；他很快就认识到与抑郁症周旋是一种“心理游戏”，而且他非常擅长。在情绪低落的日子里，他总是会耸肩、说话叽里咕噜。我模仿他叽里咕噜说话时，他叹了口气，然后咧嘴笑笑，和我一起继续游戏。

我们用认知行为疗法公式来描绘他的痛苦，画了一幅图（见图 5-1）。

在连续几周的认知行为疗法常规治疗中，丹和我发现他有很多自责的念头，让他觉得自己很糟糕。他认为自己是一个坏人，是一个自私的儿子、刻薄的兄弟和卑鄙的朋友。这些都是抑郁症患者的共同特征。他们沮丧的大脑会淡化积极的一面，急切地接受任何一件消极的小事，把它们鼓吹成巨大的破坏性陷阱。这就像丹的电脑游戏中那个魔法师施放的恶毒咒语，他需要一个“心态均衡”护身符，恢复他对潜在积极因素的意识，保护他抵御绝望的恶龙。

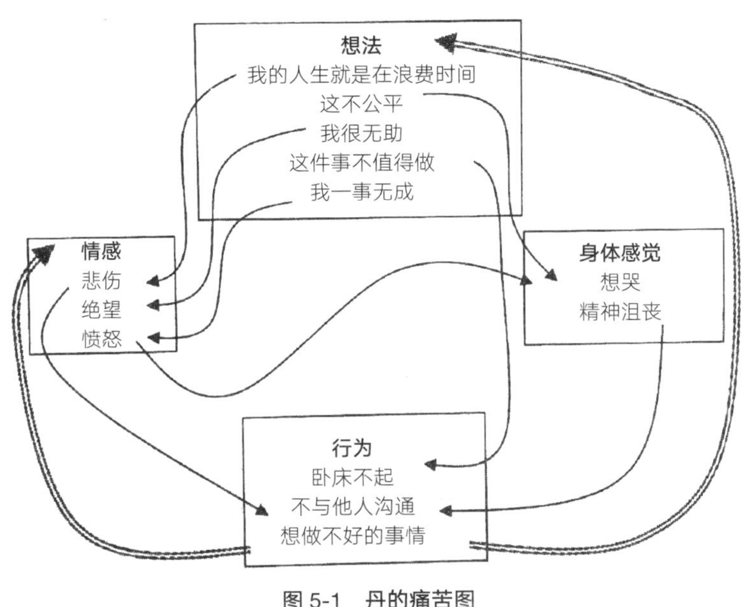

图 5-1 丹的痛苦图

丹对自己遗传了带有缺陷的基因心怀怨恨，他的情绪转折点是在发现心脏开始有并发症之后。他拒绝使用除颤器，把心脏病研究小组搞得惊慌失措。他的逻辑是，心律失常导致的猝死可以免得自己慢慢等死。想想看，一个自杀性抑郁症患者为什么要阻止自己的死亡呢？他的这一推理听起来无懈可击。

作为认知行为治疗的一部分，丹在家里做了活动水平试验。他发现活动得越多，不快情绪就越少。抑郁症患者几乎都是如此。丹面临的挑战是，在随意动作仅限于最低限度的手臂（他连抬手挠自己鼻子的力气都没有）、脖子和脸的运动，手的运动能力只够调试电动轮椅和 Xbox 开关的情况下，如何找到让自己忙碌起来的方式。不过，他还是挺身迎接挑战。

丹以写心情日记的方式记录努力的效果。他又开始玩电脑游戏，恢复了对摇滚乐的兴趣，甚至还参加一些现场演出；他聆听喜欢的音乐，和朋友一起看电影，和家人一起去餐馆。一旦发现情绪低落，他就让自己忙碌起来，遛狗、逗猫、唱歌。

随着丹情绪的改善，我们又回到了控制问题上。他知道自己的预期寿命很短，不太可能看到自己活到 20 多岁的样子，而且他活得越久，就越虚弱，越依赖别人。他背后有一对坚强的父母作为后盾：他像一个自主生活的成年人一样，住在专门改装过的房间里，使用 Xbox 控制灯光、温度和百叶窗。他妈妈、护工和一个同龄朋友为他提供必要帮助。他的父母设法让他冒着极大的风险，比如深夜坐着轮椅和公共交通工具，与朋友一起参加摇滚音乐会，或者看电影。

对丹来说，如果住进医院，那就会失去对生活的控制。突然间，家人所有关于照顾他、训练他的做法都派不上用场了。好心的工作人员要么不听他的，要么以为他不能运动是脑损伤所致，让他无法表达自己的喜好。他讨厌医院，害怕住院，害怕发生危急情况时被迫靠呼吸机活着，因为如果没有它，自己本可以平静地自然死去。

只要能待在家里，尽可能舒服地生活，出现危机时有人能提供必要措施，丹就心满意足了。他无法忍受的是，救护人员或医院团队在危急时赶到现场，进行干预，妨碍他自然死亡。因此，在成功地让丹重拾生存意愿之后，我们必须计划如何很好地管理他的死亡。

心脏骤停之后，如果迅速死亡，就可以避免住院，所以丹仍然拒绝使用除颤器。他宣称这“不是自杀，只是自我保护”，他的家人接受了这个疯狂的逻辑。他还要求“不做心肺复苏”，所以没有人会违背他心意实施复苏术。做出这些决定都经过开放而微妙的对话，丹仔细考虑了各种选择。他那伟大的父母希望儿子活得越久越好，如果可能的话，他们会把除颤器、呼吸机和整个重症监护室搬回家，但他们支持儿子的决定。父母如此勇敢地把权利交给儿子，支持儿子的自主选择，爱子之心体现得淋漓尽致。

我们做的下一件事是制订“紧急医疗护理计划”。我们在计划中描述了丹的病情、他对自身病情的理解，以及在紧急情况下，他希望接受怎样的处置。我们明确表示，丹患有重病，死亡风险较高，他不想去医院，而是希望所有的医疗护理都以舒适为目标，并且在家里实施。他希望尽可能保持意识清醒，以便与人交流，但是，如果他感到非常害怕，或者出现严重的症状，他希望优先处理症状，而不是优先保持意识清醒。

我们表达了丹经过深思熟虑的愿望，即便我们知道有心脏停搏的可能，也不给丹做心肺复苏。我们声明他不希望使用呼吸机，出现紧急状况时，如果可以通过治疗逆转，只要可以尽快出院，那就住院治疗；如果医院团队无法挽救他的生命，那么他希望回家度过最后时光。

制订计划的过程中，丹的许多专业医疗人员和护理顾问都给了我们很大的支持。他的心脏医生针对在家里如何缓解心力衰竭提供了建议；家庭通气团队的顾问赢得了丹的信任，测试了他的呼吸能力，发现他还没有呼吸衰竭的迹象，并就日后若出现肺部感染提供了最佳处理建议；进行性假肥大性肌营养不良团队审阅了我们提供的治疗草案。在合作完成这份文件的过程中，我们将大量的专业知识融入这份精心设计的计划，以满足丹的愿望。

完成这件事花了几个星期的时间，到最后，我们对丹有了一个完整的行动计划，计划规定在特定情况下，家庭医生、社区护士、救护人员、紧急服务小组和医院急诊室应该采取什么行动，还包括一个在家实施临终护理计划的规定，以及一盒供社区工作人员在紧急情况下使用的药。所有计划都以"不做心肺复苏"为原则。现在的丹热爱生命，他对如何管理自己的死亡有一个完整的计划。他终于真正感觉到把生命掌控在自己手里了。

在抑郁期间，丹最悲观的想法之一是"我活着是在浪费时间，一事无成。我不会留下任何遗产"。当然，他不可能没有遗产，他的家人是如此爱他，奉献了那么多。对他们来说，丹将永远与他们同在。但他的同龄人已开始在自己的人生之路大放光彩，丹和他们之间的反差会越来越明显。在我仔细思考这个问题的时候，命运给了我们一个极好的机会。

丹的"紧急医疗护理计划"和"不做心肺复苏"指令是预先规划复杂治疗的两种合作形式，无论患者在哪里接受治疗，他们的知情意愿都要得到尊重。通过这一计划，无论丹发病的时候是在家里，还是在外面看电影，在英国的任何一个地方被紧急服务部门发现，他都有权得到同样的照顾。

这在英国是第一例，而且地区的国民保健团队已经安排媒体发布这些文件，以提高公众意识，让患有重病的患者与他们的家庭医生、医院专家，当然还有家人，进行讨论。作为地区领头人，我要为报纸写文章，接受广播电视采访。但如果不是我，而是由一个口齿伶俐的患者接受采访，难道不是更有趣、更有说服力吗？而且丹和我很熟，邀请他不难。

回到播出当天。丹的妈妈慷慨地为媒体敞开了一整天家门。丹接受拍摄、拍照和录音，他对自身疾病的深入讨论和对早逝的淡然吸引了记者。他解释了他的治疗计划和不接受心肺复苏的决定，阐述了公开讨论病情并详细计划未来选择如何赋予了他力量。广播电台、电视频道和报纸、推特上都是有关丹的报道。不到两周，该地区国民保健服务网站的访问量就增长了 10 倍。丹清晰、冷静、慷慨地分享他了生命的临终计划，改变了很多人的想法，他所融化的心比我所能说服的人多得多。

最重要的是，进行性假肥大性肌营养不良团队的顾问打电话给我，说其他和丹情况相同的年轻人联系诊所，询问他们是否也可以和“丹做同样的选择”。

虽然未来不可预测，但眼下的选择绝对正确。丹享受了剩余的生命时光，并帮助更多的患者思考、讨论和规划他们的临终关怀。

尽管丹的死亡时间和身体状况仍然不可预测，但提前制订医疗护理计划让他有能力讨论自己的病情，由此帮助进行性假肥大性肌营养不良团队、心脏病团队和家人，甚至他自己，更好地了解他。提早和所爱之人进行这样的交谈只有好处没有坏处。谢谢你，丹。

唯一的牵挂

死亡的特定时间是一个难解之谜。我们只可以预计时间不多了，而且，随着生命终点的临近，估计预期寿命会变得更容易，但有时候，死亡时间似乎不只与潜在的疾病有关。我们以为几天前就要死的人有的能一直坚持到自己的孩子出生，或者坚持到其他重大事件的公布；有的人一直有家人陪着，可家人才刚刚离开几分钟，就停止了呼吸；有的人本来有望活得更长一点，可是某个个人问题解决以后，一放松，就提前死了。

现在正召开社区总结会。社区姑息治疗小组的专科护士在讨论本周见过的新患者，通常他们会应家庭医生或社区护士的要求去见这些患者。这些专科护士即“麦克米伦护士”，他们在姑息治疗方面接受过额外的培训，拥有专业知识，帮助初级护理团队上门管理患者在身体、情感和精神上的痛苦。症状特别难以控制的患者可能需要住院治疗。此时还是住院患者进行安宁疗护的早期阶段，麦克米伦护士在这儿有办公室，作为年轻的实习生，我可以参加总结会，有时候领导会委托我代他出席会议。今天我就是代领导出席的。

下一个患者由玛丽安介绍。玛丽安充满活力，讲话幽默，带着浓浓的英国南部口音。鲍勃是一位隐居在城郊的一间简易出租房里的老人，那片地区很破旧。鲍勃是癌症晚期患者。他是一个很有自尊的人，拒绝接受帮助，玛丽安和他的第一次交谈是通过书信进行的。她从记事本上撕下几页纸。鲍勃的癌症是从舌头开始的，因此他的说话能力几乎已经丧失。玛丽安在他家门外提了一大堆问题，鲍勃通过信箱进行书面答复。交谈快结束的时候，鲍勃打开家门，放他的猫出来，从屋里飘来的恶臭几乎要把玛丽安熏倒了。但她还是在鲍勃的邀请下进了屋。

玛丽安发现鲍勃的衣服虽然脏兮兮的，但穿着正式：格子衬衫，马甲背心，领带，松松垮垮、没有系腰带的裤子。他口腔发炎了，因为老擦拭，嘴唇是肿的；因为不断擦拭流出的口水，脸颊也红红的。

玛丽安随鲍勃走进客厅，屋子里堆满了箱子和塑料袋，那里面装的都是什么？玛丽安发现一个袋子里装着煮鸡蛋计时器，还有一个袋子里塞满了旧报纸。有些箱子里面装着垃圾，另一些箱子里装的显然是精心收集的物品。有些袋子里只有几十张沾满口水的纸巾。乱七八糟的杂物中间摆着一把老旧的软垫扶手椅，因为使用多年，椅子已经磨损得不成样子，一些地方被磨得光亮。鲍勃示意玛丽安坐，她毫不介意地听从指示，鲍勃则穿过堆满杂物的蜗居，去厨房端来两杯茶。茶杯上印着“英国铁路”的字样。他找出便笺簿，在上面写道：“可惜我家没有牛奶了。”

鲍勃从厨房端出一把踏脚凳，在玛丽安脚边坐下，一边用便笺簿聊天，一边不停地用纸巾揩唾液。唾液滴到纸上时，可以看出鲍勃很沮丧，为了保证页面干净，他会撕掉那页纸，然后重写一遍，这样一来，他写字的时间翻了一番。通过交谈，玛丽安了解到以下几件事：鲍勃的嘴和脸颊一直疼痛；吞止痛药越来越艰难；猫是他的依靠。

一年前，鲍勃的猫被一只狗狂追，随后跑进了他的公寓，当时它看起来大概 6 个月大。鲍勃刚做完口腔放疗，常常累得没有精力买东西、做饭，有时候连饭都懒得吃。猫的到来改变了他的生活规律：每天早上起来放猫出门；步行去超市买猫粮（他的新宠嘴很刁，只吃昂贵的东西，但他依然惯着它）；他从收集的袋子里取出一条毯子，叠了一张床给它睡。但鲍勃拮据的经济状况意味着，这只嘴刁的猫只能得到很少的食物，所以它整天在鲍勃的腿上蹭来蹭去，喵呜喵呜地叫，好让鲍勃奖励它一点饼干。鲍勃从未受到过这样的爱戴，也从未感受过这种情谊。

玛丽安带到社区总结会上的问题是如何处理鲍勃的疼痛，还有他的猫。鲍勃需要接受一段时间的住院治疗，控制疼痛，但他不愿意住院，因为没有家人、朋友或者邻居可以替他照顾视如亲人的猫。玛丽安本人也很爱猫，也许这就是鲍勃信任她、愿意请她进屋的原因。但她自己的几只猫不会容忍鲍勃的小猫到家里做客，在鲍勃住院的几个星期，如果可以让那只机智的小猫到我家住，我需要的东西玛丽安都可以借给我……等等！我？我不喜欢猫！早年有只猫给我的身体和精神都留下了创伤。我还是算了！

玛丽安的眼中噙满泪水。“那是一只长着白色爪子的小斑猫。它看起来比实际年龄小，因为鲍勃买不起太多的猫粮。它有一张特别可爱的脸……”她把手指放在脸颊旁，比作猫的胡须，“你会喜欢它的！”

尽管我一直说“不”，但玛丽安一直劝我。

那天晚上，我精心挑选了一个最佳时机，向丈夫宣布，一只身体发育不良的斑猫要来家里寄住两周。不出所料，他也不太接受。不同于我，丈夫喜欢猫，从小也养过好几只。他反对的理由是：白天我们上班去了，把猫锁在家里，这太残忍了。

第二天早上上班前，玛丽安亲自把猫送到我家，把猫笼子直接交给我丈夫，尽管他是个冥顽不化的人，但一旦遇到难以抗拒的力量，他一下就妥协了。所以这件事终于搞定了。

鲍勃住在一间有 4 个床位的病房，玛丽安说，拒绝护士的帮助洗了一个奢华的澡后，他看起来“很棒”，换上了我们给他的睡衣，因为他自己的睡衣上面满是口涎和污垢。另外，他也同意让临终安养院的杂务主管帮他洗衣服。鲍勃把房门钥匙交给了玛丽安，请她把自己的衣服带来，并把所有的猫粮都交给我。两天后，玛丽安把鲍勃的衣服放在她自己的手提箱里，带给了鲍勃，他很开心这些衣服比他记忆中要干净得多，而且熨烫得好好的……玛丽安有一颗金子般的心，她在考虑下一步怎么帮鲍勃打扫屋子。

有了猫后，我们家早晨的节奏一下子改变了。这个野家伙在厨房里吃了一顿丰盛的早餐后，疯狂地跑要了30分钟，我才把它抓回玛丽安的猫笼里。它每天都尿在不同的地方，把污渍搞得到处都是，我们每天晚上在刺鼻的线索引导下，玩起了“找猫便便”的游戏。难怪鲍勃的屋子那么臭。

我每天早上会把猫带给鲍勃。它会竖起尾巴，在病房里游荡，嗅遍房间的各个角落，然后跳到鲍勃的床上，蜷成一团，睡在他的枕头后面，发出温柔的咕噜声。

鲍勃是一个很省心的患者。他彬彬有礼，待人友善，懂得感恩。由于他对纸张很考究，加上他书写工整，写字一丝不苟，所以我们跟他交谈花了不少时间。他愿意尝试以注射的方式代替服用止痛药，这样他就不需要吞咽药片了。随着疼痛的减轻，他开始在临终安养院里散步，臂弯里抱着猫，口袋里装着注射泵，但他很快就累了。他渴望有私人空间，想回到自己家，所以，来了两周之后，他准备出院回家。关于这件事，我得和鲍勃谈谈。

我坐在鲍勃旁边后，那只猫跳到我的膝盖上坐着，喵呜喵呜地叫个不停。鲍勃在他的便笺簿上写道：“它喜欢上你了。”我莫名感到开心，它的叫声传递给我一种暖意。鲍勃写道：“你为它提供了一个温暖的家。”

我笑着说："这是我们的荣幸。"在那一刻，我意识到这是我发自内心的想法。这只猫喜欢上了一个小托盘，这是我丈夫做的，他知道猫喜欢什么，它喝牛奶时的咕噜声非常响亮，把家里的牛奶几乎都喝光了。

鲍勃在便笺簿上写道："它应该和你住在一起。"

这对我而言可是"不祥之兆"。

"鲍勃，你需要休息时，猫随时都可以回到我们那儿，但它是你的猫。我们不能带它走。它是你的家庭成员，"我说，"而且，我丈夫会认为是我说服你把它给我的。"

鲍勃擦了擦嘴，我注意到他的唾液里有血丝。"把这个给你丈夫看，"他写道，"证明我的意图和你的清白。"他小心地从便笺簿上撕下一张干净的纸，非常精确地把日期写在纸的顶部，然后认真地写道：

> 我很高兴这只猫永远归你们。阿门。
>
> 罗伯特·奥斯瓦尔德森

那天晚上回家后，我们又把猫的事情讨论了一遍。我们那时还没有孩子，整天都不在家，晚上和周末经常需要随叫随到。我们要准备考试、写论文，真的不需要一只猫。

我们采取了不同寻常的做法，两个人一起去临终关怀院探望鲍勃。鲍勃当时有点儿犯困，但看到我们来了，他让我去泡三杯茶，还要我把牛奶给猫拿来。我们再次说明，猫随时可以委托给我们看管，鲍勃点点头，抚摸着喵呜喵呜叫着的猫。鲍勃极力坚持，在“不可避免的事情”发生之后，他的猫会成为我们的猫。鲍勃对这个君子协定感到很满意。

星期天晚上值班时，我接到临终关怀中心的电话。鲍勃心烦意乱，在房间里来回走动，大喊大叫，他口齿不清，没人知道他想干什么。他太焦躁了，没有耐心用笔写下他想表达的话，甚至还抓起一把椅子扔向一名护士。在此之前，他的脉搏很快，体温上升，但他不让护士给他做检查。

我开车 5 分钟就到了。鲍勃站在病房中央，只穿着睡裤。他的身躯消瘦、纤细，但在情绪紊乱的状态下，力气很大。为了让其他患者平静，并保证他们的安全，护士把他们转移到了休息室。我走进病房，和护士一起坐在鲍勃的床边，那只猫蜷缩在枕头后面，漫不经心地舔着爪子。

我对鲍勃说：“来，和我们一起坐下吧。”他把一个茶杯从房间那头扔过来，我猫腰躲开了。我把猫抱到柜台上。“来摸摸它，”我建议道，“因为我差不多快要带它回家了。”鲍勃跺着脚冲过房间，抓起猫笼，像拿着件武器一样摇晃着，然后把它放在床上，令我吃惊的是，猫一下跳了进去，躺了下来。鲍勃弯腰关门时，只见带血的唾液从他脸颊上落下来。他脸颊的皮肤是深红色的，肿得很厉害，红通通的，像月球表面一样看起来坑坑洼洼的。

我说：“鲍勃，你的脸看起来很疼……”他抬起头来，直视我的眼睛，挥了挥拳头。他是对我们不满，还是对他的痛苦不满？或者对他的状况不满？他重重地坐到床上大声哭了起来，他想说话，但我们完全听不懂。我摸了摸他的手背，他把我的手甩开，粗暴地把猫笼子推到我身边，手指着门。毫无疑问，他让我把猫带走。

我和护士把猫带出病房，来到走廊。我们可以从这儿监视鲍勃，而又不会再激怒他。脸颊开始红肿，加上高烧、心率加快、情绪激动，这一切表明鲍勃脸部肿胀、有细菌感染。这是公认的头颈癌并发症，通常伴有严重疼痛，发烧引起的头脑昏乱令他焦躁不安。

我从走廊里看到红肿已经蔓延到鲍勃的耳朵和脖子，想必极其疼痛。他需要注射大剂量的抗生素，很明显，在他目前攻击性过强的情况下，我无法给他做治疗。如果我可以给他一种温和的镇静剂，让他平静些，不那么激动，我就可以把针扎进静脉，治疗感染、发烧和不断加剧的疼痛，但他无法吞咽。我怎么才能帮他？

我在琢磨这个想法时，鲍勃突然出其不意地躺到床上睡着了。护士和我过去看他。他的脸颊明显肿了起来。我们碰碰他的胳膊，他动了一下，但没有缩回去，也没有睁开眼睛。我请求他允许我打一针，但他把胳膊拿开了。

"我想，鲍勃希望我们停止治疗，"护士说，"他受够了。"看来她是对的。我打电话请领导进来评估情况。这时，鲍勃的四肢开始抽搐，呼吸也不规律。领导指出了可能导致鲍勃抽搐的几个原因，担心他可能有痉挛的危险。然而，我们又一次遇到了这样一个问题：如何给他服用阻止抽搐的药，防止他昏厥。直肠给药似乎是唯一的办法。

直肠有丰富的血液供应，通过这种方法给药，起效很快。在法国，即使在家里，这也是一种常用的给药方式。然而，在英国，我们很少使用这种非常有效的方法。我不确定鲍勃能否理解我们这样做是想帮助他，但在他如此状态下，征求他的同意是不可能的。怀着沉重的心情，我和护士准备了一个小号的注射器，打算给他注射一剂预防晕厥并有一定的镇静作用的药。

两个护士和领导联手按着鲍勃的身体，我得以轻轻地把注射器放进他的直肠，然后把药喷进去。他扭动着身体，嘴里嗷嗷喊叫，感觉他很难受。我哭着说："对不起，鲍勃。这真的对你有帮助。我们只求可以帮到你。"不一会儿，事情就办好了。不到 5 分钟，抽搐就停止了；5 分钟后，安静的鲍勃进入了深度睡眠状态，我们把注射器扎进他的手臂静脉。建立经脉通路后，无须进一步经直肠给药。我把猫带回了家。

在之后的几天里，我们主要护理鲍勃的注射口。在这段时间里，他大多数时间都处于睡眠状态，偶尔醒来时，他会给猫一块饼干，猫发出喵喵的叫声，他轻轻抚摸它的身体。抗生素减轻了红肿，缓解了疼痛、体温恢复正常，但他的身体状况没有好转。我们已经观察到他的精力水平已不如以往，他已经处理好了世上最重要的事——未来谁来照顾自己的猫。这个问题如今已解决，所以他准备休息了。

在那个烦人的周末之后第三天，鲍勃去世了。他没有死在家里，他死的时候，猫就躺在他身边。

我从鲍勃的最后时光中获得了一点启发。由于没有近亲，没人为他做死亡登记，也没人为他安排葬礼，所以临终安养院承担起这些任务。我第一次前往当地的登记处，递交死亡医学证明，这项工作通常是由家属做的。登记处的气氛不太和谐，既有喜气洋洋的新爸爸，也有沉默不语、新近丧亲的亲属。我递上证书，向职员解释了情况，然后坐下等待。

结果，登记处主任从她的办公室跑出来，像老朋友一样跟我打招呼："啊，曼尼克斯医生，好高兴终于见到你了！我们一直在关注着你！"上班头 10 天，我的患者就死了 14 个，这个数字一下浮上心头，我顿觉有些自责。然后我转到癌症中心工作，又来到临终安养院工作。这些年来，他们一定在电脑上输过很多次我的名字。我从来没有想到这可能是一种监测医疗职业的方法，这也是死亡登记官为了防止再次出现像臭名昭著的家庭医生、连环杀手哈罗德·希普曼（Harold Shipman）[①]的人。

"抱歉，让你久等了，"她接着说，"但我们必须核查有关文件，因为我们从来没有遇到过同一个人既负责登记死亡，又签署死亡证明的情况。"她递给我鲍勃死亡证明书的正式副本，以及我需要的表格。有这个表格，殡仪馆才可以火化或者埋葬尸体。

到了墓地集合时，我发现参加悼念的人很少。玛丽安和临终安养院经理也来了。我们碰到鲍勃的一个远亲，以及他在铁路公司工作时的一位老同事，他们在当地报纸上看到了讣告。我们一起站在公墓的小礼拜堂里，一位既不认识鲍勃，也不认识哀悼者的牧师试图安慰我们，然后我们看着鲍勃的棺材被放进墓穴。

离开墓园时，鲍勃的前同事说："我不知道他有个女儿。"我解释说我

① 此人曾杀害 215 人，杀人手法是利用职务之便向患者体内注入海洛因，然后更改病历，掩盖罪行。——编者注

不是鲍勃的女儿，只算是他的朋友。“我很高兴听到有人说他有朋友，”那人说，“他总是形单影只，平时独来独往。他是信号员，这项工作责任很重。他这人心思缜密，做记录很细致，字迹也总是很漂亮。总之，他挺可爱的。啊对了，他措辞很好玩儿。说起话来像一本旧书，谈吐都是过去的人的风格，我喜欢他爱说长句子的风格……”

老先生摘帽致意后，我们互相告别。我独自回味着鲍勃的一生，他用诗意的语言进行着平淡无奇的交流，而这全都是用工整的手写体书写的。

然后我回到家，喂我们的猫。

逝者提供的答案

检查逝者尸体的目的是确定死亡原因。对于意外死亡，这种做法是有帮助的，但姑息治疗领域很少存在这个问题。然而，有时候，即便身体器官的衰竭及死亡是自然现象，人死之后，可能仍然有一些问题没有得到解答，所以尸检有助于回答这些问题。

当然，死去的患者不会从尸检的答案中受益，这就引发了一个问题：尸检的意义何在？我认为，意义在于人与人之间的相互联系、相互归属，这些来得太晚、于事无补的答案有益于他人：帮助我们更深入地了解，随着死亡的临近，疾病如何影响患者；了解之前的治疗（如手术或放疗）有着怎样的影响；针对难以控制的症状，就其导因提供新的见解。这不是无聊的好奇：尸检提供的答案可以帮助未来的患者，促进研究，并安慰丧亲者。但是，如果我们害怕讨论死亡，怎么能够要求对逝者的尸体及其疾病的影响，进行最后的明确探查呢？

再说，到底是什么导致了癌症的出现？

莫伊拉火冒三丈。她脸色潮红，手攥成了拳头。我们坐在临终安养院的员工办公室，她盯着我，然后站起身来，冲着我大喊大叫，她手上的咖啡都差点儿洒了。

“你怎么可以……我是说，真的，你怎么可以这样做？她还没受够吗？难以相信你想做……那件……可怕的事！”她非常生气，愤怒化作了眼泪。她“咚”的一声坐下来，在护士服的兜里找纸巾。除了护士长以外，其他同事都低头看着地面。护士长看看我，看看莫伊拉，然后又看着我，想知道这事接下来会怎么样。

我说：“莫伊拉，告诉我，这对你有什么可怕的？”

莫伊拉的脸又红了。“我们的目的是照顾她。我们一直没有帮她摆脱那种可怕的疼痛，这已经够糟糕的了。现在她死了，还要把她剖开，这对她有什么好处？居然还要求她的家人同意，这只会让他们更加悲痛。没想到你会提出这种要求。不，我讨厌！我万分震惊……”她说不下去了，嘴唇颤抖，泪眼婆娑。

我们的患者鲁比昨晚去世了。她的死是预料之中的事，癌细胞已经扩散，过去三天，鲁比一直处于半昏迷状态。她已经在临终安养院待了三周，在此期间，我们减轻了她的痛苦，鲁比能够舒服地坐在轮椅上，由家人推着她去花园遛弯儿，她还与儿子讨论了自己的葬礼。但我们一直没有治好最令她受不了的疼痛，在她肚脐下面偏向一侧的地方，导致她在没有任何征兆的情况下，号哭、搓揉、龇牙咧嘴、尖叫。我们尝试过很多方法：热敷（痛）、冰敷（痛）、药物（没有帮助，即使剂量已经让她昏昏欲睡）、神经刺激仪（真的很痛）、催眠疗法（暂时减轻）、分散注意力（被尖叫打断）、按摩（那个地方一碰就让她受不了）。

我是一名新手顾问。这个由护士、社工、理疗师和职业治疗师组成的团队已共事多年，彼此信任。给运转成熟的临终安养院增加顾问是一种新的冒险，何况我还在试用期。但进展似乎很顺利，我们已经合作 9 个月了，现在却突然发生了这件事。

我们都发现照顾鲁比是一个很大的挑战。她的疼痛不合常规：每当她觉得同屋的其他患者得到的关注比她多，疼痛就会发作；家人来访时，疼痛更剧烈，她的尖叫声更大，于是他们会要求我们"采取点儿措施"，说得好像我们没有尝试过一样。

"失去亲人的家属也许会比我们更加悲痛，"我说，"但我更清楚我们有多么沮丧，因为我们拿这种奇怪的疼痛没办法，我想知道我们是不是遗漏了什么。我知道这对她没有帮助，但对我们有帮助，而且可以给家属一个解释。我们可以把获得的知识用在其他患者身上，这就是我提出请求的原因。"

"他们怎么能说不？"莫伊拉质疑道，"我的意思是说，即便他们感到不安，但既然顾问提出要求，他们怎么能拒绝？"

我以前在这类交谈中没有考虑过这种问题，但莫伊拉的观点是有道理的。我还没有习惯"顾问"这个头衔所带来的地位变化。

我突然想到一种新方案，“你愿意和我一起去见家属，开导他们吗？事实上，在我们所有人当中，你最了解他们。你应该给他们一个机会，让他们对这件事有更多的了解，如果他们同意，由我负责解释程序，并请他们签署同意书，好吗？”

莫伊拉似乎很惊讶，但护士长说：“好主意！他们真的很信任你，莫伊拉，他们总是对你说真话。”

当天上午晚些时候，家属来拿鲁比的遗物和死亡证明书，并接受我们的慰问，紧张的莫伊拉去休息室见他们。大约 10 分钟后，她回到病房里，说：“好吧，我很惊讶，但他们想了解一些尸检方面的问题。你可以上来吗？”我非常喜欢莫伊拉的直率。她本来可以跟着自己的感觉走，避开这个难题的。

在明亮、通风的休息室里，这家人围坐在一张低矮的咖啡桌边。我们照例提供茶，表达慰问。我在沙发边跪坐下来，挨着鲁比儿子和儿媳的脚，问他们想了解什么问题。莫伊拉坐在沙发扶手上。

“尸检……”她儿子说，“就是要把她开膛破肚，是吗？”

“是的，没错。对于了解她为什么会有那种可怕的疼痛，这是一种很好的方式。我们从来没有真正帮她摆脱这种疼痛。尸检将给我们提供扫描仪无法发现的信息。我真正想了解的是她肚子的内部，也就是疼痛的部位以及这个部位的所有神经。完整的尸检会探查整个身体，包括腹腔、胸腔和颅内。如果你们愿意，我们也可以只要求看局部。”

家属不希望动鲁比的头，我向他们保证没问题。另外，他们想知道手术的地点、时间。

“手术由专家在我们附近的医院进行，所以你们今天可以在这里看她，之后你们仍然可以看她，但要去那边。他们今明两天做，不会耽误你们的葬礼安排。我会去，也许莫伊拉或者另一位团队成员会和我一起去，看看他们会有什么发现。”莫伊拉吃惊地扬起眉毛，因为在之前的讨论中，我没有提到这一点。

我承认这场手术对鲁比没有帮助，我们整个团队都因为没有帮助她摆脱疼痛而感到遗憾，我向她的家人解释说，如果尸检能帮助我们弄清造成疼痛的原因，那将有助于我们帮助其他人。每一个癌症逝者的尸检都能帮助医生更好地理解癌症。

“这真的很重要，”我强调，“今天我可以给你们开一份死亡证明，开具死亡证明不需要验尸报告。所以，如果尸检让你们觉得不舒服，那我们完全可以不做。”莫伊拉对我点点头，表示赞许。

“不，我们已经决定了，这是个好主意，”鲁比的儿子说，“不然我们也会一直感到奇怪。妈妈从小就教我们要助人为乐，所以她会乐意在死后继续为医学做贡献，帮助更多人。嗯，好的，我们希望进行尸检。”

我拿出同意书，并解释了医生将如何处理鲁比的尸体：会切一条很长的口，把器官取出来，进行仔细检查，还会切下小块的样本，在显微镜下更仔细地观察。这个额外的过程可能需要很多天，所以除了那些小块的样本，所有的器官都会放回身体，然后把伤口严密地缝合起来。事后家属去医院的停尸房看她时，不会看到伤口和缝线，葬礼也可以按计划进行。

鲁比的儿子在表上签字后，我对家属说，我很高兴还会再次见到他们，和他们讨论尸检结果。

最好等到所有资料（包括镜检结果）都回来，所以下一次见面时间应该是在几周以后。我请他们准备好了以后给我来电话，然后签发了死亡证明。我回到病房，莫伊拉则向家人解释去哪里和如何做死亡登记。

后来，我和莫伊拉又在办公室碰头了。

莫伊拉说："先前对你大呼小叫，我不是有意不尊重你，护士不应该这样对医生说话……"她的苏格兰腔突显了她的不自在。

听到一位经验丰富、睿智敏锐的同事说这番话，我很感动，也有些焦虑。身处同一个团队，我们必须可以自由地发表不同意见。任何医生都不应当忽视护士同事的提议。护士花在患者和家属身上的时间要长得多，每个团队成员都应该相信自己的意见会得到尊重。但现在，我真的想问自己算是这个团队的一员吗？

我说："莫伊拉，请一定不要认为护士不可以批评医生，那是大错特错的！"

她的脸一下子红了，然后微笑地看着我，问道："你刚才说到观摩尸检？那是怎么回事？"她的声音中已经没有了愤怒，她对自己的莽撞行为的焦虑也已烟消云散。

“哦，是这样的，我们想了解情况，所以要去看一下。你想去吗？”

莫伊拉表示自己不太确定。于是，我说我要打电话给病理科问下出发的时间，也欢迎她一道前来。

那天晚些时候，出发去观摩尸检前，我来到病房，看看哪些护士愿意并且可以参加。我发现莫伊拉和护士长穿上了外套，她们看上去有些忧虑，但态度坚定。她们的任务是确保自己的患者在太平间也不失尊严。我们约好 5 分钟后在停车场见面，这个时间正好够我冲进秘书的办公室，打电话给停尸房经理，告诉他我要带两个护士同来，这是她们第一次观摩尸检。我认识基思很多年了，他向我保证：“像往常一样，这都没问题。”然后我接上她们，一起上车去医院。

因为我丈夫是病理学家，所以我和殡仪馆的所有人都很熟悉，彼此以名字相称。他们每个人的心都很善良，真诚地希望这些客户在真实存在世上的最后几天里，能够受到尊重。他们照管的尸体中，既有很老的老人，也有刚出生的婴儿；有病逝的人，也有受伤、被杀的人；有被家人关心的，也有没人料理的。他们是这座城市所有死者的照料者。

他们对待每具尸体都很轻柔。事实上，基思找到了一种方法，他用无痕胶水密封死婴的伤口，这样家人抱着他们的时候就感觉不到小睡衣下面的缝线。蒂娜在把尸体放到巨大的冷藏架上时，会和每具尸体交谈。艾米保证不让孩子的身体孤单，这是她对撕心裂肺的母亲们的承诺。这是属于死者的王国，也是一个充满奉献和仁爱的地方。我知道我的同事对这儿的一切都无可挑剔。

基思在太平间的后门与我们会合，这个地方只有这里的工作人员才知道。他对莫伊拉和护士长的到来表示欢迎，并告诉她们，鲁比和赛克斯医生在等着我们。他让我们穿上塑料套鞋和手术服，我突然意识到，他这不是带我们去走廊，让我们透过玻璃观看，而是带我们去验尸房。这不符合我的期望。4 张解剖台上躺着赤裸的尸体，解剖人员正在切割内脏进行检查，我打起精神，做好应对同事反应的准备。

我真傻。基思打开房门，每张台子上都摆着一具尸体，上面盖着床单，只看得见头和脚趾。鲁比离我们最近，基思让两名护士绕过去，和他一起站在赛克斯医生旁边。隔着盖在鲁比身上的床单，我看到对面的护士长脸色发白，莫伊拉则满脸通红。赛克斯医生的穿戴和外科医生一模一样，只不过他脚上穿的是白色的胶靴，而不是木屐。我注意到他旁边水槽的排水板上有一个带盖子的托盘，我知道里面装着他从鲁比身上取下的器官。我们不用看着他剖开尸体。我松了一口气。

赛克斯医生解释说，他已经完成了尸检的第一道工序。鲁比的身体已经剖开了，他看到肺、肝和内脏部位有很多癌细胞团块。他示意护士到放着托盘的排水板那里。我准备好应对她们的震惊反应。他掀开盖子，露出一团紫色和灰色的肉：肝、肺、心脏、肠、肾。护士长的身体向后一仰，伸手拿手帕挡住眼睛，莫伊拉则走近仔细观看。

赛克斯医生指出鲁比肠道中细小的、闪闪发光的癌细胞团像珍珠一样，镶嵌在发亮的表面，布满了淋巴结；癌细胞团从肝脏中凸出来，他用一把长长的刀巧妙地切开肝脏，把它分成大小相同的切片，像扇子一样散开，露出闪亮的白色癌细胞团，有的像高尔夫球那么大，有的只有针尖大小；整个肺里布满了细小的癌细胞团。

莫伊拉始终全神贯注，突然惊呼道："白色！我从没想到它会是白色的。我以为是红色，或者邪恶的黑色。虽然我一直照顾癌症患者，但从来不知道癌细胞长什么样……"她凝视着，敬畏地摇头。

赛克斯医生说他在鲁比的脊柱里发现了癌细胞，而且我很想知道这是否可以解释那种奇怪的腹痛。所以他提出给我们看看脊柱。

莫伊拉问道："在哪儿？"同时又认真地看了看托盘里的东西。

"还在身体里面。"赛克斯医生一边回答，一边揭开床单。基思上前帮忙，灵巧地把床单掀到鲁比的腰部。护士长的眼睛转向别处，莫伊拉则伸长了脖子，想看得清楚一些。

"你好，鲁比，"我说，"我和护士长、莫伊拉来看看是什么引起了你的腹痛。"

赛克斯医生指着脊柱，它看起来像一排儿童积木，沿着鲁比体腔的中心向下延伸。其中一块椎体变形了，那儿有一处奇怪的凸起，有点儿发亮，像岩石中的水晶，那是癌细胞。它不足以解释她的腹痛，但说明了她背部疼痛的原因。

赛克斯医生询问了更多关于腹痛的细节，然后用戴着手套的手指慢慢沿着鲁比的肋骨内侧移动。他停了下来，发出"啊哈"一声，然后请我们戴上手套，摸那个地方。右边第 11 根肋骨下面有一个从外面看不见的小肿块。每根肋骨的底部都有一个小小的保护沟，沿着这个沟的纤细、脆弱的神经从中传递感觉。在这个特殊的神经中，在鲁比肋骨下面的这个小小空间里，有一个一粒大麦大小的癌细胞肿块。

这正是“扰乱”神经信息的地方，它从躯干部分沿着肚脐下方，斜向上腹部，在肋骨下面，围绕着背部，返回到脊柱。这个微小的不明癌细胞肿块是造成鲁比疼痛的原因。神经痛总是难以描述、难以忍受，而且常常难以治疗。对这个部位的轻柔触摸（如按摩）或神经刺激将增加感官信息和痛苦，就像我们在鲁比生命最后几周看到的情况一样。但这回我们有答案了。谢谢，赛克斯医生。谢谢，鲁比的家人。谢谢，莫伊拉。

返回临终安养院的路上，莫伊拉很欣喜。“难以相信癌细胞是白色的！”她说，“谁会想到鲁比神经上有这么小的肿块呢？难怪我们治不好她的疼痛！”皈依者是最好的宣传者，成功确定了疼痛原因之后，莫伊拉彻底承认了尸检的价值。

“很高兴我们可以给她的家人带去一些信息，”莫伊拉说，“从此我们就会考虑奇怪的疼痛是不是神经损伤，我知道这有助于我们帮助更多的患者。实在是……呃……不可思议。我很高兴亲眼看见了这一切。”太平间团队如此体贴入微地安排了我们的行程，莫伊拉对护理有如此开放的热情，我内心涌起深深的感激之情。

那是我们首次观摩尸检的冒险经历。莫伊拉的宣传让所有护士都意识到，患者死后，弄清楚导致生前病症难以控制的原因有着巨大的价值，她鼓励每个护士尽可能参观尸检。虽然并不是所有人都像莫伊拉那样对尸检的认识有了质的转变，但她们都发现这有助于理解自己每天面对的患不同疾病的患者。

现在，莫伊拉是一所大学护理学院的高级护理导师，她鼓励学生至少参加一次尸检。

告别礼物

遗产是一个复杂的概念。我们的遗产是有形的物品吗？是供其他人回想的记忆吗？是我们对别人人生的影响吗？一个少年如何能创造遗产？好吧，以下所讲的就是关于一个创造了遗产的少年的故事，而这个故事本身也是那份遗产的一部分。

19 岁的西尔维是乐队的鼓手。她打算从事音乐方面的工作，负责声音合成和对录音进行技术处理。她喜欢高亢、节奏强烈的音乐，也写旋律温柔、轻快的民谣，小时候，这种音乐是她的晚安曲。西尔维是独生女，她出生的时候，父母年龄已经不小了，他们把她视作掌上明珠。他们会庆祝女儿生命中的每一个里程碑，现在，他们却要为她即将到来的死亡做准备。

西尔维得了一种罕见的白血病。她生命的第 16 个年头是在化疗的折磨中度过的，对此她微笑着说："因此错过了拿普通中等教育证书和学习喝酒，但没耽误吃药和听摇滚乐。"她又用了一年时间恢复体力，回到学校后，白血病卷土重来，这一次，治疗没有作用了。

尽管如此，西尔维可能是我认识的人中最爱笑的。她有一口白得耀眼的牙齿，爱用极其耀眼的口红，与她雪白的肌肤，以及埃及艳后风格的黑色假发形成鲜明对比，更凸显了她的笑容。

导致白血病的白细胞将西尔维骨髓中的其他东西都挤没了，消灭白血病细胞的药物也把其他良性细胞一并消灭了。猖獗的白细胞和抑制性药物的毒性减少了红细胞的产生，导致她贫血、脸色苍白、乏力、动不动就气喘吁吁，也抑制了血小板的产生，这导致伤口和瘀伤迟迟不能愈合。西尔维之所以能够活下来，是因为其他人给她献血，她每周都要输血，隔天就需要输一次血小板。她的生存仰赖陌生人的仁慈。

对血液制品的依赖意味着，西尔维必须住在医院里，因为血液制品会引起过敏反应或者体液潴留，所以在输血过程中，需要随时监控患者的情况。西尔维认为自己很“幸运”，因为她尽管在法律上是成年人，但她患的是儿童白血病，目前仍由该地区的儿童癌症服务机构照顾，因此，如果十分必要的话，护士可以上门为她输血，毕竟生命若只剩下最后几个月，这段时间很多人还是想住在家里。

我正在儿童癌症服务中心接受入职培训，这属于我在姑息治疗领域锻炼自己所必经的一步，包括加入儿童癌症专科医疗护理团队。这些积极乐观的护士与刚刚拿到诊断结果的孩子及其家人一起工作，通过必要的手术、化疗或者放疗的组合，帮助他们管理癌症。

他们拜访了家庭医生和社区儿科护士，介绍孩子在家中需要什么样的治疗和照顾，因为大多数家庭医生在整个职业生涯中，可能只处理过一两个癌症患儿。他们还会拜访学校，就如何支持患儿的同学、如何与缺席的学生患者保持联系等问题，向教职人员提出建议，因为大多数教师从来没有遇到过患癌学生。

儿童癌症治愈的概率比成人高很多，癌症小组尽一切可能寻求治愈方法。当然，有些孩子会复发，也有些孩子从一开始就没有得到缓解。这些护士提供缓和医疗服务，旨在帮助患儿尽可能长期保持正常的生活。他们上门探望孩子们，就营养、锻炼、上学、症状管理，以及如何与患儿和其他家庭成员包括兄弟姐妹讨论疾病及其影响等问题，给父母提供建议。

他们就如何提供缓和医疗和临终关怀方面的照顾向家庭医生和社区儿科护士提供建议，因为大多数家庭医生以前没有这种经验。另外，他们也会对教师提供这些建议，教师反过来再将它转达给班里的孩子，帮助他们面对并哀悼一位同学的死亡。这个工作可不容易！

在这项任务上，我基本没有经验。我不是护士，没有与孩子一起工作的经验，唯一与之相关的是抚养我 3 岁的儿子，我只有一些处理成年癌症患者的经验可以用于对这些年轻人的治疗。不过，我有行医资格，而西尔维从理论上讲已是成人，所以她被分配给我照顾。这也是我和最了解她情况的护士一起去她家里探视的原因。

此时已经是深秋时节了。她家住在一个偏僻的村庄，要经过几条曲曲弯弯的小巷子。我仔细观察路线，因为下次我得一个人来。我将负责带血小板和输液器过来为西尔维输血，并在输血期间监控她的情况。快要落山的太阳照在树篱里起霜的树叶上，给它们洒上金色的光辉。秋天的辉煌与我们此行的目的反差如此之大！我到底该对这个垂死的少年和她父母说些什么呢？

这是一幢黄色的石头房子，孤零零地矗立在村边高高的树丛间。田园风格的木门敞开着，弯曲的砾石车道两边是成熟的灌木。门口有一个牛栏，汽车经过牛栏进入车道时，里面传来刺耳的声音。

我们停好车，从后备厢取包和盒子时，一位拿着茶巾、笑意盈盈的女士打开了前门，这时，一阵鼓声透过打开的前门，飘荡在清晨的空气中。我们的鞋子在砾石上踩出咔嚓咔嚓的声音，因为空气较凉，呼出的气息清晰可见。鼓声戛然而止，屋顶的一扇窗户打开了，一个戴着耳机的光头闪现出来，朗声说："你们看起来像龙一样！"门口的女士欢迎我们进屋，那扇窗户突然"砰"的一声关上了。

护士为我和西尔维的妈妈做了介绍。这位母亲环视农舍的大厨房，为厨房的杂乱表示歉意。低矮的旧铁炉子把厨房烤得暖暖的。所谓的"杂乱"好像是指一张翻开的报纸和倒在桌上的茶杯，或者，她也许认为我们可以窥见她的心灵。

有人轻手轻脚地推开了房门，一个温柔的声音问道："星期五在哪儿？"

妈妈回答说："在它的笼子里。"我这才注意到一只金毛猎犬安静地坐在角落里。西尔维这时已经戴上假发，不再是光头了。她从门口闪身进来，星期五发出欢快的叫声。她步履轻缓，走得小心翼翼，好像踏在冰面上一样。"嗨，你们好！"她问候完我们，对我笑笑，上前给了护士一个拥抱，然后在角落里的沙发上小心地坐下。她把长长的双腿弯曲起来，把长度不一的头发别到耳朵后面，朝狗点点头，笑着说："昨天它把我掀倒了。我像一根摇晃的柱子！"

这个情景似曾相识。有些化疗药物会损害神经，钝化患者手指上和脚趾上针刺的感觉，好像踩在玻璃碴上一样。这样一来，他们就没法自信地行走，就像西尔维说的，像一根柱子一样摇摇晃晃的。

护士问起瘀伤：由于血小板低，瘀伤的范围会扩大。西尔维虽然面带着微笑，但语气伤感："是的。在我的屁股上。看起来好像长了一条尾巴。"她侧过身子，褪下紧身裤，给我们看她左臀和左大腿内侧的深紫色瘀伤。护士"哎呀"一声，星期五发出了轻声的呜咽。西尔维安慰小狗说："你听不懂了吧，傻狗狗！"

在接下来的一个小时里，我发现西尔维是个令人惊叹的姑娘。她妈妈陪坐了 15 分钟告退后，她笑着对妈妈说："谢谢，妈妈。再见！"她妈妈想给女儿一个尽情表达的机会，不用担心自己的情绪。妈妈一离开房间，西尔维就从沙发下面摸出一个袋子，拿出里面的东西：一些彩色织物、婴儿服、T 恤衫、一块厚厚的泡沫塑料和一些缝纫材料。她对护士说："会很棒的！"她们向我介绍起她俩的"项目"。

几个月前，西尔维在住院的时候产生了这个想法。一名游戏治疗师在帮助两个少年用工具箱做黏土模型。孩子们很兴奋——这是给父母带来"惊喜"的礼物。"你能感受到那两个孩子多不舒服，"西尔维说，"我看着他们捏土。那时，我突然意识到，他们在给父母做礼物，好让父母记住他们。那是一种告别礼物……"

经过一段时间的思考，西尔维想出了这个项目。她把布料展示给我们看，笑着说："我想做个妈妈最喜欢的东西。这块布是从我的一件旧裙子上撕下来的。那是我的一件婴儿背心。这是我 12 岁的时候做的一件 T 恤。那颗扣子是校服上面的，因为我总掉扣子，她老要给我缝新扣子。"泡沫塑料会变成一个圆形垫子，西尔维打算用自己的衣服拼凑一个坐垫。

西尔维的妈妈只有每天晚上在厨房那温暖的炉子前休息时，才能有些属于自己的时间。那里有一把破旧的摇椅。这把椅子曾经是西尔维外婆的，本来是要留给西尔维的。西尔维这个记忆坐垫就是为这把家传摇椅制作的，是为自己看不到的那个未来制作的。

门外传来沙沙的声响，袋子一下被收了起来。妈妈用托盘端进来几杯热气腾腾的咖啡，然后转身离去。“你可以留下来，妈咪，”西尔维说，“今天没什么大事。”

喝完咖啡，取了血样之后，护士和我准备告辞了。我们解释说，明天的血小板由我来输，护士要去县里的另一个地方，处理一个刚开始化疗的孩子。“可怜的家伙，”西尔维说，“我希望他能顺利康复。”

第二天早上，我先去血液学实验室。以前负责血液检测时，我认识了所有的技术人员，所以顺便进去跟大家打个招呼。他们还记得我在这里开始第一份医疗工作时的样子。我从实验室拿到西尔维的血液检测结果，发现她的血小板计数是 18，而正常值区间是 200 ～ 400，然后我把检测结果送到隔壁的输血实验室，为她取血小板。

他们打趣说：“小心！凯瑟琳回来了！”他们问我这些天在做什么，然后关切地问起西尔维的情况。尽管一直在实验室工作，这些善良的人还是通过拿来做血球计数的血液和发放的血袋，跟踪了解西尔维和像她这样的人的情况。他们认识到这种治疗基本以失败告终。他们知道她快死了，很快就不再做血液检测了，她等不到自己步入青年的那一天了。

“西尔维既开朗又有创意，”我说，“她在期待着你们精心准备的血小板，而我则会端着咖啡和饼干为她服务。”之后，他们递给我一个有衬垫、绝缘的血液制品袋，就像一个小小的饭盒。我离开的时候，实验室的首席技术员大声说：“把我们的爱带给她！”他可能从未见过西尔维，但他今天早晨一上班就在实验室为她解冻血小板，以便当天早些时候可以供她使用。我庆幸自己遇到这么善良的人！

今天的天色灰蒙蒙的，没有金色的阳光，也没有雅致的白霜。乡村笼罩在迷雾中，所有的路似乎都变了样子。经过牛栏，驶上碎石路，听见汽车碾在石子上的嘈杂声，我才松了一口气。我收拾好东西：血袋；笔记和观察表；背包里装着新奇的玩意儿，以防我在患者输血时打盹儿；医疗袋里装着输液管、听诊器、温度计和血压计。前门开了，星期五跑出来，热情地在我身上嗅来嗅去，西尔维站在门口，没戴假发。她微笑着说：“你应该看看我身上的瘀青！”

趁着我在的这两个小时，西尔维的妈妈去镇上买东西。她把杯子、咖啡、牛奶和电话的位置指点给我。西尔维的爸爸上班去了，星期五开心得去花园玩耍。屋子里只有我们两个人。我们着手准备输血小板：测体温、脉搏、血压；使用生理盐水进行滴注；将无菌敷料从西尔维的专用静脉通道处取下来；连接生理盐水滴注，进行检查，看看是否运行平稳；将生理盐水换成血小板；记录时间；每 15 分钟观察一次。

西尔维沮丧地宣布：“我遇到了一个大问题。”

怎么回事？

“那个项目。该死的手指麻木了。我没法用针，感觉不到针，也拿不住布料。我真是个笨蛋。”她咬着嘴唇说道。

“完了！”我表示同意。她看上去有点儿吃惊。我向她保证，“这是医生的行话。”

“是的，对……”

我问道：“那，你有什么计划呢？”

多傻的问题啊！我就是那个计划呀！几秒钟之内，她就拿出了工作包、剪刀、针和卷尺。我们坐在一张巨大的餐桌旁，她指导我把方块布料缝在一起。她一边打量，一边调整，时而歪着头斟酌，拧拧自己的脸颊，摇摇头并调整布块的位置。我们的注意力时不时地转移到脉搏、血压、温度的观察上，然后继续手上的工作。

我们缝布料的时候，西尔维谈到她的家庭、音乐、朋友，还有她的头发、外貌和遗产。从一个十几岁的孩子嘴里听到“遗产”很不寻常，但她确实是这么想的。她的学校举办了支持白血病研究的筹款活动，主要形式是音乐会，西尔维要么亲临现场担任鼓手，要么在幕后编辑要在活动中出售的磁带。

想到自己死后，这些录音带能继续流传下去，西尔维觉得这个想法很迷人，很令人感伤，但也带来一丝安慰。光头“在冬天特别难受”，但另一方面，“对于舞台上的女孩来说，这是一个很酷的造型”。她的外貌问题是类固醇引起的“仓鼠脸”。她变化无常的容貌不断让她吃惊，“感觉我和一个我不认识的女孩共用浴室的镜子”。

西尔维又回到遗产的话题。“有两个部分。我会活在我的音乐里，这很容易理解。已经有人这样做了，不是吗？约翰·列侬、约翰·博纳姆、基思·穆恩……他们的声音活灵活现，播放这些曲子的时候，感觉他们好像就在此时此地一样。”

另一部分遗产就比较困难了。“这对爸爸妈妈是很难过的事情。爸爸有工作，很忙。他不去想这件事。我很像他，真的，我头脑不清醒的时候总是会打鼓。不过妈妈不一样。她会很坚强，但这对她来说太难了，爸爸忙碌的时候，她独自陪我。晚上我和妈妈坐在炉边，相互依偎着，每人一把椅子，一杯茶。只是聊天，或者沉思默想。我想那会是她最想念我的时候。”

“于是我产生了给她的摇椅做个垫子的想法。我用这个方式告诉她，我不在的时候，‘妈妈，来，坐在我的膝盖上’。我可以摇晃她，她可以感觉到我的胳膊搂着她，就像我们一起在炉子前相拥取暖一样。这是一个天才的想法！我希望她会喜欢。”我没敢看她，手中的线变得模糊起来。我一心想着不要把眼泪滴到布上。我要把眼泪藏起来……针……

在西尔维的指导下，虽然多次刺伤手指，我终究在输完血的时候把布块拼好了。虽然包里的东西比我来的时候少了，但不知怎么，感觉比之前更沉重了。收拾包的时候，我心里对这个小姑娘充满了钦佩和崇敬之情。这是一个有着一颗伟大心灵的人，在短短的一生中，她活得如此充实。虽然西尔维的遭遇令人同情，但事实上，她坚强、乐观，为一切做好了准备。

给予离去爱的支持

对陌生人进行安宁疗护是一项刺激和成就感并存的挑战，与陪伴亲爱的朋友和家人接受姑息治疗有很大的不同，在病魔剥夺一个深得父母宠爱的婴儿的快乐童年时，更是如此。下面这个故事讲述了一个家庭在最令人心碎的情况下所表现出的坚强意志力，以及这样一份遗产：将心爱的孩子的名字，与安慰和关怀联系起来。

友人的话令人难以置信。我站在电话机旁，傍晚的斜阳掠过休息室窗外的树篱，刺痛了我的眼睛。明亮的阳光模糊了我的视线，我的全部注意力都集中在她平静讲述的事情上，她讲话时深思熟虑，字斟句酌，对于她所要传达的可怕消息以及我的接受程度表现出谨慎的关心。

“你明白我的意思吗？”莉尔不断重复这句话，我意识到我一时说不清浮上心头的那种惊恐。

莉尔是儿科医生，很了解婴儿和儿童方面的知识，她会注意到我们这些人可能不会在意的小细节。她带着漂亮的双胞胎女儿休产假，欣喜地看着她们一步步长大；看到女儿咿呀学语、为意识到自己的手指、脚趾和声音而喜不自禁时，她也为之开怀；在我们三个人组成的小小朋友圈里，她分享着成为母亲以后所获得的快乐，以及与丈夫一起学习为人父母之道的乐趣。

莉尔注意到一个我肯定不会留意的小细节。其中一个双胞胎海伦娜的舌头出现了非常轻微的肌肉抽搐。对于这位知识渊博的母亲，在一个聪明、快乐、深得宠爱的婴儿身上发生这种事非常令人震惊，因为这是一种进行性的、会令身体衰弱、最终致命的肌肉疾病。朋友准备把这个坏消息告诉我们的时候，专家确定了诊断结论。在脊髓性肌萎缩（spinal muscular atrophy，SMA）中，I 型是发展速度最快的一种。海伦娜不太可能活到她的第二个生日。

“你明白这意味着什么吗？”莉尔又一次这样问我，我点点头，可惜我们是通过电话交谈，点不点头都没有意义，因为我完全不知道该说什么。发生这种事太可怕了，而且她们是一对双胞胎，我的脑袋里顿时出现了一个不寒而栗的想法。这时，只听电话里说：“所幸她们是异卵双胞胎，萨斯吉娅没有这种基因。”我无法想象他们在思考未来将要发生的情况时，怎么还能保持一颗感激之心。

从医学院开始，莉尔、简和我就是朋友。莉尔是儿科专家，我觉得做这份工作太过悲伤和痛苦。现在她当妈妈了，她应该会发现这份工作更难了。简是儿童麻醉师，负责帮助那些小孩平安度过大型手术，此外她经常与儿童重症监护室的同事并肩工作，这是另一份难度极高、压力极大的工作。然而，她们认为我所从事的姑息治疗工作同样很有挑战性。所以，简在第二天和我通话时指出，我们三个人的知识足以为海伦娜短暂的一生提供最好的照顾。

简着眼于未来。在重症监护室工作的经历让她对脊髓性肌萎缩有所了解。喉头肌肉会逐渐失灵，无法安全吞咽，无法清除呼吸道里的痰，因此，患儿的肺部容易感染。胸部肌肉的逐渐衰退使得情况更加复杂，孩子不能咳嗽，无法进行深呼吸。单纯的感冒就可能引发严重的肺部感染。

在病程早期，通过重症监护和临时使用呼吸机维持呼吸，患儿可以回家生活，可肌肉衰竭发展缓慢，这会阻碍他们学习翻滚、坐、爬和站立等具有里程碑意义的动作。随着病情的发展，孩子可能仅能进行最轻微的活动。为了安全起见，需要通过管子给他们喂食，并且需要密切注意，随时清除口腔中无法吞咽的唾液。同时，他们的意识完全清醒，只是做任何事都要依赖家人，终有一天，入住重症监护室纯属拖延寿命，而不会恢复健康。

没有呼吸机的帮助，他们无法凭借肌肉力量自主呼吸。许多家庭由于无力购买呼吸机，但孩子又不能没呼吸机，只好住进医院。简见过很多这样的家庭，他们意识不到什么时候拯救生命变成了纯粹地延缓死亡，看不到任何好转的希望。简预先想到了各种问题，这也是她工作得那么出色的原因。

我的小贡献是定期打电话，利用我的认知行为疗法知识帮助莉尔将她对未来的各种负面看法与每天的灾难性想象区分开。用双人婴儿车推着两个女孩出门散步时，莉尔习惯了人们羡慕的眼光，同时也会听到一些空洞或者令人生厌的问题，例如，“她们是双胞胎吗？”“那么，她们的年龄是一样大的啰？”“你是不是采取了体外受精？”现在，她感到邻居们似乎在回避她，看到她来了，他们要么走到马路对面，或者步履匆匆地朝公共汽车站和停车场走去。

莉尔的世界突然到处都是双胞胎婴儿车，妈妈和祖母推着健康的双胞胎，在他们看来，孩子有正常的预期寿命是理所当然的，这点燃了她心中的痛苦、愤怒和绝望情绪。但这些很大程度上只是她自己对事情的看法。海伦娜看起来没有不健康，到目前为止，在莉尔推着婴儿车去商店闲逛，或者带她们一起去幼儿园时，路人看不出这母女三人有什么不寻常的地方。不快乐的情绪就像杂草一样，在我们心灵深处不易察觉的裂缝中扎根。我和莉尔一起检视她的经历，找出杂草，在她情绪低落时，决绝地把它们拔掉。

在查出疾病之前，一对健康的双胞胎给家庭生活增添了很多欢乐。很小的时候，家人带她们去奔宁山脉（Pennines）或者苏格兰野外散步时，双胞胎一人坐在一个背包里。至少在最开始的时候，两个人都体验了正常的生活，海伦娜的发育有时会比妹妹晚一点，但仍在正常范围内。两姐妹都喜爱音乐，都喜欢洗澡，也都爱着对方。和许多双胞胎一样，她们喜欢腻在一起，笑点也差不多，喜欢观察对方的手部动作；她们是一对知心朋友，彼此欣赏。她们可以互相“交谈”几个小时，莉尔打电话给我们时，我们便可听到那些完全无法理解、却极有意义的对话，并为之惊叹。

海伦娜的肺部第一次出现严重感染来得很突然，并很快住进了医院，在一个单人房里吸着呼吸机。父母轮流去医院陪护，尽量不扰乱妹妹萨斯吉娅的正常生活。然而，对于她妹妹来说，没有了姐姐海伦娜，生活怎么可能正常？在这段时间里，简与莉尔保持着密切的联系。身为麻醉师，简对患儿的氧气供应量很敏感，在简的陪伴下，莉尔获得了很大的安慰。我飞过去探望了一次海伦娜，隔着透明帐篷和她说话，跟莉尔一起给她唱童谣。透明帐篷里的氧气含量较高，有助于海伦娜呼吸。海伦娜用力呼吸时，肋骨都在颤抖，但她仍然对我们笑。一周后，她摘除了呼吸机，出院回家。

两岁时，这对双胞胎出落得很漂亮，并且对此有清楚的意识，我被她们的微笑给迷住了。对于母亲的大多数指示，她们都报以断然的拒绝，我在心里笑着说：啊，可怕的两岁到来啦！虽然叛逆的行为不出所料，但出乎意料的是，这对双胞胎仍然活着。似乎是为了表现彼此不断变化的差异，萨斯吉娅冲过房间，来到海伦娜躺着的沙发旁，麻利地爬上去，然后爬到沙发靠背，通过这一漂亮的攀登动作，你可以看出她父母是登山爱好者，海伦娜则一动不动地躺着，只有眼神随着妹妹每一个敏捷而有趣的动作移动。

海伦娜现在能够继续呼吸，只是因为有人随时关注着她，把她喉头后面积聚的黏液和唾液吸出来，这些液体阻碍空气进出肺部，使她在呼吸时会发出呼噜声。这意味着每小时要用一个小小的抽吸装置为她吸痰 30 次，还需要用微型真空吸痰器进行更深的抽吸，虽然间隔的时间要长一些，频率要少一些。她容忍了别人给自己吸痰，对此，她没有能力抵抗，她的反应非常平静，只是偶尔皱起眉头、放大鼻孔以示抗议，但一旦管子从她的嘴或鼻子里拔出来，她马上又笑了。

妹妹萨斯吉娅学习新技能和新把戏的速度之快和她姐姐形成了鲜明对比，她敏捷的动作和语言表达能力体现了海伦娜的缺失是多么严重。然而，海伦娜微笑着，凝视着，询问着，逗乐着，用尽一切力量编织这个四人家庭的美好生活。父母为这个不屈不挠的女儿预期的死亡忧心忡忡，同时为她的勇气和力量赞叹不已。她竟然活了这么久，对他们而言，她活着的每一天都是宝贵而脆弱的负担。他们不眠不休，精疲力竭，全靠意志力和对女儿痛苦的恐惧感驱使，他们还敢奢望拥有她多久呢？他们还能忍受抱有多长时间的希望？我一边看着快乐的海伦娜继续给家人带来幸福，一边怀着崇敬的心情看着我那疲惫而勇敢的朋友。

那天我在家写教案，快吃午饭的时候，电话响了。是莉尔。她在哭吗？我的心一下抽紧了。不，她在笑。她几乎说不出话来：“我帮海伦娜打电话，她有重要的事情要告诉你。她来了……”

我听见嘈杂的呼吸声。由于海伦娜面部肌肉虚弱，我听不清楚她说话，我听见她说：“凯？凯？”

她在说我的名字，于是我说：“你好，海伦娜，我在这儿。”

“凯！Monna nor-ee tep！”说罢，电话那头传来咯咯的笑声和急促的呼吸声。莉尔解释海伦娜是在说“我在台阶上玩耍”。

我问她：“天哪！在台阶上玩耍?！你在干什么呀？”她竟然还有体力调皮捣蛋，我感到吃惊，但很开心看到海伦娜对自己的恶作剧如此兴奋。

“Ontid orter（我要喝水）!”海伦娜发出轻快的颤音。我听见莉尔在笑，然后听见她说：“不行，别看着我，我只是来抱你的。这是淘气台阶。两分钟内不许和妈妈说话！”海伦娜又咯咯笑了。

“凯，我在睡觉，妈妈干活的时候，这个小孩本来也该睡觉。但她想玩水，想吹泡泡。她不停地从沙发那边叫我，我要她等会儿，并警告她让妈妈休息 10 分钟。我还警告她，如果再喊，就得坐到淘气台阶上。所以她坐上来了！”我听见吸口水的声音，还有孩子一连串咯咯的笑声。

海伦娜又回来接电话了。“捣气阶！”她语无伦次地说着，“像阿什亚一样！”淘气台阶！就像萨斯吉娅一样！

“是的，萨斯吉娅老来淘气台阶上坐着，”莉尔笑着说，“但海伦娜是第一次来这儿，她对自己可满意了。”

令人捧腹的两分钟之后，莉尔抱着海伦娜回到沙发上。我猜莉尔把电话夹在下巴下面，难怪她的背不好。她从海伦娜的嘴里吸出更多的唾液，同时告诉我海伦娜笑得多开心，眼睛睁得多大。我们说了再见。莉尔挂电话时，我听到海伦娜在要“Orter”（水）。

这才是正常的生活，我那亲爱的朋友管教女儿时的样子真的很有烟火气。在这个宝贵时刻，她们向彼此传达着自己的爱意。我无比开心听到她们和我分享这份爱。

这家人积极寻求帮助海伦娜尽可能保持健康的方法。他们失望地发现，尽管癌症儿童的姑息治疗服务相当发达，但几乎没有为患有其他致命疾病的儿童提供治疗的机构。莉尔绝不让咳嗽、感冒或打喷嚏的孩子去她家，以此保护海伦娜免于肺部感染，通过网络和坚定不移的决心，她和丈夫找到了帮助海伦娜减轻症状的专家。

他们造访了苏格兰的一家诊所，医生给海伦娜的唾液腺注射了肉毒杆菌，减少了唾液、流涎和帮她吸痰的需要；理疗专家教他们如何优化海伦娜的肌肉功能，避免肺部感染，组建了一支值得信赖的团队，当他们不在的时候，团队成员负责照看海伦娜，让他们休息几个小时，帮海伦娜吸掉唾液，保证她的舒适。现在必须有人随时监护，确保唾液不阻塞呼吸道，海伦娜才能活命。

这对双胞胎在一起过了三个生日。对于一个患有 I 型脊髓性肌萎缩的孩子来说，这已经算活得久的了。他们一家在苏格兰度假，去山上散步，海伦娜的椅子和床都经过改造，使她可以坐下来，尽可能充分地享受家庭生活。海伦娜很聪明，她用一台笔记本电脑（在当时是一个新奇的玩意儿）创造出彩色的电脑动画，并配上她最喜欢的音乐。

尽管海伦娜的寿命在缩短，在她三年的生活中，家人无微不至地关爱她，想方设法地不让她受苦，在他们的帮助下，海伦娜打破了“只能活两年”的预言，并不断寻找创造性的方法来改善她的生活。萨斯吉娅上了托儿所后，回家讲起朋友们的新鲜事，可海伦娜不认识这些朋友，莉尔便单独陪着海伦娜玩，这样姐妹俩见面的时候，海伦娜也有新鲜事说给妹妹听。表姐结婚时，两个女孩一起当伴娘，她们穿着“公主裙”，感觉自己很美，海伦娜坐在椅子上，萨斯吉娅贴身守护她。她们特别骄傲自己有双丝绸芭蕾拖鞋：萨斯吉娅的拖鞋很快就穿坏了，而她姐姐的拖鞋一直是崭新的，看着都令人心酸。

简很害怕下一次发生肺部感染时，海伦娜只能依靠呼吸机才能活命，而她的肺部状况实在太差了，肯定免不了只能使用呼吸机。她担心莉尔和丈夫恐怕很难拒绝任何延长海伦娜寿命的措施，但我们不知道如何同他们讨论，只能继续等待，猜想未来的事情。

海伦娜发烧了，而且喘不过气来。她妈妈马上意识到她的肺部显然感染了。莉尔需要做出决定。海伦娜喜欢待在家里，这里有家人和她熟悉的环境、自己的卧室和心爱的玩具，她不喜欢医院的噪音和陌生感。父母决定让她待在家里，给她开着风扇，用凉快的海绵敷身体，用药物缓解呼吸困难，根据需要给她提供额外的氧气，而没有使用机械通气。这意味着家人可以靠在床上依偎着她，让她感觉到他们的陪伴。她不太可能活下来，但父母的爱和远见，如同在她短暂生命的其他各个方面体现的一样，帮助他们为这个决定做好了准备。

我们其实无须担心。但是在海伦娜瞌睡更多、意识不清的时候，莉尔打电话给简，简再打给了我，我们都哭了，只好静静等待最后的结果。

在6月一个晴朗的日子，海伦娜和家人坐在一起，在反复播放的音乐声中，海伦娜昏睡不醒，呼吸很浅，并出现长时间的停顿，最后完全停了下来。最爱她的人围在她身边。在举办葬礼之前，她一直待在那儿，穿着公主裙和芭蕾舞拖鞋，躺在特别的凉席上，周围是蜡烛和鲜花。

多棒的葬礼啊！殡葬师送来一个小小的白色松木箱当作海伦娜的棺材，直到仪式开始之前，父母才把她从床上抱起来。我们聚在客厅里。海伦娜被抱到楼下的餐桌上，桌上烛光摇曳，花团锦簇，当地的牧师主持了告别仪式，随后哀悼者们把棺木装进露营车，前往苏格兰。海伦娜被埋在父母不久以前为她买的一块墓地里。

途中，海伦娜的父母在简的家里住了一夜，然后继续驶向崎岖的苏格兰荒原，把他们可敬的女儿托付给这个崎岖之地那熟悉而庄严的美景。

我从这段经历中了解到，家人如何逐渐理解疾病的意义。刚刚拿到诊断结果时，这对爱女心切的父母决心不惜一切代价，让女儿尽可能久地活下去。然而，随着时间的推移，他们的立场悄然地发生了改变。他们买了一块墓地，专注于为两个女儿考虑好各种细枝末节，他们认识到提高生活质量的可能性越来越小，于是选择不失尊严地向不可避免的事实低头，确保海伦娜的死像她的整个生命一样都能得到爱的支持。

他们还决定让其他正在应对脊髓性肌萎缩的家庭更好地获得针对特定情况的姑息治疗。他们通过在海伦娜心爱的荒野中进行长途徒步来筹集资金，设立了由专科护士组成的海伦娜护理团队，为脊髓性肌萎缩患者及其家人提供支持。

事过多年，我请求莉尔允许我讲述他们一家的故事时，她热切地希望我写下这件事：当天在医院食堂吃饭时，排在前面的正好是一位护理专家，那人佩戴着“海伦娜护理团队”的徽章。她不认识莉尔，甚至可能不知道海伦娜是谁，但女儿作为一种遗产始终充盈在莉尔心间。

停下来思考一下

给世界最后的赠礼

你从已经去世或者你不了解的人那里继承了什么遗产呢？也许是物质上的东西，比如书籍、装饰品、钱财；也许是信件、明信片，或者它们的现代电子版本；也可能是家人传下来的故事。也许你从小就受到某个特定的人鼓励，或者把自己塑造成了你所钦佩的那种人。这些都是遗产的形式。

你创造了什么遗产？你可能养育了孩子，或者有自己的创见；你可能教会了一位孙辈使用螺丝刀，或者欣赏白云苍狗；你可能成立了一家公司，或者打造了一个花园。你可能勇敢地承受悲伤，以此激励其他人，或者在别人需要的时候，默默地给予支持。

你希望留下什么遗产？也许你是器官捐赠者，也许你把遗产赠予了你在遗嘱中表示希望支持的事业，也许你已经在为所爱的人准备纪念盒或者相册。

通过为世人示范对待死亡的方式，你可以直面亲人的死亡，专门为他准备一份遗产，接受“死亡是生命的一部分”这个事实，并鼓励其他人照此办理。

你想帮助谁减少对死亡的恐惧？你怎么引导他们讨论到了晚年或者死亡来临时，有什么愿望和偏好？在这之中，你们如何互相帮助？

W I T H   T H E

06

超越生命的局限

E N D   I N   M I N D

人类的心灵除了关心生存，还可以承担更多的任务。我们能够意识到自己的人格，并试图从杂乱的人生经历中创造一种意义。大多数人都采纳了某种信念，从而能够认识到自己的价值观，并在认为赋予了他们目标感的价值观指导下，采取行动。有些人的信念有关宗教或者政治；对另一些人来说，信念有关自然的循环，或者宇宙的运行规律；还有一些人认为信念源于周围的人际关系，或者对音乐、艺术、诗歌的思考与欣赏。无论有着怎样的信念，追求“超越自我意义”都是一种形而上学的建构，是人类的精神维度。

在这个日益世俗化的世界，我们努力在传统宗教语言之外寻找讨论灵性的词汇和概念。虽然信徒可以从他们的宗教传统和仪式中获得巨大的利益和安慰，但有时候会带来一些问题，那些与他们信仰不同的看护者可能难以认识，也难以回应这些问题。随着人类文化变得更加多元，随着世俗化程度的加深，这个挑战日益严峻。

然而，在生命的尽头，许多人会对自己的价值和即将消逝的生命的意义，进行“精神上的思考”；他们试图超越困扰自己的困难，考虑一个更大的图景。这种冲动激发了非凡的勇气和奉献精神，以及谦逊、共情，这些行为得到他们个人精神力量的支持和确认。也许正是人性的这种精神纬度揭示了我们最好的那部分自我，即便（或者尤其是）生命已渐凋零。

生命边缘的相遇

大多数人会经历走向死亡的阶段。有时候，我们在经历的过程中就对此有认识，有时候只有丧亲的人回想起来的时候，才清楚地意识到这一点。然而，生命这一部分的重要标签是“活”，而不是“死”。即使在这个最终阶段，也许特别是在这个时候，发现新事物、结交新朋友、学习和成长仍然是可能的，并且仍然令人满意，仍然有价值。

他们两个人住在相邻的房间，互不相识。他们对自己的过去都很满意，但对于未来，他们觉得充满不确定性。不同的疾病把他们带到这里，侵蚀着他们的生命，不同的意识形态让他们对病情抱有不同的看法。然而，两人的看法又是如此相似，就像交响乐中反复出现的主题，简直是神似。

他们都热爱音乐。他喜欢古典音乐，是奥地利作曲家古斯塔夫·马勒（Gustav Mahler）的粉丝，可现在，他发现自己喜爱的音乐太伤感了。她爱好爵士乐，嗓音曾经酷似爵士歌手比莉·霍利迪（Billie Holiday）。他们都有医务工作背景。他是一位著名的退休精神科医生，我经常碰到来探望他的那些皇家医科大学退休校长；她是退休的医院清洁工。他们两个都知道一些伟人和平凡好人在生活中遇到的倒霉事儿，这些故事被他们讲述得精彩、有趣，听着这些故事，我们这些临终关怀工作者感到开心，但也知道它们可能并不是真实的，只是逗乐用的。

他的腹部肿瘤太大，无法手术，因而住进了临终安养院。他把一生都献给了医学事业，治疗青少年的心理疾病，培养医科大学生。事实上，在学生时代的一个关键阶段，因为他的劝说，我才没有放弃学业。现在，肿瘤造成的疼痛和可能需要强有力的药物才能控制疼痛的焦虑，同时困扰着他。他一生都在和年轻人打交道，所以不太知道走向死亡会是怎样的。

来到医院后，一位年轻医生给他做了检查，并报告说，他对自己的疼痛轻描淡写，试图“维持尊严”。他相信，只要使用吗啡控制疼痛，他很快就会思维混乱、疲惫困倦，展现出自己不好的一面。医生竭力想让他相信不会这样，但他态度坚决，不为所动。他首先关心的是保持头脑清醒，以便继续给家人制造“一切良好”的假象，为了实现这个目标，他不惜承受任何痛苦。“我还没出生呢他就已经退休了，”我的实习生懊恼地说，“和他相比，我一点都不谙世事，我说服不了他。”

这句话把我吓了一跳，我突然意识到自己的年龄都可以做实习生的母亲了。所以，当她告诉我，她认为我们必须请个和这个老先生旗鼓相当的人来纠正他对吗啡的误解时，我深深地意识到，她指的是我。而在 30 秒之前，这个暗示我出马的“老板”还把我们视为医疗领域的女性同胞、同一个战壕里的姐妹。

在这种情况下，等他进房间安顿好以后，我进去做了自我介绍。尽管我的身份是谈判专家，但我觉得和他讨论生命、宇宙和吗啡时，我并不需要也不想摆出“自己很厉害”的派头。

他一头浅棕色头发，眼中闪烁着光芒，我学生时代对他的印象是亲切、强大，如今这些特质依然能从他身上看出来，不过他现在瘦小多了，他背靠枕头，弯曲的膝盖顶着胸口，像一把折叠起来的躺椅一样，还是能看出他下腹部有个突出的巨大肿块。我告诉他我曾经是他的学生，很荣幸现在轮到我为他服务，他听了很是开心。他不可能记得每一个学生，但他秉持一贯的优雅和诚实，微笑着说他认不出我，那说明我当时的表现一定很好。

我请他介绍一下之前的癌症治疗历程，让我了解他最大的困扰是什么，以及他在临终安养院期间有哪些顾虑。他的家庭医生要求我们让他入院，因为他的腹痛很严重，可他在家的时候，什么药都不肯吃。他苦笑着说：“我想介绍你认识布鲁斯。”

布鲁斯是他的肿瘤，之所以起这么个名字，是因为“它来自下面”。最初，一位外科医生把布鲁斯切除了，可几个月后，它又长回来了，体积和活力不断增加，裹在几个重要的器官和血管里，因此无法切除，只能和宿主共同走向终结。布鲁斯的主人解释说：“我们全家都叫它布鲁斯，这有助于我们管理它。”我又一次想起了他过去的那种黑色幽默，他的幽默抚平了就诊过程中的尴尬，巩固了医患之间的关系。

既然已经认识布鲁斯了，出于礼貌，我多少得给它一点关注。它是从主人左下腹长出来的，像个大充气球，坚硬得和石头差不多，上面包裹着紧绷、闪亮的白肉，肉上面布满扩张的血管，像文在身上的老鼠尾巴。布鲁斯摸起来很娇嫩，疼痛使得患者脸上一点儿血色都没有。我不能说我很高兴认识布鲁斯，然而，在这一刻，他的幽默为谈话的进行提供了切入点，他同意我谈谈镇痛话题。

就像宫廷舞会上的舞伴一样，我们一起探讨他对吗啡的体验。根据他的精神病学实践，他只知道这是一种被滥用的毒品。做实习医生的时候，他对布朗普顿混合麻醉剂（Brompton cocktail）很熟悉，在我们对疼痛有很好的理解之前，在我们找到如何滴定止痛药，使它良好缓解患者的疼痛，让患者保持头脑清醒之前，这种混合液被用来对付顽固的癌痛。他说，那时候，让患者失去知觉是一种善举，服用这种强效的药物混合剂后，人处于半昏迷状态，无法进行交谈。

当然，我接受了他的原则，也就是说，看到他精神上无行为能力的样子，家人会感到非常痛苦，也有损他的个人尊严。反过来，他认可我在使用药物方面有一些经验，甚至接受了几年的培训，才成为姑息治疗的会诊医生。姑息治疗是 20 世纪 80 年代才发明出来的。也许他可以承认，自从有了布朗普顿混合麻醉剂，医学还是取得了一些进步。经过这番亲切友好的交流，他同意使用小剂量的吗啡，进行谨慎的试验。在接下来的三天里，他允许我们增加剂量，我们眼看着他在躺椅上的姿势一点点展开，我在临终安养院走廊里看过他走路的样子，摆脱疼痛之后，他容光焕发，看着很开心。

他对临终关怀服务很满意。他一直如此，对一切都充满感激。他对护士表示感谢，赞扬清洁工，并把厨师请到病房，亲口表达他的赞美。他深爱的妻子和三个女儿经常来照顾他，几个小外孙也时不时来看他，他的故事把他们给迷住了。随着疼痛的改善，他给他们讲故事时，房间里传出一阵阵欢乐的笑声和兴奋的喘息声。疼痛得到更好的控制后，他把自己的身体当作外孙的攀爬架，这是外祖父扮演的一个非常重要的角色，不过他嘱咐："大家都要小心点儿，不要碰到布鲁斯。"

我经常在工作结束后顺便去看看他，有一次，他向我坦承了内心深处的孤独。自从意识到快要死了，他就没办法再静静享受热爱了一辈子的马勒的音乐，因为马勒音乐的悲怆和美妙与死之将至的感觉有太强的共鸣。他发现没有心爱的音乐陪伴，家人不在的这段时间显得很沉重。我们一起默默地坐着，思忖那些想法，它们的意义如此重大，无法用言语表达。

在这条走廊上的另一间病房里，一位神秘的音乐人也走到了生命的尽头。她是一个顽强的寡妇，独自养大了两个儿子；她在医院做清洁工，为了多赚一份钱，晚上下班后，她去酒吧打工。两个儿子形容她坚强、骄傲、风趣。她当酒吧侍女时所发生的故事带给我们无穷的乐趣，她用富有感染力的方言讲故事，讲起话来上气不接下气。胸部的问题限制了她的行动能力，只能走很短的路，也只能待在家里，再后来只能坐在椅子上，现在只能躺在床上。由于突发性的呼吸困难，在家睡觉时，她的床头放了一部电话，但她打电话给儿子时，他们无法理解她出不来气的那种恐慌。胸科医生建议她接受安宁疗护，希望我们减轻她夜间因为呼吸困难而产生的恐慌感。

她找到一种方法来控制呼吸困难，那就是哼歌。她告诉我们，她发现哼歌能控制呼气的速度，这让她有一种掌控感。她喜欢爵士乐，知道无数的爵士乐曲。她告诉我们，她有一堆爵士乐磁带，在家时，她跟着磁带一起唱。在夜间时呼吸困难更严重，但因为她老旧的卡式录音机没有耳机，也不能外放，这样会打扰邻居。住院后，她让儿子们从家里把珍贵的录音机和一些录音带带过来。他们花了好半天才把磁带从乱糟糟的家里找出来，因为长期胸部不适，喘不过气来，她一直没顾上整理家里的物品。

这些录音带包括埃拉·菲茨杰拉德（Ella Fitzgerald）和比莉·霍利迪的歌曲，还有一些现场录音，录自一个嘈杂的酒吧，那位歌手有着令人惊叹的嗓音。她解释说，这是她的遗憾。认识丈夫时，她是游轮上的爵士歌手，为了打理他的房子和抚养他们的孩子，她放弃了唱歌。孩子们从来不知道妈妈是个歌手。年纪轻轻就成了寡妇以后，陷入悲痛中的她彻底不再唱歌。最近，因为呼吸困难，她才回到音乐中寻求安慰。

护士们钦佩地称她为比莉·埃拉，她不停地播放录音带，有时听她喜欢的女歌手唱歌，有时候大展歌喉，回忆恋爱和新婚时那些快乐、兴奋的日子。她一边吸着氧气，一边尽力哼歌，每唱完一节，就停下来做深呼吸。她的儿子们惊讶地发现，母亲有这样的天赋，对爵士乐有如此广博的了解。音乐响起时，她对呼吸困难的忍受也强了很多，护士们为此惊讶不已。

临终安养院的墙壁不隔音，她晚上播放的音乐会传到隔壁房间。有一天下班后，我去看曾经的老师，他说，自从开始注射吗啡以来，失眠的时候，总有一种梦幻般的歌声带给他安慰。他以前从来没有听过这样的音乐，有几个晚上他都在想，药物是不是引起了某种幻觉。夜班护士向他保证音乐是其他患者放的，不是幻觉，他听后很高兴，还请他们把自己送到走廊上坐着，这样他可以听得更专心。

于是，医生和酒吧侍女就这样认识了。他对爵士乐知之甚少，但他很快意识到这是一种伟大的音乐。比莉·埃拉很高兴放磁带给他听，他欣赏她年轻的声音中那种丝绒般的温暖，以及爵士乐旋律中那种爱与失去的辛酸意味；她的新朋友从一种新的音乐中获得了安慰，它填补了马勒音乐的空缺；他们两个人在精神上随着爵士乐翩翩起舞，一起度过了生命的最后几周，创造了一份短暂、坚固、相互支持的友情。尽管他们的音乐风格迥异，但我被他们对音乐的热爱震撼到了，同时，我也震撼于他们对家庭和职业的奉献精神。他们在生命临近终点时相遇几乎是注定的。

我不经常参加患者的葬礼，否则这可能成为我工作中的常事，但我确实觉得应该去送曾经的老师最后一程。去火葬场参加他的葬礼时，我遇到了许多当地的医学会成员。家人到了以后，棺材在马勒的交响音乐声中抬进来时，我们起立致敬。

关于一个人生充实且幸福的人，有许多快乐的轶事。我们往往在葬礼上才发现，我们对那个了不起的人的认识只是冰山一角：他收留无家可归的年轻人；大学时，他效力于学校划船队；他创立了英国最早的青少年精神病学诊所之一；在半专业的管弦乐队担任中提琴手。棺材运走后，我们起身准备离开他的葬礼时，一个爵士乐独奏小号响了起来，这是他生命中最后的爱好。歌者的嗓音听起来像比莉·霍利迪，或者，也许这声音出自隔壁病房的那位爵士歌手。

身体的痛，心理来治愈

多年以前，这件事情发生后，我很快用笔记录下来。那时，我是一个年轻的医生，已经成家，也是一个年轻的妈妈，关于生活，我还有很多东西需要学习。通过这个家庭经历的一系列事情，我学到了很多。

有一件事情是这样的。我第一次照料皮特时，他因为患了一种罕见的癌症，在 5 年前做了一场手术。他是一个年轻、英俊的丈夫，有两个幼小的儿子，他们认为爸爸无人能敌。的确，6 年前还未患病时，他真的无人能敌。我的职业意愿转向癌症治疗和姑息治疗多少受到他的影响。取得行医资格几个月之后，我负责在外科病房照顾他，也总是想到他，想到他那外表娇小、内心强大的妻子和他们漂亮、天真的儿子。

我介绍一下背景吧。皮特是一名深海潜水员，每次外出工作的时间长达数周。在家的时候，他是一个尽职尽责的父亲，是一个 5 人足球队的成员，在最喜欢的一家酒吧，他有一个专属的座位，他会和曾经的同学在这里相聚，交流各自的生活故事。他们任职于煤矿、造船厂、石油和天然气公司，这些重工业企业吸引了我们这个地区很多的年轻人。

皮特是当地有名的帅哥，他和青梅竹马的心上人露西结婚时，许多姑娘的心都碎了。皮特魅力十足，也有着魅力男人的那种自信。护士给他送药、送饭的时候，会再多跟他聊会儿。他那绿松石色的眼睛总是笑意盈盈地问候我们每个人。

皮特排尿困难，检查发现，膀胱附近长了一个包块。多年前，外科医生打开皮特的骨盆，发现里面有一个巨大的肿瘤，为了尽量切除，医生担心可能损伤了一些负责控制膀胱的神经，很难开口向患者宣布这样一个消息。

第二天，查完房后，外科医生让团队的所有女性成员，也就是除他以外的所有人离开皮特的病房，他自己在离开时，手拉着门把，转过身对皮特和露西说："对了，你可能会丧失性功能。"说完，他拉上了门。门关上的一刹那，我看到他们脸上惊诧的表情，同时，我的脑袋里有了另一个想法，我觉得医学不必是这个样子，与患者进行沟通应该换种方式。

皮特的肿瘤非常罕见，它可以在肿瘤原发部位长得很大，也可以把微小的癌细胞送到身体的其他部位，尤其是肺部。如果及早发现，彻底清除，患者有可能治愈。皮特的胸部 X 光片显示没有病灶，全身 CT 扫描（这在当时还是一种新手段）干干净净，尽管皮特可能终生使用导管、阴茎无法勃起，外科医生还是希望根治性手术可以治愈皮特。

术后两周，尽管皮特身上还带着导管，但医生允许他回家过周末。回到医院后，他欣喜若狂地给我和护士报告“那家伙没问题，完全正常”，他笑容满面，护士却羞红着脸跑开了。他眨了眨眼睛，露西伸手拉住他。离开房间时，我感觉她哭得已是个泪人。

3 个月后，皮特回到了工作岗位。他不需要导尿管，他的性生活“一流”。术后 6 个月，医生允许他再次潜水。他晒得黝黑，喜气洋洋，充满自信，在诊室里，露西坐在他旁边，紧紧握着他的手，显得紧张而焦虑，生怕出现任何坏消息。胸部 X 光片还是清晰的。她情绪放松、展颜微笑时，我明白了皮特为什么会爱上她。

时间飞快地过了 6 年。受那次早期经历的触动，我在此期间接受姑息治疗专业培训。我的培训顾问问我可否晚些下班，当地的麦克米伦护士要求我们派人探望一位居家治疗的患者。这位护士正努力控制一位年轻人的疼痛，他患有一种罕见的癌症，癌症压迫着他的盆腔神经。护士把患者的名字告诉我后，我心里咯噔一下。

露西打开前门时，眼里满含着泪水。“护士告诉我的时候，我简直不敢相信是你。皮特很兴奋。孩子们还记得在医院里和你一起涂色的情景。”她比我记忆中的样子更加瘦小，身材瘦弱，身上的衣服松松垮垮的。她带我上楼，我看到了一个面色苍白、面容憔悴的男人穿着条纹睡衣，凹陷的脸颊上方是皮特那双明亮的眼睛。我觉得这人简直长得跟贝尔森集中营的犹太人一样，他见到我后笑了，这一笑消弭了岁月的距离，我发觉他还是他。

皮特又翻出了那个老笑话。“仍然是一流的，”他告诉我，“但我没那个精力了，我现在动不动就喘不过气来。”他患继发性肺癌已经两年了。化疗导致他头发稀疏，但癌症只好转了一点点。最后一轮化疗没有效果，也没有其他的办法可以缩小癌细胞。盆腔肿瘤复发，压迫着骨盆里那些脆弱的神经，导致臀部和腿部疼痛，因此麦克米伦护士介入进来照顾他。肿瘤越来越大，压迫着一些血管，导致皮特双腿水肿，感觉沉重不堪。他上下楼梯很辛苦，所以过去两周一直住在楼上。

我们讨论了治疗手段，聊到皮特、露西，以及护士和我个人的情况。神经损伤引起的疼痛很难治疗，为了治疗肿胀，皮特需要用绷带捆绑双腿一周左右，直到腿肿消退，可以穿加压弹力袜为止。他笑着说：“这会非常性感。”他同意到临终安养院小住一段时间，缓解腿部肿胀，并控制疼痛。我们也许可以提高他的行动能力，那样一来，他就可以带孩子们去钓鱼了。

所以我们转移到了医院。皮特又一次成为我的患者，露西在家和医院之间来回奔波：她在家目送孩子们上学，下午再迎接他们回家；在临终安养院，她整天坐在皮特的病房里，从他脸上搜寻他内心的真实想法，因为他只谈钓鱼和足球，以及最热爱的潜水。“他好像若无其事的样子，”露西对我说，“他好像没有意识到自己病得有多重。我不知道怎么跟孩子们说，也不知道怎么跟婆婆说，甚至不知道自己该怎么想。我既期待奇迹出现，也清楚他将不久于世，就这样左右摇摆。我完全迷失了。”

捆绑有效减轻了腿部肿胀，皮特的幽默感给包扎过程增添了很多趣味，什么事情都被他拿来开玩笑：拆绷带、重新包扎，圆柱形般的四肢逐渐消肿后，膝盖骨、脚趾头重新显露出来，甚至连肿胀的阴囊也不放过。然而，疼痛是他逃不过的难关。

皮特骨盆里的神经受到肿瘤的压迫，腿和臀部的疼痛如电击般，每次站起来的时候，他都痛得脸色煞白。药物几乎没什么作用。他同时服用几种药，足以让一匹马镇静下来的剂量仅能让皮特在床上坐起来，稍微减轻一点痛感，走路或者带儿子出门根本不可能。

傍晚放学后，孩子们会来医院看望父亲。皮特在他们来之前加服止痛药，坚持要人把他扶到椅子上坐下，免得他们看到他躺在床上，为他担心。他们在这里写家庭作业，看漫画书，还跟爸爸一起看电视，露西带他们回家后，皮特再回到床上，服用晚上的药，进入梦乡。

皮特有时在睡梦中翻来覆去，大喊大叫，表情痛苦。从梦中醒来后，他大汗淋漓，气喘吁吁，浑身颤抖，满眼的恐惧。有几次，护理人员担心皮特心脏病发作，或者因肺部血栓导致呼吸困难，叫来了值班医生，但检查没发现他胸部有器质性变化。他好像做了噩梦，但醒来以后却记不清梦到了什么。皮特开始害怕夜幕降临，并推迟了睡觉时间，结果，他白天的精力越来越差，疼痛越来越严重。

有一个晚上，皮特在睡梦中挥舞拳头，大呼小叫，病房的护士把他从梦中叫醒。他醒来时还在叫喊着挥舞手臂，直到认出昏暗的病房和坐在床边椅子上的护士，他才逐渐平静下来。护士问他是否记得梦到了什么。“是的，记得。”这下他意识到，每天晚上他都在做同样的梦，或者非常相似的梦。这个梦让他感到害怕。它把皮特带回深海潜水的日子，让他感到命不久矣。

潜水员总是两个人一组工作，皮特解释说：“我们必须相互看得见。如果出了什么状况，我们要负责帮助‘哥们儿’浮出水面。我们从来不会丢下对方，这是一个原则问题，是一个荣誉问题，事关在水下分担彼此的危险。”

在梦中，皮特和他的长期潜水搭档总是在深海潜水，在黑暗和危险的水域修理管道。皮特意识到他的氧气快用完了，这时他们之间有一段距离。剩下的氧气可以支撑他浮出水面，或者找到并提醒搭档，但不能同时兼顾这两件事情。他不能丢下搭档，自顾自地浮出水面，但如果用剩下的氧气游向搭档，他就无法浮出水面。他举棋不定，就在他在困境中挣扎时，氧气耗尽了，他快死了。在那一刻，他总是惊惶失措地醒来，却记不住遽然而逝的梦。

护士打开灯，扶皮特坐起来，为他做了一杯加奶的热饮。她问皮特如何看待这个梦。他说：“是关于潜水的。这是每个潜水员都会做的噩梦。”

护士点点头，问他：“皮特，还有别的信息吗？”

皮特陷入了沉思。他点点头，抬眼看着护士。他认为梦的内容有关他，有关露西，以及死亡。“我不能把孩子们和应该由我们一起对付的事情都留给她一个人，但我无能为力。我的时间不多了。我快要死了。她将独自处理所有事情。我要丢下她了。她是我最亲密、最完美的搭档，而我要丢下她一个人，让她独自面对一切。”

护士和皮特慢慢消化这番独白。面对自己一直试图忽视的现实、一直努力战胜的困难，皮特感到震惊。

护士问他为了露西有没有做什么计划。她的这个问题仿佛打开了海浪下面的灯，把皮特的注意力引向可以把他和露西都带到水面的潜水钟。

皮特身体前倾，断然地说：“现在我必须帮助她。我们要把情况告诉孩子们，我们需要一起做这件事。我要回家。我得支持她。我要整理清楚家里的抵押贷款和保险。我们需要清理车库。我们需要再次携手合作。她不必什么都一个人扛……她还不知道我的想法。我要告诉她。”

第二天早上，护士在交班时谈到这些情况，但我们并没有为接下来发生的事情真正做好准备。皮特请求一位医护人员帮助他向露西说明他还有多少日子。他意识到自己的体力一周不如一周，他的预期寿命可能只有几周，最多不过几个月。他和露西谈了一个上午，两个人一边哭泣，一边制订计划，并询问我们的“家庭工作者”，如何向孩子们解释父亲将不久于世的消息。

那天晚上，他们问两个儿子对父亲有什么担心的地方。

8 岁的小儿子说：“我想，如果你再也不回家了，情况会怎么样。”

10 岁的大儿子说："爸爸你这次不会好起来了，对吗？"

皮特和露西发现他们似乎已经知道皮特活不到年底，但都在掩盖这一想法，假装一切都很好，因此，两个孩子目前的境地也是孤立无援。

他们哭了。皮特告诉他们："哭是可以的。我们男人可以哭鼻子，同时也很坚强。不只是女人才这样。我没见过比妈妈更坚强的人，但她哭起来像个小女孩儿。所以我们可以像男人那样哭，但要把事情做好。"

那个夜晚，以及之后在临终安养院的几个夜晚，皮特都睡得很好，没再做噩梦。他醒来以后，整个人看上去神清气爽，疼痛也有所减轻，于是开始下地走路。他那长期没用过的双腿变得很虚弱，需要借助助行架。皮特给助行架涂上了他所在球队的颜色。周六，露西开车过来接皮特，带着孩子们去钓鱼。周一，皮特出院回家。他的床已经搬到了楼下，几乎占据了整个客厅，一家人就坐在床上看电视。在皮特的严格监督下，他的 5 人球队成员帮忙整理了车库。他们喝了很多啤酒，唱了很多歌，一个星期就把车库清理好了。

肿瘤虽然变大了，但疼痛得到了很好的控制。去世之前的两周，皮特还能活动，后来他只能躺在床上，宣称自己是家里的"船长"，一切听他吩咐。

有时候，身体上的痛苦其实源于精神上的痛苦，那是生命最深处的痛，往往无以名状，或者不为我们所知。通过和皮特一起深入分析梦境，那位护士帮助治愈了他最难以忘怀的伤痛，使他得以安心地死去。

老年人的个性

由于身患多种疾病、体质天生衰弱，以及生活极受限制，不少人的生活质量受到影响。有些人天生就有缺陷，还有许多人在后天患上了各种疾病，当然，年龄较大的人往往受生存条件限制较多。有些人的身体完全瘫痪，有些人只是思考和反应能力受到疾病的影响，也有些人两种病况都有。

重病和慢性疾病改变了患者的生活方式，他们有大量时间思考人生变化所产生的影响。有些人外表看起来不堪一击，但仍然保持着内在的活力和对生活的热情；有些人看上去相对健康，却不能接受自己不如之前健康而为此苦恼。只有倾听这些人，我们才能理解他们对疾病、残疾或衰弱的看法。每个人都像一本书，记录着丰富的人生故事，无法仅仅通过“封面”做出判断。

我正在奋力写文章时，儿子在播放他最喜欢的音乐，我感觉很烦躁。他就不能用耳机吗？在准备和他交涉时，我的思绪回到了10年前，那时我身处另一个房间，听着另一种震耳欲聋的音乐。时光飞逝，我的心思转回医院病房，想到了梁太太和她的收音机，以及她那些叽叽喳喳的邻床病友。

梁太太那时98岁了。她在马来西亚长大，年轻时来英国读书。那时，攻读学位的英国女性很少，马来西亚女性就更少了。

作为经济学教授，她的一本关于债务和发展中国家的书引起了极大的轰动。这是一位头脑非凡的女性。

她在 70 岁退休，之后仍然继续为第三世界国家的债务问题发声，还在国际会议上发言，直到 80 多岁，她丈夫去世为止。之后，梁太太一直独自生活，她的健康状况也开始下降。她患有骨质疏松症，导致脊柱出现一系列骨折，她的身高因此变矮，身体前倾，行动能力也受限。再加上糖尿病引起血液循环不良，脚踝周围出现了溃疡，她只好卧床，或者坐在椅子上。

90 岁以后，她患上了白内障，无法继续阅读，对她而言，阅读是最大的爱好。因为不能自己洗澡，不能自主进食，也没人帮助自己上床、起床，她选择搬到疗养院生活。95 岁时，她的手总是颤抖，被诊断为帕金森病。这意味着她再也拿不起餐具吃饭了，如果没人帮助，她也开不了收音机。她的体重近年一直在下降。承载她那强大头脑的是一具已经精疲力竭的躯体。我们医院的糖尿病组、神经病学组和肌肉骨骼服务组都知道她，但她的病症已不是单一科室能解决的了。

我第一次见到她时，她通过急诊科住进医院，急诊科护士征求姑息治疗专家的建议。护士长莫妮可和我去急诊室评估她的情况。

急诊科护士玛丽亚解释说，一位背部疼痛的老年女士尖叫嚷嚷，搞得病房里的其他患者都很不安，希望知道我们的对策。玛丽亚说："她现在显然很烦恼，但我们无法和她交流，疗养院里负责陪护她的护理员说这种情况时有发生，他们也不知道该怎么办。"

玛丽亚报出了梁太太那长长的用药清单，有治高血压的，有治甲状腺功能减退的，有治骨质疏松的，还有治帕金森病的。梁太太吃药很吃力，但每天都必须吃三四次的药。

莫妮可点评梁太太的用药剂量时，玛利亚点头表示认可。我想起我刚取得行医执照时照顾过的一位老妇人，她像梁太太一样，也患有多种疾病，服用各种相应的药。我问她："你怎么记得服用所有的药？"她说自己会勤奋地写下令人生畏的清单：早上吃的药片、心脏药、类固醇和多种维生素，中午吃更多的"心脏药"、甲状腺素和较小剂量的类固醇，下午晚些时候服用更多的心脏药，还有睡前要吃的各种其他药。每天要吞服30多颗不同的药片。

她朝我眨眨眼，调皮地笑了笑，让我帮她把床头柜里的购物袋拿出来。她坐在床上，身体前倾，拉开袋子拉链，拿出一个巨大的玻璃罐。这是一家知名糖果商在圣诞节出售的精选产品的包装罐，各种各样的散粒药片装满了三分之一的罐子。我在无数个白色、蓝色、黄色和粉色的药片中认出了紫色的甲状腺素片和一些降压药：圆片、含片、正方形药片和小小的球状药片，有些药片是空白的，有些药片上面印着字母或数字。

"每次我拿到一个药，"她对我说，"我就打开药瓶，把药片都倒进这里面。然后，一天4次，我抓出一把药，吞进肚子。这个办法好像很管用！"在地高辛片剂量不足之前这个办法连续几个月都是有效的。地高辛是一种白色小药片，作用是维持心跳的稳定。最终，她因用量不足，心脏病复发，并住进了医院。我当时好想把那个罐子拍下来，因为它说明了多种药物混用的危险，给了我们一个非常重要的教训：不仅是我们开的药物越多，出错或者药物之间相互产生不良反应的可能性就越大，而且我们的处方必须契合患者的生活方式、服用药物的能力或者意愿。

20年后，急诊室的这位梁太太每天都要经受一场吃药的战斗，并可能因此精疲力竭。难怪她要尖叫。玛丽亚在接电话，于是我和莫妮可去看患者了。

我们在走廊里就听见一位痛苦的患者在哀号，于是循着声音来到病区，里面有三位女士在输液，她们身上连着心脏监护仪的导线，神情凄凉地看着另一张床边拉拢的帘子。帘子里面传来不愉快的尖叫、哀号和喘息声。帘子里面，一位身穿当地疗养院工作服的护理员坐在一把塑料椅子上，对躺在床上的那位著名经济学家柔声细语地说着话。

我们的患者看上去不成人样。她的身体直直地靠着背后的枕头，但她的脊柱是弯曲的，胸口前倾，所以面朝下。她曲着双腿，由于肌肉挛缩，她的双腿固定在一个位置。她的一头白发仍然浓密、平直、色泽暗淡，乱蓬蓬的。她搁在膝盖上的手不安地颤抖着。她和 20 年前那位活泼顽皮的配药师差异再大不过了。我和莫妮可交换了一下眼神，示意这将是一个非常难伺候的患者。

莫妮可马上行动起来。她在床边跪下，这样可以仰头看梁太太的脸。她微笑着，伸手去抚摸对方的手，语速缓慢而温柔地说："你好，梁太太。我是莫妮可，是这儿的护士……"梁太太停止了哀号，一副欲哭无泪的样子，盯着莫妮可。"你好，"莫妮可看着老人的眼睛，微笑着说，"很高兴认识你。"梁太太像个洋娃娃似的眨了眨一只眼睛，看着莫妮可，那张患帕金森病的脸毫无表情。莫妮可接着说："你听起来很不舒服。"梁太太笨拙地用一只颤抖的手拍了拍肚子。

"她肚子痛，便秘，"护理员解释说，"我们的家庭医生把她送到医院治疗，但她不喜欢背靠床头坐着。她害怕离开自己的房间，所以我陪她一起来。我把她最喜欢的毯子也带来了。"护理员自我介绍叫多琳，说话间，眼泪就流了下来。“有时候他们活得太久了，不是吗？这样活着已经和死没区别了。真是可怜，她是个很好的女士。”

莫妮可把多琳视为同事，并立即请求她的帮助。多琳介绍说，她的照顾对象喜欢平卧，莫妮可精心地拉好床单，挪了一下枕头，给予柔声安慰，带领我们帮梁太太侧卧着，这下，丰盈的枕头可以支撑梁太太的四肢和弯曲的脊柱了。梁太太又慢腾腾地眨了眨眼，她的眼周布满了皱纹。

“啊，她笑起来就是这个样子！”多琳抓住梁太太的手，发出了惊叹。梁太太深吸了一口气，脸上浮现出若有所思的表情，低声说：“谢谢你们。”为了说这句话，她费了好大的劲儿。

莫妮可说：“谢谢你允许我们挪动你。”然后她向梁太太介绍了我。她一如既往地说我是她“钟爱的医生”。她提醒梁太太，我可能有几个问题要问，梁太太立刻闭上了眼睛。

莫妮可和我换了个位置，以便梁太太可以看见我。梁太太骨瘦如柴，右胫骨皮肤上有一个小裂口，这是典型的溃疡，是血液循环不良所致。脚踝、膝盖、手腕和肘部骨头突起处的皮肤紧致而有光泽，且完好无损，这说明她在家时得到了良好的护理。我知道我们也需要检查她的脊柱和骶骨处的皮肤，但现在我们打算从病情最轻的地方开始逐步完成我们的评估。

我想了想这位患者的困境。她是一位极老的老人，身体虚弱，有多种疾病，到了她这个年纪，朋友和家人可能已经去世，她难免会感到孤独，这其中的每个因素都会影响其他因素，并破坏个人融入世界的能力。这个曾经强大的女人似乎只剩下一个空壳。很少有人承认这个事实：现代医学让我们活得更久，但它延长的是我们的老年，而不是我们的青春和充满活力的岁月。我们在对自己做什么呢？

还是明天再考虑生活质量问题吧，今天先处理疼痛问题。

“听说你肚子痛，”梁太太小心翼翼地睁开眼睛，我继续说，“如果可以的话，我想让它不那么痛。我摸你肚子的时候，请握住我的手，如果你要我停下来，就捏我一下好吗？我不想弄疼你……”她抓着我的右手腕，我用手指尽量轻轻地触摸她的腹部。她允许我继续，因为她的手和我的手一起移动，她知道我会碰到哪里。她太瘦了，我轻易就可以摸到她的内脏器官，以及严重便秘的肠道，难怪她肚子痛。

玛丽亚再次掀开帘子进来，宣布在老年病房为梁太太找到了一张床。这是一个好消息，我们可以一并考虑她面临的多重挑战，并制订行动方案。再过一小时，那张病床就可以用了。莫妮可和我建议给她安排一个治疗方案，让她的肠道休息一下，软化粪便，以缓解她剧烈的痉挛性疼痛；肠道休息、使用大便软化剂一两天后，新病房的护士可以帮助她更舒适地排便。她僵硬且颤抖的肌肉对改善帕金森病的药物还没有反应。也许她回家的时候会比来的时候稍好一点；这是一个收益递减的游戏，任何小小的改进都可能带来很大的改变。

我通过莫妮可跟踪了解梁女士在老年病区的近况。莫妮可每天都去看望她，评估肠道治疗方案的效果。她睡在一张特制的床垫上，以保护皮肤。便秘的情况正在好转，疼痛也控制住了。她服用的药品大大减少了，有些以皮肤贴片替代，所以需要吞服药物的次数也减少了。她仍然面瘫，但抽搐情况改善了。医生准备让她回疗养院，但她的右脚仍然疼痛，担心她的莫妮可就此征求我的意见。

我到的时候患者刚好吃过午饭。饭菜已经收走了，梁太太坐在一张躺椅上，她背靠椅子，身体向后倾斜，这样她就可以面向窗户，而不是面朝下。桌子上的收音机正在播放古典音乐，征得她的同意后，我暂时关掉收音机，以方便我们交谈。

“我希望有人把它扔出窗外！”她的声音出奇大，她一边说话，一边把颤抖的手伸向收音机，“吵吵嚷嚷的鬼东西。整天开着它，我都要烦死了！”我发现医院和疗养院往往有播放背景音乐的习惯，不知道是谁的主意。

我问她：“你是喜欢保持安静呢，还是喜欢听谈话节目？”她喜欢听BBC第四台。我保证谈话结束后，为她重新调好收音机。她慢慢地眨了眨眼，告诉我莫妮可每次来访都会重新调台，但这间病房有6张病床，其他女士抱怨谈话节目妨碍她们欣赏音乐。“这些女士大多数听力都很差，或者用不了耳机，所以一个人选好节目以后会把声音放得很大，大家都不得不听。如果但丁写《神曲》的时候已经发明了收音机，他会提到这种惩罚方式的。”

环顾四周，我发现这里还住着另外5位老太太。她们都穿着干净的病号服。身体情况较好的病友穿着便服，但这个房间住的是最虚弱的患者。有人在安睡。有位患者向我伸出一只手，好像希望我去救她；另一个则小心翼翼、全神贯注地拿着一个带吸管的塑料杯。当代版《神曲》可能也会描写这样的情形：老态龙钟的种种变化，清醒的头脑系缚在一具逐渐退化、但仍继续苟且的躯壳中；或者说，那些认知能力无情衰退，身体却健壮得近乎残酷的人无法再充分体验丰富的生活。这个病房可以说是一座干净整洁的地狱，不难想象这些女士正盼望着死亡的光临。

然而，观察者觉得难以忍受的事情，老年人往往觉得值得为之活着。梁太太并不是某天一觉醒来突然变老的，来这里之前，她走过了一段漫长的旅程，身体在这一过程中逐渐衰弱，偶尔部分恢复，疾病间歇性发作，通过治疗予以抵御。她和我从完全不同的角度观察她的处境，重要的是她的看法。随着陪伴老年人的时间增多，我学会了不做假设，实事求是。

我在她旁边坐下，同她讨论病情。她很高兴腹痛的问题解决了，便秘也有所缓解。采用了药效更强的止痛药以后，她可以仰卧，尽管她的脊柱情况还在持续恶化，但这个姿势改善了她的视野，让她更容易好好看看这个世界。她请医院的美发师给她洗头、梳头、剪发，康复小组还提供了大型的握把用具，有助于她自主进食，尽管帕金森病令她行动迟缓，需要别人帮助，她同意放置一根进食管，让她更轻松地摄入营养。更好的营养可以保护她的皮肤，可以通过管子把药物喷射进去，她不用那么费力地吃药。她可以为了享受口福随心所欲地吃点儿、喝点儿东西。

“我活得太久了，”她说这话时没什么感情色彩，我想起了入院当天那位护理员的话，“如果可以的话，我愿意把我的生命分几年给年轻人，给有家庭的人，给那些需要活得更久、却办不到的人。如果生命的长度像可转移的资产那样简单就好了。”这是她对自身困境的经济学评价。

我问她：“你想终结生命吗？”她没有马上回答，想了想说，她不想有意结束自己的生命，但她遗憾生命到了如今已失去了意义，失去了行动能力。我点点头，反思了一下她提到的老年人普遍面对的一个关键困境。

我正准备把话题转到她脚上的疼痛，这时身上突然涌起一阵潮热。我浑身发热，感觉到与更年期潮热相伴而至的那种突如其来、类似于恐慌的不安。我知道我的脸红了，我能感觉到身体在出汗。

梁太太指了指桌面上一个看起来像眼镜盒的东西，让我打开。里面是一个电池驱动的手持风扇。她推开开关，将它举在我面前，说："别担心，亲爱的。很快就会过去的。这种感觉很讨厌，不是吗？"她等着我的潮热过去，一边用风扇给我扇风，一边专注地看着我的脸。她这种善良的举动一下就把我征服了。

"我曾经觉得这是个很烦人的问题，因为我大学系里的其他同事都是男的，没人能理解。这下你感觉好点了吗？"我感激地点点头，她摁下开关，把风扇关了。

"终究会习惯的，"她说，"对，它们消失以后可真是太舒服了！我可不想念它们。"她告诉我，她直到 80 多岁潮热才停止——希望我的脸不会暴露我听到这话时感到的恐惧。这时，我意识到发生了某种有趣的情况：我们的关系改变了。现在，一位年长的妇女在指导一位年轻的妇女。梁太太老迈的身体仍然有一个敏捷的头脑，它想跟上时事的发展；它发展了一种以经济学为基础的时间消失哲学；它可以给人智慧，可以予人善意，然而很少有施展它的机会。通过这个简单的善意之举，她暂时变成了一个完整的人。

脚痛很容易诊断。她的脚总是抽筋，检查的时候，我看到足弓上面有一条带状肌肉锐利的边缘。她说得对，抽筋是帕金森病一个公认的特征，可以通过注射肉毒杆菌毒素，让肌肉瘫痪数周或数月，并根据需要重复注射。不需要额外的止痛药，不再有突如其来的抽筋扰乱她平静的心情或者睡眠。

我在她的指示下重新调好了收音机，把它放在她耳边的枕头上，这样能保证她听得见，却不会干扰其他患者。我们像一对同谋一样会心一笑。我起身准备离开。周围的几位女士在我眼中有所变化，我感觉到了我与她们之间的相似，而不是年龄和健康状况所致的差异。年轻人很容易忽视老年人的个性，像我这样的年轻人看不到他们的人格，对他们积累的智慧、经验和耐心往往不放在心上。从这位体弱多病的老妇人身上，我学到了一个重要的教训。

她轻声说："再见，亲爱的。"她的声音里透露着哀婉。我回答说："再见。谢谢，教授。"她又像洋娃娃一样眨了眨眼睛，眼角布满皱纹。

我们对彼此都有所帮助。

一个人的生活质量真的只能由自己衡量。人们很容易认为带病生活会是一种负担，但老年人往往接受身体的局限性，认为为了活得久一些，值得付出这样的代价。许多人告诉我们，与身体不好相比，孤独更让人难以承受，这是一种隐藏在眼前的悲伤，是一种现代流行病。

无论有没有认知能力衰退的问题，活得更久的代价是我们都会步入高龄。2015 年，阿尔茨海默病首次成为英国最普遍的死亡原因。在发达国家，阿尔茨海默病患者的增加构成了道德和社会的双重挑战，在这些国家，家庭成员星散四处，老年人不太可能与亲属生活在一起。

如何对待社会中最脆弱的成员是对我们价值观的真正考验。他们在工作期间为公共利益做出了贡献，我们应该如何为这些疲惫的长者提供支持？如何帮助他们为独特的自我而感到满足感和自我价值，而不是因为他们做出的贡献？

生命的每一天都是礼物

语言具有强大的力量。与人交谈的时候，每个人都会假设对方以符合我们预期的方式理解我们说的话，但情况并非总是如此。存在文化差异时，基于不同的解释方式，出现误解的可能性更大。别人听到的可能不是我们的原话，而是我们意料之外的意思。这种情况可能会造成误解，让他人困惑，但也可能产生意料之外的新结果，尤其是在人们感到词不达意，从而向对方传达对自身的深入剖析和彼此共同的人性时。

这是一个起风的日子，午饭时，我冲进临终安养院那会儿，皱巴巴、核桃壳似的棕色树叶像一群兴奋的老鼠一样飞驰而过。和往常一样，我带的包太多了，有一只公文包、一个背包和一个装着昨晚文件的大购物袋。我的孩子们都以为我的秘书要批改我的作业。

我狼狈不堪地朝办公室跑去，只见白灰色的云在下面的河谷上空掠过，看来天黑之前会有一场秋雨。孩子们上学时带上外套了吗？我不记得。我拿出一盘口述信件磁带、一份预约单和电话清单，交给我非常信任的秘书处理，又给她交代了购物袋里的东西，然后朝楼下冲去。查房之前，团队成员聚在一起讨论我们的患者。

人都到齐了：一位病区护士、一位社工、一位牧师、一位理疗师，以及我和另外两位医生。其中一位医生和我们一起工作 6 个月了，这是他家庭医生培训内容的一部分；另一位正在接受姑息治疗专业培训，她马上该准备申请她的第一份会诊顾问工作了。职业治疗师尽可能配合我们。她在和患者一起烤面包，这位患者不记得昨天做过的事，但记得多年前和母亲一起烤蛋糕的情形。这类记忆工作往往会开启重要的新信息，帮助我们更好地理解患者，而且还有面包可吃。

会议开始了。查房时，我们有一个习惯：讨论有关患者的重要问题时，大家一起喝着茶或者咖啡。讨论完查房期间要解决的主要问题后，我们会巡视整个临终安养院，挨个探望患者。对于有些患者，我们的关注点可能是身体症状或推进出院计划；对另一些患者，我们的关注点可能是近期更换药物、物理治疗或者职业治疗的影响；还有一些人，我们可能会讨论他们的情绪困扰或对自己的认知问题。偶尔我需要会见新患者，在这种情况下，一位年轻医生负责介绍截至目前的情况，我俩将综合考虑需要为患者及其家人解决的所有问题。

今天的会议将讨论 5 名我很熟悉的患者、2 名我在医院姑息治疗联络小组工作时认识的患者以及 1 名新患者。

我们的实习家庭医生介绍了新患者纳姆丽塔·巴赫特的情况。纳姆丽塔 37 岁，已婚，有 8 个年龄在 2 ～ 16 岁的孩子。他们家是一个虔诚的穆斯林家庭，她在临终安养院也会按时祷告。她的肺癌已经扩散到肝脏，导致她总会感到非常恶心。她是由家庭医生转介到临终安养院的。家庭医生去她家，发现她用一个碗接着呕吐物，焦虑的亲戚和 8 个孩子围着她，医生认为我们也许可以帮助她控制症状，给她一个休养喘息的机会。

纳姆丽塔同意来临终安养院。她的婆婆每天带上孩子们乘出租车来看望她。她丈夫每天晚上下班后来照顾她。大女儿鲁巴妮晚上住在临终安养院，为不会说英语的母亲做翻译。我问专门找一个翻译怎么样，因为让一个 16 岁的孩子翻译有关母亲重病的对话似乎有些残忍。医疗团队说，纳姆丽塔不接受家人之外的翻译。恶心仍然是一个严重的问题，但她拒绝服用我们通常使用的任何药物。

我问道："她不吃药的原因是什么？"

"不知道，"护士说，"一开始我们以为她怕打针，但她也不吃治便秘和治咳嗽的药。"

牧师问道："她是不是认为应该使用传统药物？"

"不，不是那样的，"护士说，"她和丈夫似乎认为她应该受苦。看起来真让人难过。她在床上一动不动。她最小的孩子才两岁，他想坐在妈妈的膝盖上，但纳姆丽塔必须把呕吐用的碗放在膝盖上，所以孩子只能坐在奶奶或者护士长的膝盖上不停地哭。"

"有时候，虔诚的穆斯林认为苦难代表真主的意愿，"牧师说，"看到这种情景，我们很难过，但她可能觉得有意义。查房的时候不妨问一问。"

整场会议气氛明显很压抑、沉重。我们每天 24 小时都在处理患者的痛苦，但我们的应对机制是提供帮助。如果帮助不被接受，我们会感到权利受到了剥夺，无助感令我们陷入悲伤。

喝完已经变凉的饮料后，大家开始查房。护士把巴赫特先生也请了过来，他大概在一个小时后到，所以我们先去看了其他患者。

我们来到纳姆丽塔的病房时，牧师已经走了，因为他要去拜访一个亟须帮助的家庭。职业治疗师表示，烤面包治疗成功地让那位健忘的患者想起以前的往事，她很高兴石头一样的面包和她儿时记忆中的味道一模一样。这下，我们的队伍共有 6 个人，但请求患者允许进来的时候，我们仍然为人数太多而尴尬，于是便一个挨着一个进了房间。

纳姆丽塔个子很高，但已经瘦得不成样子了。她佝偻着腰，一动不动地坐在床上，试图克服体内汹涌的恶心感。无论是干呕还是朝碗里呕吐，她的头巾都保持在正确的位置。女儿鲁巴妮给她揉着背，用旁遮普语喃喃安慰她，再用英语向我们解释纳姆丽塔的痛苦。巴赫特先生坐在床脚的一张矮凳子上，手指划拉着头发，眉头紧锁。其他孩子和他们的祖母出于尊重去了休息室，他们认为顾问出席的会议需要隐私。

我介绍了团队成员，并与纳姆丽塔和她丈夫握手，然后绕过病床，坐在靠窗的直立扶手椅上。其他人各自找了地方坐下。进病房坐下是我的另一个习惯——和患者平视能表达对患者的尊重，传递探访的意味，而不是“顺便看一眼”。单人房里设计了一张沙发床，可以坐 4 个人。剩下的人坐在椅子上或者席地而坐。我通常坐在地上，但我感觉这家人很看重礼仪，所以我坐得端端正正的，尽量摆出顾问的样子。

我们讨论了纳姆丽塔迄今的健康状况。她丈夫能说一口流利的英语，只是带有旁遮普口音。他解释说，因为必须照管生意，他白天一般来不了。鲁巴妮补充了一些细节，说父亲开了一家业务兴盛的地毯店，在巴基斯坦街区、清真寺和商界都有店，他是一位受尊敬的人。他在英国和巴基斯坦的家人都靠他生活。女儿显然很为父亲感到骄傲。即使在妻子病得这么重的情况下，工作对他来说依然是一项重要的职责。鲁巴妮告诉我们："看到妈妈病得这么重，爸爸很伤心，有时候还会流泪。"

巴赫特先生告诉我们，纳姆丽塔是他生命中的珍宝。他把妻子带到英国，靠卖地毯挣钱。虽然没有发多大的财，但他们在旁遮普人聚居的社区过着幸福、舒适的生活，纳姆丽塔从来没觉得有必要学英语。家庭规模逐渐庞大，而且几乎每年都资助巴基斯坦的亲人来英国探望。他们都很欢迎纳姆丽塔的姐姐一家及巴赫特的父母长期逗留。生活这幅画卷被他们描绘得丰富多彩。

大约一年前，纳姆丽塔喂最小的孩子吃奶时，感到有些疲倦。开始的时候，她以为是因为忙于家务、照顾孩子，但婴儿断奶以后，她仍然打不起精神，并咳嗽起来。婆婆建议她服用传统药物，但丈夫是现代医学的支持者，坚持要纳姆丽塔找一位家庭医生看看。

在两周的时间里，纳姆丽塔做了检查，发现患有广泛期肺癌。她每次去看病，丈夫都陪着她，并为她和医生做翻译。确诊后，同情他们的胸科医生也落了泪。

巴赫特说："那个人看起来人很好，但我们觉得不能信任他。"

我认识那位医生，他是我愿意托付生命的那种人，所以我很疑惑到底发生了什么事，于是继续往下听。

每次看病，巴赫特都会翻译纳姆丽塔目前的问题，并把医生的回答告诉她。癌症中心的专家解释说，癌细胞肿块太大，不宜做手术，建议放疗和化疗同时进行，缩小癌肿块，但是这种办法并不能治愈她的病。她最大的希望，是看到她刚开始走路的孩子长大上学。

纳姆丽塔进入了一个陌生的新世界。她住进了癌症中心，每天接受几次放疗，同时进行输液化疗。治疗过程很消耗人的体力。她不断祈祷能恢复到照顾家人的水平，渐渐地，她咳得少些了。她回到了家里。婆婆搬到她家照顾孩子，因为每天被爱包围，家里的伙食也很好，她的体重增加了，长出了新头发。

“她参加了学校的体育日，看上去好多了，”巴赫特告诉我们，“然后病又复发了。总是感到恶心，有种晕船的感觉。不吃东西，一直呕吐。这不太好，我意识到她需要帮助。我们又去找那位胸科医生，他发现癌细胞现在在她的肝脏里。情况非常糟糕，非常严重。”

巴赫特停顿了一下。我们等着他。他哽咽了，舔了舔干燥的嘴唇，又用手指拨弄起头发，看着疲惫的妻子干呕，护士长替她拿着碗，用一块湿布给她擦脸。他说不下去了。我知道该我说话了。

“巴赫特先生，我们很高兴可以照顾纳姆丽塔，”我说话小心谨慎，他点点头，“我知道她不明白我在说什么，你能先给她解释一下，你刚才是如何介绍病情的吗？”他又点了点头，用旁遮普语和妻子交谈，鲁巴妮则满面关切地看着母亲。

“巴赫特先生，现在我希望你帮我问纳姆丽塔一些问题，好让我们尽最大的努力帮助她。请解释一下我想问她一些问题好吗？”

他又一次和蔼地告诉了妻子。

“我们想了解，”我说，“为什么纳姆丽塔感到非常不舒服，却不愿意服用我们认为对她有帮助的药。”

巴赫特一下坐直了，用明亮而专注的目光注视着我。“我可以代表我们俩回答这个问题，”他宣布，“我们意识到不能接受英国医生的任何建议，一点儿也不能。因为英国医生认为他们是上帝。他们认为自己洞悉上帝的想法。我们在医院遇到的那个值得信赖的医生就是这个样子。如果医生认为他们可以和上帝平起平坐，那他们就被误导了，我们就不能相信他们。”

我听得目瞪口呆。没想到是这个样子。我想起了那位同事，他和蔼可亲，极其勤奋、认真地对待这家人，他可能是我认识的最谦卑的人。如果他听到这个指控，他会惊讶的。

之前同事们的目光都看向巴赫特先生，现在齐刷刷地转向了我。经验丰富的实习生睁大着眼睛，社工的表情好似在看一部悬疑片。他们在等我的反应。

“谢谢你告诉我这个情况，”我用尽可能谨慎的语气说，“请你向纳姆丽塔解释一下你刚才对我说的话，好让她知道我们在说什么，好吗？”

巴赫特转向她。交谈了几句之后，语调从温柔变得突兀起来。他把脸转向我。

“谢谢！我很高兴知道纳姆丽塔明白我们在说什么，”我说，“现在，如果你愿意，请帮助我直接和纳姆丽塔谈谈好吗？”

我对着她说：“纳姆丽塔，我了解你对奥黑尔医生失去了信心，因为他似乎认为他知道上帝的想法。我对你的理解正确吗？”巴赫特先生用旁遮普语重复了一遍我的问题，我希望没被曲解。即便被曲解了我也无从知道，不过鲁巴妮似乎对目前的交流感到满意。纳姆丽塔说了几句话，鲁巴妮等着父亲说话，他说：“确实是。我们非常震惊。”

我问道：“纳姆丽塔，你能给我解释一下那天的情况吗？”

巴赫特和她交谈了几句之后，鲁巴妮说：“妈妈说她很累。她建议由爸爸解释，我会把他的话告诉妈妈。”

“谢谢你，纳姆丽塔，”我说话时，眼睛一直看着她，“你歇着吧，我们请他解释。”鲁巴妮轻声给她母亲翻译，我把目光转向巴赫特先生。所有团队成员也一致把头转向他。

“我们去了他的诊所，”巴赫特先生说，“我们知道纳姆丽塔的病情加重了。我们在家里讨论时，她说想死在巴基斯坦。那是她出生的地方，她想在那里举办葬礼。所以我对诊所的医生说，我想带她回巴基斯坦。”他停下来歇口气，让鲁巴妮有时间轻声翻译给母亲听。

“你知道他怎么说吗？他说她的肺承受不了飞行。我告诉他我们可以乘船、乘火车。然后你知道他怎么说吗？”他打住话头，满脸期待地看着我。所有人都把头转向我。

我平静地问：“他怎么说？”大家齐齐把头转向他。

“他说……他说……他告诉我们她会死在途中。她会在三个月之内死去。她活不过三个月。只有上帝才能给予生命或者拿走生命。只有上帝才行！如果他认为，如果英国医生认为，他们了解上帝的意思，那我们就不能接受他们的帮助。这是一种亵渎。不能这样！”

所有人都把目光转向我，全场一片沉默。鲁巴妮也没作声，她的眼中涌起惊诧的神情，泪水顺着脸颊流淌。对她来说，这是一个新闻。她父亲极度痛苦，而她了解到了以前不知道的情况。巴赫特先生怒气冲冲地看着我，我从眼角的余光看见护士长握着鲁巴妮的手。所有的目光都齐刷刷地看着我。我理解了文化差异如何破坏了巴赫特夫妇对英国医生的信任。我究竟该如何处理这个问题呢？我不知道如何予以纠正。

“噢天哪！这下我明白你们不能接受我们建议的原因了。尽管我认为他的本意是为了帮助你们，但我明白那些话有多伤人。”我停顿下来。大家仍然注视着我。

这些善良的人试图过一种忠于信仰的生活，我想象着他们陷入这种困境时内心该多么痛苦、多么恐惧。他们的勇敢和自我牺牲精神实在太令人敬佩了！我感到喉头发紧，泪如泉涌，但竭力保持声音稳定、平静。

“巴赫特先生，纳姆丽塔，鲁巴妮，我不知道该对你们说什么。很抱歉你们的医生，也是我的同事和朋友给你们造成了那么大的伤害。”我停顿了一下，鲁巴妮低声把我的话告诉她母亲。

“我只知道，你们在这里接受治疗期间，我和我的同事们会把每一天都当作上帝的礼物。无论你们是否接受我们的药，我们都欢迎纳姆丽塔留在这儿。谢谢你帮助我们了解情况。请告诉纳姆丽塔，我无比钦佩她与这些可怕症状斗争的勇气。”鲁巴妮低声翻译道，纳姆丽塔抱着那只碗努力微笑、点头。

我问道：“你们还有别的问题想要和我们讨论吗？”

没有了。我站了起来。团队成员和巴赫特先生也站起来准备走了，离开之前，我再次和这家人握手。这次对话把我搞得筋疲力尽，我对纳姆丽塔的症状感到无助、绝望。我们默默地回到办公室。

着手后面的任务之前，我们做了 10 分钟的总结。职业治疗师带着烤好的面包加入进来，我们一起商讨如何最好地帮助巴赫特一家。对他们而言，信仰最重要，我们如果以任何方式挑战他们看待病情的角度，那就会破坏我们与他们之间的关系，就像他们与不知情的胸科医生之间的关系那样。我们决定请牧师明天给他们的清真寺打电话征求意见，但不披露患者和家属的姓名。处方保持不变，纳姆丽塔若改变想法了，随时可以服用那些药。

社工说：“每一天都是上帝赐予的礼物，你这个说法太美了。”

“若是我的话，我不知道该说什么，”即将成为顾问的医生说，“她的困境让我感到不知所措。我急切地想知道你会怎么说。”

我告诉他们我也不知道该说什么，所以我只是告诉他们我们如何工作：每天都是新的一天，就像一份礼物一样，我们努力让每一天都有价值。这就是我们的工作。我仍然感到不知所措，但我该去接孩子了，然后还要回家做晚饭，所以我整理好思绪，拿上我那几个包。我出发的时候，天下雨了，风骤雨斜，凄凉的雾气倒是与我的心情挺吻合的。

我女儿比纳姆丽塔的小儿子大一岁。遇到刮风天，孩子们往往会不耐烦，托儿所里一片嘈杂、喧闹，我家小艺术家的手里拿着她的画，上面是恐龙在对青蛙说话。我们像地上被吹得飞舞的树叶那样匆匆跑到车上，然后急忙赶往儿子的学校。泥泞的球场上，足球训练接近尾声了。他满脸通红，兴高采烈，因为全身都湿透了，不得不垫着塑料袋坐在车里。两个孩子觉得坐在塑料袋上很好玩儿，想到回家可以洗个热水澡，然后和爸爸一起吃饭，他们一路上都很开心。

他们喜欢我们的阁楼浴室，外面冷雨敲窗，风在屋顶上的烟囱周围呼啸，屋里却是一派温暖、欢乐。他们谈论恐龙，猜想是不是所有的青蛙都讲相同的语言，我看着、听着、笑着，和他们有一搭没一搭地聊天，心里想着在余下不多的时间内，纳姆丽塔是不是还有机会与她心爱的孩子们分享这样的甜蜜。

第二天下午到达临终安养院时，风已经停了，潮湿的人行道上落满了黄色、红色、黄褐色的树叶。进了大楼后，我发现托盘里有一张护士长给我的便条：“请到楼下，跟你说说纳姆丽塔的事。”我的心顿时沉了一下。

护士长看起来心情很好，说让我“来看看这个”。我跟着她，沿着病房走廊，经过香气扑鼻的餐车，这时我又想起纳姆丽塔因为恶心而失去的所有乐趣。护士长在开着的病房门外停下了脚步。我看见鲁巴妮和奶奶坐在窗边，面对着房门聊天。我换了个位置观察，只见纳姆丽塔坐在床上，幼小的孩子坐在她的膝盖上。她微笑着，全然沉醉于和他的交谈。她唱着歌，抱着他在膝盖上跳动。接呕吐物的碗不见了。这怎么可能？

鲁巴妮对我笑笑，然后对母亲说话。纳姆丽塔抬头看着我，绽放出灿烂的笑容。我惊讶得说不出话来。她挽起袖子，给我看皮肤上粘着小针头的地方。我看到一根细细的塑料管，意识到她安上了注射器驱动泵，她在输抗恶心的药。

“怎么……”我甚至不知道如何问问题。

“昨天晚上，”护士长说，“巴赫特先生把孩子们送回家后又回来了，他和纳姆丽塔交谈之后，来到办公室，说她愿意试试我们推荐的药，因为我们尊重上帝的生命礼物。她先注射了一剂药，然后我们启动了注射驱动泵。她睡了一整夜，今早喝了果汁，午饭吃了一个薄饼。”

我们一边治疗纳姆丽塔的恶心，一边呵护她的精神健康，不让她感到受冒犯，帮助她重获生命力。她可以回家和心爱的家人住在一起了。如胸科医生预估她活不过 3 个月的那样，10 周过后，她永远安眠在了自己的床上。在那 70 天里，她是妻子、母亲、管家，以及她所理解的神的信徒。虽然她没有回到自己的家乡，但她忠诚的乡亲围着她，第二天日落之前，他们按照传统的方式埋葬了她。

享受每一个当下

结束陪同他人迎接死亡的旅程之前，让我们停下脚步，看看姑息治疗中一个普遍存在的悖论。寻求病房或社区姑息治疗团队的支持时，工作人员经常提出这个问题："为什么你们总是来看我们最可爱的患者？你们怎么能让那些最善良的人接受你们的照顾？"好像的确如此。看看安宁疗护住院病房、日间护理、医院或者社区姑息治疗团队的患者名单，我们意识到这些患者都是卓越的人。我们是在透过玫瑰色的眼镜看世界吗？还是说，那些意识到生命即将终结的人真有什么特殊之处？

我一生都在思考这个问题。渐渐地，我发现了一个现象。事实上，我们有幸在其生命最后阶段与之相遇的那些人确实非同寻常。他们勇敢地忍受各种症状。随着死亡的临近，他们调整希望，从逃避死亡到拥抱每一个日子。他们放下为未来做计划、为未来担心的顾虑，专心享受当下。在最后一次接受广播访谈时，濒临死亡的剧作家丹尼斯·波特（Dennis Potter）雄辩地表达了这一点。当时他在欣赏窗外的梅花，他这样形容对寻常事物的新发现，说它们是"最白、最茂密、开得最繁盛的花"。

这些人把世界的中心从自我转向他人。他们一心一意地爱所爱之人，同时也把这种爱传递给周围所有人，包括他们在医院或临终安养院的病友，以及我们这些照顾他们的人。他们能注意到护士很疲惫，能记得清洁工的女儿在参加考试需要得到照顾，所以他们对自己受到的关心表达感激。我们都沐浴在他们散发的慈悲之光中。

这是怎么回事？是什么样的改造催化剂把一个脾气暴躁的退休煤矿工人或者曾经古板的教授，变得如此具有人性美？这一变化并没有消除他们的小缺点，但在某种程度上，它磨平了他们个性中最尖锐的棱角，因此我们不周的照顾和陪伴不太可能引发他们的暴脾气，或者点燃他们心中残存的怒火。他们在无形中变得更宽容、慷慨，但往往意识不到这个过程。他们只是发觉身边的人比以前更善良、温和，对缺点也更包容。他们没有意识到，这是他们自己性格的一个优点，只是觉得周围人比他们以前认为的更好。

关于实现自我成长，从现代实验性的幸福心理学，到那些伟大的学说，以及孔子和斯多葛派哲学家们的无神论智慧，人类的传统智慧已经讲得很多了。这些理论认为人类生命由两个阶段组成。第一阶段是确立我们的身份，拥有一双过好成人生活的“安全之手”。人生的这个阶段必然是以自我为中心的，一切都关于“我”。我在干什么？我代表什么？我有哪些天赋和才能？我有哪些优势和能力？世界认可我的能力吗？我们也许会对自我进行一定程度的审视，辨别自己的缺点和弱点，但那只是为了确保把它们隐藏起来，不让别人知道和评判。因此，在人生的第一个阶段，我们每个人都会确定自己是谁。

人生的第二阶段是实现超越，迈向智慧境界。对许多人来说，这只能在漫长的人生过程中才能形成。然而，有些人的转变可能来得比较早，那通常是因为他们经历了巨大的损失和深刻的痛苦，就像我们的患者知道自己患上不治之症的那一刻；知道死亡即将来临，这意味着他们所熟悉和珍视的一切即将结束。每一种传统智慧都以自己的方式描述了这一转变过程，它们共同的核心“黄金法则”是形成对他人的同情。焦点从“我”转向“所有人与事”，包括对自己的仁慈，像那些实现了超越、处于人生第二阶段的人以慈爱的方式宽恕他人的错误一样，具备认识和原谅自身错误的能力。

我在书中谈到的那些临死之人，即人生达到了这个新阶段的人。他们富有同情心和智慧，忽视甚至拥抱别人的缺点，享受每一个当下的“存在”感。

这种世界观的转变是一种精神上的转变，无论是否成为有神论者。这种转变促使人回顾自己的生活，认识到他们可能曾经给他人造成过伤害，并为之反思，思考如何弥补过错。在临死之人最后的遗言中，出现得最多的一句话是“对不起，请原谅我”。从这句话中，他们对自己给他人造成伤害的自责表露无遗，他们希望能收回当时的言行，对他人的缺点也抱有更大的耐心。

同情心也使人以一种不那么主观的方式，审视自身受到的伤害，因此第二句最常见的遗言是“不要担心，我已经原谅你了。不愉快的过去不应再横亘在我们之间”。这句话很有力量。有时候，垂死的人会重寻那些与他们疏远了的人，重新搭建友谊的桥梁。时间、距离或死亡可能会妨碍这个愿望的实现，但宽恕的决定仍然可以让人从伤害中解脱出来。

他人是与“我”一样值得敬畏、同样珍贵的人，对他人的这种悲悯之心促使人们深深地感激身边的事物。对于最微小的善意，对于那些表达支持的陈词滥调背后的善意，濒死的人都心存感激。他们感激每一刻的经历，比方说丹尼斯·波特那“最繁盛的花朵”。对他人表达感激是另一种最后的遗言。这时，“谢谢”表达的是一种衷心的谢意，而不仅仅出于礼貌。

最后，也是最常见的一条遗言是“我爱你”。这句话表达的是对所爱之人的全部感谢。真正的同情是承认却忽略被爱之人和彼此关系的不完美，只欣赏彼此的爱。对最亲近之人的爱最为深刻，这种爱甚至会涌向每天遇到的陌生人和工作人员。在姑息治疗中，我们照顾的患者已经达到了无意识散发爱意的人生阶段。

所以，这些人在任何病房都是最受欢迎的人。当然，人们因此觉得“好人命不长”。这些人像我们一样，都只是普通人，但他们处于人生旅途的一个特殊阶段，我们所有人都受益于他们的同情心。大体而言，他们都不是“圣人”。面对自己的命运，他们仍然有极度悲伤、恐惧或者愤怒的时候，但他们是我们的榜样，我们都可以成为他们那样的人：他们专注于活在当下，怀着感激和宽恕的心情回顾过去，专注于真正重要的简单事物。

这就像看着一朵玫瑰花完美绽放。最辉煌的时刻，也是花瓣绽放至极、行将凋落、华彩化入风中之时。

停下来思考一下

生命的局限

我们探索了很多想法，现在终于抵达这个境地。这是一些真正伟大的思想。证据表明，到达人生终点时，我们对过往经历既有满意，也有遗憾——现在是调整二者平衡的时候了。人生的每一刻就是我们活着的“当下”。那么，即便我们还没有到面对死亡的这一刻，我们能做些什么来调整这种平衡，让自己感到满意，远离遗憾呢？

在你的生活中，指导你做出决定的价值观是什么？你在多大程度上实现了对自己的期许？你评价自己时，会像评价别人那样抱有善意吗？为了让你的生活方式与你的价值观和信仰更加匹配，你想做出什么改变吗？你采取的第一个措施是什么？

构思临终遗言时，你想感谢谁？为什么感谢？有没有办法让他们知道你的感激之情？你可以写封信吗？发送一封电子邮件？对着风大声说出来？把你对某个人的感激直接告诉他？

宽恕呢？你想寻求谁的宽恕？为什么？你想向某人道歉吗，还是向自己？你可以怎样表达你的遗憾？也许是时候联系某个人，试着与之和解了。也许由于某种原因，你们再也没有和解的机会。如果是这样，你可以设法弥补你的过错吗？如果这么做让你感到担心，你可以考虑找个咨询师谈谈。

也许你是被冒犯的一方，那么你有想要原谅的人吗？你想和某个人确认，过去的争吵或者误解所导致的怨恨已经烟消云散了吗？你怎么告诉他们？有没有共同的朋友可以带话？可以打电话或者写信吗？可以见个面，或者进行视频聊天吗？还是说，你已决定原谅，让伤痛过去，继续朝前看，就够了？

还有心中那些需要表达出来的爱。当然，你可以在遗嘱里留下信件、卡片和实物。但是，在你活着的时候亲口说出来或者写下来，给他们一个机会，让他们知道你的爱，意义会更加深远。对于孩子和孙子，你可以在照片上写几句话，让他们看到你多年来收藏的那些记载岁月的图画和信件，以此分享你最快乐的回忆。为他们未来将经历的重大场合写下信件：毕业、就业、结婚、特殊的生日，同时告诉他们，你多么爱他们，多么珍惜他们。

如果你不知道如何着手行动，并为此纠结，请参阅本书最后的书信模板。你可以复印下来，也可以在信纸上把模板抄下来。

人的一生都是在致力于让生命圆满结束。这是一项伟大的工作，我们应该对此给予关心，并花些时间去做这件事。

WITH THE
END IN MIND
结语

生命终将结束，也终将获得圆满

在这么多临终者的床头坐过，陪伴过这么多人走过生命的最后一程，与死亡对话已经成了我日常生活的一部分。奇怪的是，我并不觉得这是负担，我也不感到悲伤，我认为这反而是一种观念的启迪，一种令人喜悦的希望的火花，以及不管好坏，一切终将过去的意识，我们唯一对时间有所感知的就是转瞬即逝的当下。所以我们回望过去的时候，困难时刻会被一笑带过，美好时光则顿时变得珍贵无比。

快乐和失望都会随着时光流逝。所有生活经历本质上都是暂时的，这样的意识令人变得谦卑。这就是为什么在古罗马为凯旋的将军举行的公众游行上，当马车经过人群时，有一个奴隶向他们欢呼，而他的角色就是提醒他们，生命是有限的，这个盛况空前的时刻也会成为过去。

不同文化中每个广为流传的民间故事都包含着对永生的追求，而结局往往很糟糕。有关神仙的故事表明，永生令他们承受孤独；最重要的是，故事讲到那些神仙为了不再长生不死，或者出于对某个凡人的爱，宁愿放弃永生的机会。从民间故事提炼的文明智慧告诉我们，不死被视为有毒的圣杯，它可能导致严重的问题。古老的智慧把死亡视为人类境遇中一个必要的，甚至是受欢迎的组成部分：它是不确定性或者绝望的终结，是强制性的时间界限，时间和人际关系因此成为无价之宝；它是一种应许，保证我们终将放下生活的重担，结束循环往复的日常斗争。

分享了这么多普通人生命最后阶段的故事，我希望我证明了这一点：最终，每个人都不平凡，每个独特的个体都有自己不同于他人的特殊之处。在生命的最后阶段，我们会转变视角。让我们专注于生活中最重要的事情吧！正如这些故事所表明的那样，这种转变既尖锐，又令人释然。生命诚可贵，也许保持生命终会终结的意识，我们就可以更好地欣赏“活着”这件事。

该谈谈死亡了。

我的话说完了。谢谢聆听。现在轮到你说话了。

WITH THE
END IN MIND

专业术语

每个行业都有自己的技术术语和缩略语，尽管同行看得懂，但局外人可能会迷惑不解。为了让读者明白我的意思，我尽可能避免使用难懂的医学术语。

以下是我在本书中使用的一些术语，以及它们在英国的具体含义。

国民保健服务（National Health Service，NHS）：

在英国，所有的医疗保健都由政府使用公共所得税衍生资金支付。患者接受的所有医疗保健服务都是免费的，无论他们是在附近的健康中心看医生、在紧急情况下使用救护车、去医院看门诊，还是住院接受检查和治疗。

安宁疗护（Hospice Care）：

1967 年，西塞莉·桑德斯（Cicely Saunders）夫

人开办了第一家现代化的临终关怀医院，旨在提供姑息治疗，即关注患者临终阶段的生活质量，而不是延长预期寿命。20 世纪 50 年代，她在位于伦敦哈克尼（Hackney）的圣约瑟夫逝者之家看到了希望提倡的临终关怀，并在此基础上发展了安宁疗护。

安宁疗护兴起于 20 世纪 60 年代，它反对癌症医疗中“不惜一切代价治疗”的理念。安宁疗护机构主要是慈善组织，与当地的国民保健服务机构合作，但很少得到它们的资助。

20 世纪 80 年代，英国安宁疗护机构专门为绝症患者提供全人护理，从那个时候开始，服务对象逐渐从癌症患者发展到针对患有各种绝症的患者，以减轻患者症状。国民保健服务现在覆盖了大部分安宁疗护机构的费用，他们有一个全国性的姑息治疗和临终关怀战略，鼓励国民保健服务和姑息关怀慈善机构进行合作。

值得注意的是，在英国，临终关怀医院主要是专业机构，负责管理患者复杂的身体、情感、社会或精神需求，而不仅仅是提供临终关怀的疗养院。

姑息治疗小组（Palliative care team）：

随着人们对姑息治疗价值的认识不断提高，临终关怀机构已经无法在英国范围内提供所需的建议和支持。以接受过姑息治疗专业培训的医生为主，物理治疗师、社工和牧师等其他领域专家为辅的姑息治疗专科护理组在医院成立起来，为所有病房、科室及社区提供咨询服务，上门探望患者，并向他们的初级医疗护理团队提供有关症状管理的建议。

病区（Ward）：

医院和临终安养院都有住院区，包括单人间或者有多张病床的病区。“病区”指由一支医疗护理团队监管和护理的全部病床。我刚取得行医资格时，我们主要采用国民保健系统的“南丁格尔病房”，即有两排病床的狭长病房，离护士站最近的是病情最重的患者，从护士站能看见所有的患者。现代医院病房被划分为更小的隔间，以更好地保护患者的隐私，但这增加了医护团队监控重症患者的难度。

护士长（Sister 或 Charge nurse）：

一个病房、一个科室或者一个社区护理团队的总负责人，女性称为 Sister，如果总负责人是男性，则称为 Charge nurse。这个称谓可能是从修女护士时代遗存下来的。护士长负责整个团队，全天候 24 小时负责护理的标准和结果。虽然 Charge nurse 逐渐取代了 Sister 一词，但公众和员工对这个称谓都极为尊重，通常还很亲昵。

家庭医生（General practioner，GP）：

负责社区居民的医生，具备管理成人、儿童和婴儿健康的专业知识。通常在健康中心（一般把健康中心称为诊室）坐班，与护士，可能还有药剂师、理疗师和其他专业临床医生一起工作。有医疗咨询需要时，人们一般先找家庭医生，患者出院以后，由家庭医生负责后续护理。他们接受过多学科、广泛的医学知识和技能培训。

初级保健（Primary Care）：

由健康和社会保健专业人员在患者家、健康中心或其他社区环境下运行和管理。二级保健以医院为基础，高度专业化的治疗只有在特定的医院才能提供，称为三级保健。

认知行为疗法（CBT）：

这是一种心理治疗方法，最初旨在帮助患有抑郁症、焦虑症、强迫症或者恐慌等情绪障碍的人。认知行为疗法帮助人们认识自身的想法和行为如何触发情绪困扰，并学习如何恢复情绪平衡。20 世纪 90 年代以来，实践证明，通过建设复原能力，或者应对其状况的策略，认知行为疗法还能有效帮助患有身体疾病的人。

“不做心肺复苏”指令（DNACPR）：

这是一种医疗指令，指出于一个或多个原因，决定在心脏停止跳动和（或）停止呼吸后，不做心肺复苏，让患者自然死亡。做出“不做心肺复苏”指令的原因可能出于患者自己的偏好和决定，或者医生判定患者身体状况极其虚弱，对复苏尝试没有反应。

“不做心肺复苏”指令不涉及心肺复苏以外的其他治疗，为了患者的利益，其他治疗照常进行，除非患者明确拒绝，或者医疗顾问根据“最佳利益决定”，认为没有必要实施这些治疗。

“最佳利益决定”（Best Interest Decision）：

指给没有能力为自己做决定的成年人代做决定。根据英国法律，决策者必须把患者所有已知的观点或愿望纳入考虑。患者可能已经把自己的观点和偏好用文字表达过，或者告诉了信任的人，或者仅仅是与家人和朋友交谈过。这一过程的目的，是了解患者在有能力做决定的情况下，可能为自己做出的决定。

参考资料和有用的信息

在本书中，我提到了很多机构，围绕特定主题，读者可以在这些地方找到更多的信息，或者进行进一步的阅读。以下是一些有用的资源。

死亡非同小可（Dying Matters）是英国多个机构和组织共同合作的项目，专门提供临终关怀和丧亲方面的知识。该网站就如何理解和安排生命终结事项提供简单易用的材料，并有制定和储存未来医疗护理计划的信息。

心灵（Mind）是一家关注精神健康的慈善机构，就情绪低落、焦虑、恐慌、闪回或创伤后应激障碍等问题提供有用资源。

死亡咖啡馆（Death Cafe）是一个运动，指一群热情的人聚在一起，讨论有关死亡的方方面面，欢迎各种观点，从不批评论断，总是备好美味的蛋糕。它的目的是“提高对死亡的认识，帮助人们充分利用有限的生命”。全世界 40 多个国家都有这种组织。

预立计划（Planning in advance）：澳大利亚重症监护专家彼得・索尔（Peter Saul）在 TED 大会上谈论死亡话题时曾提及预立计划。

立遗嘱是一个很好的起点。许多慈善机构提供法律援助，换取遗嘱中的一小笔遗产。

注册成为器官捐赠者，如果情况允许，可以确保在你死后，健康的组织或器官用于提高他人的生存质量，甚至拯救他人的生命。

儿童的需求（Children's Needs）：即与不同年龄段的儿童谈论死亡及提供丧亲支持。

丧亲（Breavement）：为死者家属提供倾听支持及资源，为教育工作者、医疗卫生保健工作者和青年工作者等与死者家属打交道的专业人士提供培训。

撒玛利亚人（Samaritans）：在英国，每天 24 小时都可以通过电话联系撒玛利亚人。训练有素的志愿者会倾听并帮助面临困境的求助者。

要深入了解度过丧亲之痛的过程，请参阅朱莉娅・塞缪尔（Julia Samuel）的《悲伤有用：生、死和逃生的故事》（*Grief Works: Stories of Life, Death and Surviving*）一书。

专业人士（Professionals）：如需了解更多信息，健康和医疗护理专业人士可访问英国国家姑息治疗委员会（National Council for Palliative care）的网站。

在《面对死亡：患者、家人与专业人士》（*Facing Death: Patients, Families and Professionals*）一书中，埃夫丽尔·斯特德福德（Averil Stedeford）以其作为安养中心精神病联络医生的工作为基础，以高超的写作技巧，讨论了出乎我们意料的观点。

熟悉死亡的人士反复听到同样的遗言。美国姑息治疗医师和作家艾拉·拜克（Ira Byok）博士在著作《最重要的四件事》（*The Four Things that Matter Most*）中描述了爱、宽恕、忏悔和感激等核心价值观如何支持、修复和增进人际关系。

阿图·葛文德（Atul Gawande）的著作《最好的告别》（*Being Mortal*）[①]感人肺腑，阐述了一位外科医生对人类老龄化和死亡的深刻见解，并呼吁公众和专业人士更好地讨论死亡和医疗干预的局限性。

①《最好的告别》用一个个伤感而发人深省的故事，带你思考每个人都将面对的人生问题。该书中文简体字版已由湛庐文化引进，由浙江人民出版社于 2015 年出版。——编者注

不知道从何说起对吗？围绕死亡展开的交谈很不容易。询问别人的想法之前，先谈谈你自己，以及你的愿望和偏好，这样可能会容易一些。制订未来的护理计划可能需要医疗团队的建议，这样才能考察具体的选择。然而，无须这样的建议，就可以探讨“我爱你”“对不起”“谢谢你”“我原谅你了”等最后的人生遗言。至于想对谁说这些话，可能你已心中有数，只是不知道如何去说。写信或许比面对面交谈要容易一些，至少可以让谈话进行下去。

如何开始写这样一封信呢？如果我们告诉别人他们对我们有多重要，这可能会让人感到畏缩。请求原谅或者原谅过去遭受的伤害，也是如此。这里有一个书信模板，你可以把它复印下来，在上面写下你想说的话；也许你更喜欢采用其中对你有帮助的想法，那你可以用自己的方式，给你觉得重要的人写一封信。

然后你可以寄给那个人，或者自己留着，等想想再说，或者读给那个人听。也可以把它收起来，让他们在你死后阅读，不过在你们还有机会面对面交流的时候，还是尽量不要把它留在你死后，这样做对你们都好。

资源只是资源，如何利用这些资源以及本书的其余部分，完全取决于你。我希望对你有所帮助。

日期 ……………………

亲爱的 ……………………

想让你知道我的感激之情

……………………………………………………

……………………………………………………

……………………………………………………

我特别爱你的地方是

……………………………………………………

……………………………………………………

……………………………………………………

我希望你已经原谅我的是

……………………………………………………

……………………………………………………

……………………………………………………

请不要担心

....

....

....

当你想起我时，我希望你能记起

....

....

....

我希望你未来

....

....

....

谢谢你出现在我的生命里。

爱你的 ....

WITH THE END IN MIND

致谢

这本书能顺利诞生，要感谢许多人的帮助和支持。

首先，我必须感谢每一位将自己的护理工作交给我的团队的患者。能成为他们的医生是我的荣幸，我非常感谢他们的信任。从这些患者那里，我学会了如何成为一名更好的医生，以及如何成为一个更好的人。

其次，我要感谢那些同意让我讲述他们故事的家庭。因为我觉得你们的故事很可能被人认出，我只能很小心翼翼地勾画出你们当中的几个人。非常感谢你们在收到我的请求时表现出的风度，以及对这本书的支持。

最后，我还要感谢无数位医疗和护理领域的同事，我有幸在自己的职业生涯中与他们一起工作。在这一部分所提到的一些人，你们在护理患者和团队合作方面做出了卓越贡献，我在回忆与你们一起工作的时候，心头总是泛起一股暖意和喜悦。虽然我把你们的名字都改了，但我想你们知道我指的都是谁吧。感谢你们多年来一直陪伴我、教导我、支持我。

特别感谢我们当地的临床伦理咨询小组组长和成员。他们同意在无法获得患者许可的情况下，专门召开一次会议来审查出版有关患者的故事供公众阅读的问题。

虽然英国医学总会（General Medical Council）发布的临床病例报告目的很明确，就是教育同行的专业人员，但当目标受众不是专业人员时，用于公共教育而不是娱乐或八卦的病例报告就很容易引起误会了。

该小组对这一项目的全面审查和深思熟虑使我更坚信，这是一项非常必要的工作。在有保障措施的前提下，出版这本书在道德上是正当的，也是可以接受的。

另外，没有经纪人安德鲁·戈登（Andrew Gordon）和他的支持，就没有今天的我。感谢你善于挖掘我的潜力、竭力培养我，以及对这一项目投入的无尽热情。

我要感谢 BBC 的戴维·施耐德（David Schneider）和露西·伦特（Lucy Lunt），感谢他们在 BBC 第四频道开创了一个一对一访谈节目，该节目吸引了不少听众，我们的项目也因此得到了宣传，以至于我们在开始时几乎不知道要做什么。

还有我的朋友和家人，他们和我一起思考，给我推荐书籍，评论草稿，也为我泡了很多杯茶。谢谢你，乔西·赖特（Josie Wright），感谢你把你的书桌让给我用于写作，感谢你相信我可以把这些故事写成一本书。汤姆·赖特（Tom Wright）和杰克琳·比勒·赖特（Jaclyn Bealer Wright），感谢你们给我时间和空间，让我可以安静地写作、思考和观察蜂鸟。

我还有一个非常支持我的阅读小组，他们提出的见解和建议都很有启发性：艾莉森·康纳（Alison Conner）、贝达·希金斯（Beda Higgins）、克里斯·赖特（Chris Wright）、克里斯汀·斯科特－米尔顿（Christine Scott-Milton）、埃琳·皮尔逊（Ellyn Peirson）、杰克琳·比勒·赖特，简·皮特雷尔（Jane Peutrell）、乔西·赖特、利利娅斯·艾莉森（Lilias Alison）、琳赛·克拉克（Lindsay Crack）、玛吉·杰克逊（Margie Jackson）、莫琳·希查姆（Maureen Hitcham）、斯蒂芬·洛（Stephen Louw）、特里·利迪亚德（Terri Lydiard）和汤姆·赖特。谢谢你们。

威廉·柯林斯出版社的团队一直非常支持这个项目，从前期的设计到后期的推广都投入了不少的精力。特别感谢阿拉贝拉·派克（Arabella Piko）坚定的鼓励，以及罗伯特·莱茜（Robert Lacey）细致而敏锐的编辑工作。

最重要的是，我感谢伴侣的默默守护和坚定支持。我们在入读医学院的第一天因为迷路而在走廊上相遇，也是从那以后，我便再也离不开你。

凯瑟琳·曼尼克斯

2017年7月

未来，属于终身学习者

我这辈子遇到的聪明人（来自各行各业的聪明人）没有不每天阅读的——没有，一个都没有。巴菲特读书之多，我读书之多，可能会让你感到吃惊。孩子们都笑话我。他们觉得我是一本长了两条腿的书。

——查理·芒格

互联网改变了信息连接的方式；指数型技术在迅速颠覆着现有的商业世界；人工智能已经开始抢占人类的工作岗位……

未来，到底需要什么样的人才？

改变命运唯一的策略是你要变成终身学习者。未来世界将不再需要单一的技能型人才，而是需要具备完善的知识结构、极强逻辑思考力和高感知力的复合型人才。优秀的人往往通过阅读建立足够强大的抽象思维能力，获得异于众人的思考和整合能力。未来，将属于终身学习者！而阅读必定和终身学习形影不离。

很多人读书，追求的是干货，寻求的是立刻行之有效的解决方案。其实这是一种留在舒适区的阅读方法。在这个充满不确定性的年代，答案不会简单地出现在书里，因为生活根本就没有标准确切的答案，你也不能期望过去的经验能解决未来的问题。

湛庐阅读App：与最聪明的人共同进化

有人常常把成本支出的焦点放在书价上，把读完一本书当作阅读的终结。其实不然。

时间是读者付出的最大阅读成本
怎么读是读者面临的最大阅读障碍
“读书破万卷”不仅仅在“万”，更重要的是在“破”！

现在，我们构建了全新的“湛庐阅读”App。它将成为你“破万卷”的新居所。在这里：

- 不用考虑读什么，你可以便捷找到纸书、有声书和各种声音产品；
- 你可以学会怎么读，你将发现集泛读、通读、精读于一体的阅读解决方案；
- 你会与作者、译者、专家、推荐人和阅读教练相遇，他们是优质思想的发源地；
- 你会与优秀的读者和终身学习者为伍，他们对阅读和学习有着持久的热情和源源不绝的内驱力。

从单一到复合，从知道到精通，从理解到创造，湛庐希望建立一个“与最聪明的人共同进化”的社区，成为人类先进思想交汇的聚集地，与你共同迎接未来。

与此同时，我们希望能够重新定义你的学习场景，让你随时随地收获有内容、有价值的思想，通过阅读实现终身学习。这是我们的使命和价值。

湛庐阅读App玩转指南

湛庐阅读App结构图：

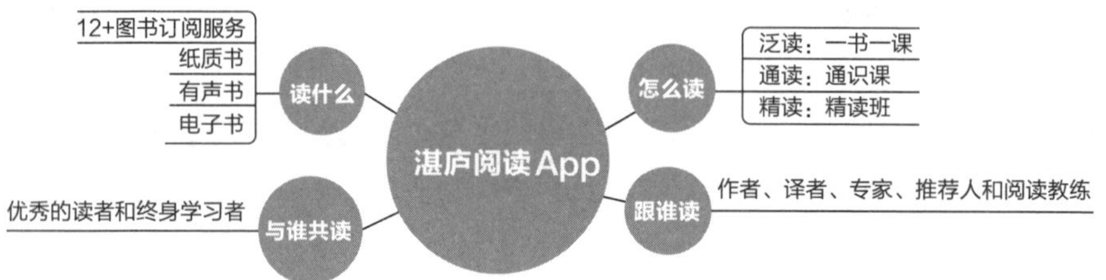

三步玩转湛庐阅读App：

App获取方式：

安卓用户前往各大应用市场、苹果用户前往App Store
直接下载“湛庐阅读”App，与最聪明的人共同进化！

使用App扫一扫功能，
遇见书里书外更大的世界！

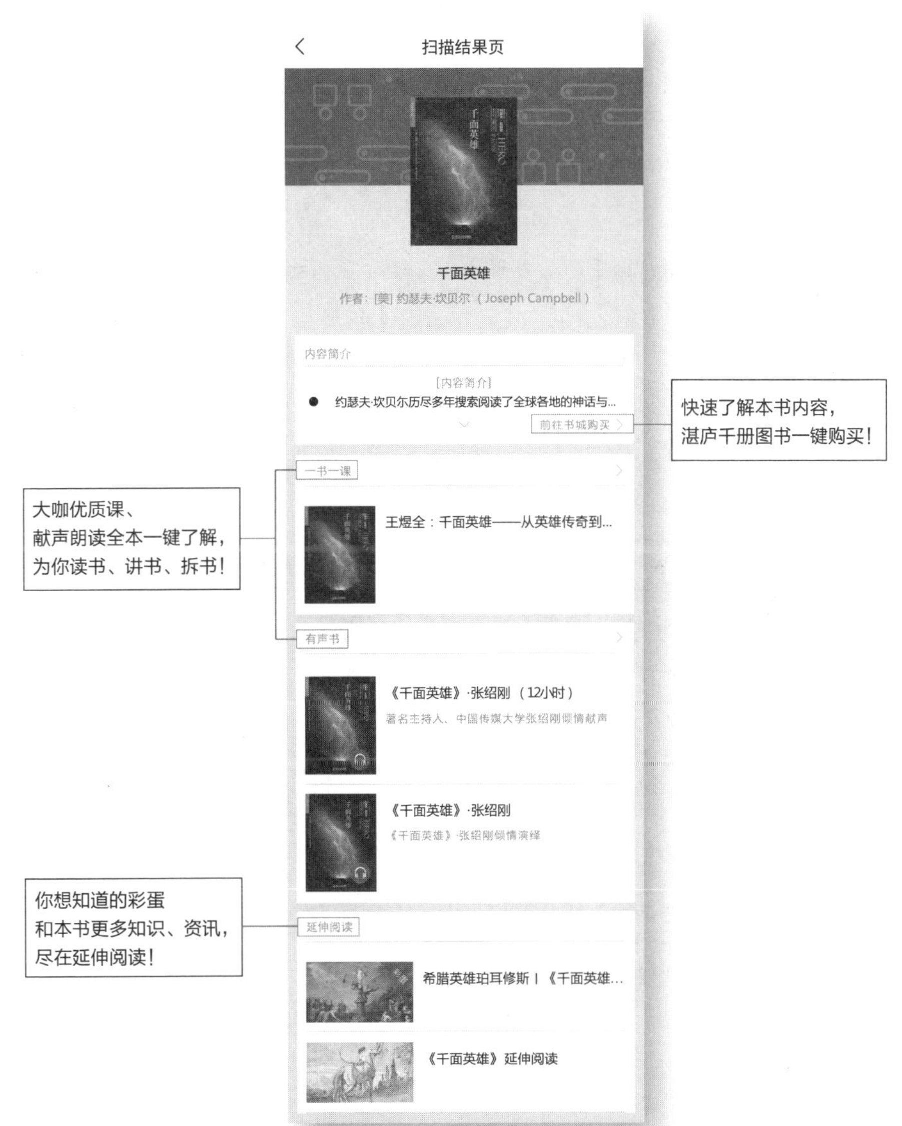

延伸阅读

《最好的告别》

◎ 作者阿图·葛文德是哈佛大学著名外科医生，是《时代周刊》2010年全球“100位最具影响力人物”榜单中唯一的医生，是2014年《展望》杂志年度“全球十大思想家”。

◎ 当独立、自助的生活不能再维持时，我们该怎么办？在生命临近终点的时刻，我们该和医生谈些什么？对于这些问题，大多数人缺少清晰的观念，而只是把命运交由医学、技术和陌生人来掌控。

◎ 奥巴马、李开复、余华、刘瑜、苗炜力荐。

《医生的精进》

◎ 日益攀升的医患纠纷、棘手的医疗事故、高额的医疗费、不平等的收入……当新手医生阿图成为独当一面的葛文德医生，当医术已经远远无法解决问题，他和同事如何面对？

◎ 作者阿图·葛文德坦然面对禁忌题材，字里行间显现他的成熟、洞察力、悲天悯人和谦卑之心。既把一般人看不到的写了出来，又把一般人不敢说的说了出来。

《最好的抉择》

◎ 两位哈佛医学院教授，通过亲访追踪16位高胆固醇、甲亢、乳腺癌、肝癌等患者，从医学、心理学、经济学、统计学等角度揭示了患者同病不同命背后的种种决定力量，提出了有指导意义的谏言。

◎ 实施手术还是保守治疗？选好医院还是好医生？当每一次选择，都决定着生命的长度和质量时，你该如何抉择？

◎ 北京大学医学人文研究院教授主编，科学院院士郑家强、胡大一鼎力推荐！

《哈佛医学生的历练》

◎ 本书是一个哈佛医学院学生整整四年的精神成长、医学历练实录。罗思曼以生动的文笔，娓娓道出自己由“白袍加身”的一年级新生，历经全科实习，成长为一名优秀医生的心路历程。

◎ 走近哈佛医学生的临床实习生活，上演真人版“急诊室的故事”。

◎ 北京大学常务副校长、医学部常务副主任力荐，医生必读书目。

河南省版权登记号：豫著许可备字 2020–A–0180 号

图书在版编目（CIP）数据

好好告别 / (英) 凯瑟琳 · 曼尼克斯
(Kathryn Mannix) 著 ; 彭小华译 . — 郑州 : 河南科学
技术出版社 , 2021.1
ISBN 978–7–5725–0258–3

Ⅰ. ①好… Ⅱ. ①凯… ②彭… Ⅲ. ①纪实文学—作
品集—美国—现代 Ⅳ. ①I712.55

中国版本图书馆 CIP 数据核字（2020）第 255733 号

上架指导：社会科学 / 医学

出版发行：河南科学技术出版社
地址：郑州市郑东新区祥盛街 27 号　　邮编：450016
电话：（0371）65788613　　65788139
网址：www.hnstp.cn
策划编辑：邓　为
责任编辑：许　静
责任校对：王赫男
封面设计：ablackcover.com
责任印制：朱　飞
印　　刷：北京盛通印刷股份有限公司
经　　销：全国新华书店
开　　本：710 mm ×965 mm　1/16　　印张：22　　字数：292 千字
版　　次：2021 年 1 月第 1 版　　2021 年 1 月第 1 次印刷
定　　价：79.90 元
